W. Schade

Dat groote Rudl Kinau Book

41 Geschichten un Stremels ut al sien Beuker

Quickborn-Verlag

Die plattdeutsche Schreibweise in den einzelnen Geschichten
ist unterschiedlich, da es sich um den Abdruck
der jeweiligen Erstausgabe handelt
und Rudolf Kinau seine Schreibweise über einen
Zeitraum von fast 70 Jahren verändert hat.

Die Fotos für den Lebenslauf
wurden freundlicherweise von der Familie
Rudolf Kinaus zur Verfügung gestellt.

6. Auflage 1998

ISBN 3-87651-106-2

Umschlagfoto: Staatl. Landesbildstelle Hamburg – Fritz Kempe
Gesamtherstellung: Clausen & Bosse, Leck
Printed in Germany

Inhalt

Rudl Kinau – uns Vadder

Dat is an'n 23. März 1987 genau hunnert Joahr her, dat uns Vadder, Rudl Kinau – ooder »Rudolf«, as de Hoochdütschen seggt – up de lütt Fischerinsel Finkwarder ut'n greunen Koohl kropen is. In Finkwarder ward de Kinner ne geborn, in'n Sommer bringt jüm de Ebehr un in'n Winter kreept se ut'n greunen Koohl.

Wat hett sick in düsse letzten 100 Joahr allns verinnert?
Dat Finkwarder van toomols giff't ne miehr. Finkwarder is keen Insel miehr. No de groot Störmfloot van 1962 is de hooge nee Diek van Finkwarder ut dwars ober de Süderilw no Oolland upschütt un 'n breede Strot anleggt worden. Dag för Dag foahrt dusende van Autos dör uns Dörp van Hamborg no Buxthud un Stod un ümgekiehrt.
Jüst de Siet no't Foahrwoter van de Ilw, nem Rudl Kinau sien Kinnertied verbröcht hett, hett sick so verinnert, dat keeneen miehr marken kann, dat de groot »Hauptstrot« mol de Weg boben up'n Diek wür. Dat Bullwark, nem vele hunnert Schep legen hebbt, is tooschütt, begroben ünner Milljoonen Tunnen Ilwsand. Un boben up den Ilwsand is wedder boot worden, een groote Warft, 'n Flughoben un ook allerhand Hüs. Dat Foahrwoter is wied weg un ne miehr to seehn.

Rudl Kinau hett dat allns mitbelevt. »Sien« Finkwarder is tweimokt un verschannelt worden. Un doch hett he sien Leben lang so schreben un feuhlt, as wenn Finkwarder jümmer noch so frisch un free mitten in de Ilw liggen dä.

De Lüd van Finkwarder giffT dat noch, ober doar sünd nu 'n barg Butenlanners twüschen. Plattdütsch, uns scheune oole

Sprok, ward jümmer weeniger snackt. Un doarbi hett Rudl Kinau Dag för Dag mit frischen Moot un all de Freid, de 't man geben deit, uns Platt dör sien Geschichten un Vertelln in hunnertdusend Minschenharten bröcht.

Finkwarder

Twüschen Blanknes un Altno, up de Südsiet van de Ilw, liggt dat lütt Eiland Finkwarder. Keen vandog no Finkwarder kummt, de kann sick kum noch vörstilln, dat dat mol een richtige Insel wür.

1887, as Rudl Kinau geborn wörd, harr Finkwarder een grooten Diek rundrüm. No't Foahrwoter van de Ilw geef dat een fastes Bullwark, nem ober 200 Eebers un Kutters un noch mol sovel Jilln un lütte Kohns leegen. Hier wür Dag för Dag Leben un Drieben. De Schep müssen molt un teert un oberholt warn, de Netten utbetert ooder ook nee knütt warn.

In'n Westen, nem de Hüs van Oolland man eben ober'n Diek no Finkwarder roberkieken kunn', legg dat groote Vörland mit Reet un Beesen un allerhand Kuhlen un Grobens, nem de

No't Foahrwoter van de Ilw geef dat een fastes Bullwark.

In' Westen legg dat groote Vörland.

Finkwarder Kinner scheddern un schippern, speln un lachen kunn'n.
De Finkwarder Seefischer würn up de Nurdsee twüschen Holland un Jütland de iersten un besten. Jümehr Jungs kunn'n de Schooltied kum afteuben, ook mit no See to gohn. Un mannigeen Buerjung leet Vadder sien Hoff Hoff wesen un foahr mit rut ton Fischen.
De heuchste »Fierdag« för de Finkwarders wür »Karkmeß«, son Oart Joahrmarkt. Denn leegen all de Eebers un Kutters, de ans man eben een Dag un een Nacht twüschen de »Reisen« no Hus kämen, buntgeflaggt an'n Diek.
Den Winter ober leegen de Schep in de Slüsengrobens un wörn oberholt un teuben as vodull up't Freuhjoahr.
Butenlanners kämen weenig no Finkwarder, un de Stadt Hamborg wür »wied weg«. Ganz Finkwarder wür een groote Fomilje, de in goode un slechte Tieden tohoophooln dä.
Jeeder sä un seggt ook vandog noch »Du« to eenanner. Un wenn sick twee buten in de wiede Wilt dropt un markt, dat se beid ut Finkwarder kommt, frogt se gliek »wat büst Du för

een« un denn ward de ganze Fomiljengeschicht ut'nannerklamüstert. »To den segg ick keen Du«, bedüt för de Finkwarders, he hüert ne doartoo.
Noot un Truer, de jeede groote Störm Joahr för Joahr in de Fomiljen bröcht, wenn een van de Schep mit Mann un Mus bleben wür, güngen Hand in Hand mit Moot un Freid un fasten Glooben. Wenn de Fischer van de Reis no Hus kämen, bröchten se Leben un Lachen mit an'n Diek un kreegen sogoar de Dierns sowied, ook in swatte Truerkleeder mit no »Danzmusik« to gohn.

De »Kinaus«

Wat könt de Kinaus sick frein, dat jeedereen in Finkwarder »Du« to jüm seggt, denn so lang hürt se noch goar ne doartoo. De ierste Kinau käm 1831 no Finkwarder. Dat wür de Urgrooßvadder Johann Friedrich, Dokter un Chirurg – wat jümmer dat to de Tied wesen is –, de van Halberstadt ober Lüneborg un Moorborg hierher käm. Vier van sien negen Kinner sünd no See gohn.
Een van jüm, Johann Nikolaus, hett de Diern van'n Grönlandhoff freet, de em blangen 'n Husplatz an'n Diek ook 'n eegen lütt Frachtschipp bröcht hett, mit dat he twüschen Rostok un Schweden krüzen dä. As he sien Foahrtüg in'n Störm vör Warnemünde verlorn harr, leet he sick een grötteres boohn, dat em ober ook keen Glück bröcht hett. 1864 hett he in't Skagerak tohoop mit sien üllsten Jung den Seemannsdood funden.
Twee van de vier Jungs, de noch tohus würn, hebbt denn doch noch den Weg no See funden. Heinrich Wilhelm, de Vadder van Rudl Kinau, is ierst up groote Foahrt üm de halbe Wilt gohn un hett sick denn 1876 een eegen Eeber för vierteihndusend Mark boohn loten un is Seefischer worden.
1880 hett Heinrich Wilhelm Hochtied mit Metta Holst mokt. Metta käm ut Oolland un wür as Kinnerdiern no Finkwarder

Metta un Heinrich Kinau, de Üllern van Rudl.

kommen. Jüm harr dat tohus ook man bannig lütt gohn, de Vadder wür Dagleuhner wesen, ober Metta stünd mit beide Been fast up de Grund, kunn lachen un much giern wart doon un harr Moot för twee. Se much bannig giern Gedichen upseggen un kunn fix gau butenkupps liern. Un wenn een van de Kinner Geburtsdag harr, denn sett se sick hin un mok sülben 'n lütt Gedicht. Ook mannigeen Breef wür in Gedichtform.

In'n August 1880 wörd de ierste Jung geborn, Johann (Gorch Fock), denn kämen Margaretha, Heinrich un Jakob un an'n 23. März 1887 käm Rudl up de Wilt. As Heinrich 1893 no swoare Krankheit storben is, wörd fief Dog loter de jüngste Süster Katherine geborn.

De Kinaus mit jümehr fief Kinner müssen tweemol van een lütt Wohnung mit blooß een eenzige Stuv in een annere genauso lütte ümteehn, bit se bi jümehrn »Corl-Unkel« an'n Neß wohnen dössen. Dat wür genau de richtige Eck van Finkwarder, schräg geegenober van Blanknes, direkt an't Vörland. De

In dat Hus würr Rudl an'n 23. März 1887 geboren.

ganze Ilw leeg vör de Dör, kunnst bit no Schulau un de Lüh dol kieken, nem jo al »meist de Nurdsee anfüng«.
Un hier up de Westeck van Finkwarder wörd'n jo ook as ierster jeede Störmfloot gewoahr. Landünner un Seegang un Dünung, meist as up de »richtige« See. Un denn mit lütte Kohns doartwüschen un doardör. Schippern un seiln, pöddern un swümmen, up un in un ünner Woter, wat wür Di dat för een feine Kinnertied.

Kinnertied

Dat Hus an'n Neßdiek Nr. 6, nem de Kinaus mit söben Mann hooch bi jümehrn »Corl-Unkel« wohnen dän, wür man lütt un ing, ober öllig un rein – de Finkwarder Froonslüd schüert un kleit bannig giern – un vull Freid.
In de Stuv geef dat man blooß een Bank mit'n Disch un vier

Steuhls un een Kommood. Ton Eten hebbt de Kinner meistens an'n Disch stohn. Denn kunn' se beter an de Pann rankommen, de in't Middel van'n Disch stünd un in dee de Mudder mit'n Gobel Streken as bi 'n Torte tohn harr, so dat jeeder wüß, wat sien Deel wür.

Vel hebbt se ne to eten hatt, ober se sünd doch all jümmer satt un doarbi ook groot worden.

Ton Slopen harrn se Wandbitten, een för de Üllern un twee för de Kinner: mit fief Mann in twee Bitten un jeeder wull an de Wand slopen. Dat Lüttste döß ober meisttieds bi de Mudder slopen, denn de Vadder wür jo up See.

In de lütt Kök geef dat een open Hierd un 'n groote Tunn mit Woter. Dat hebbt se velmols ut de Ilw holt. Von »Bazilln« wüssen se nix af, de würn do noch ne in Mood. Waschen dän se sick ook in de Kök, un sünnobends käm 'n Balj up'n Footborben, un all de Kinner wördn reinschrubbt, all in een Woter. Dat wür jümmer een beuses Gekrabbel un bannigen Larm. »Tante Meier«, dat Hus mit dat Hart in de Dör, stünd nerden in'n Hoff.

Ton Speln harrn se dat Vörland mit Slick un Beesen un Grobens, nem se in'n Sommer schippern un swümmen un in'n Winter fein strietschoohloopen kunnen.

»Corl-Unkel«, bi den se wohnen dän, kunn ne blooß allns, wat 'n sick dinken kann, boohn un timmern, nem man so fein bi tookieken kunn, ne, he wür ook Jäger. He harr groote Stebeln un 'n richtiges Gewehr un 'n Kohn, mit den he sick in de Beesen up de Luer leggen dä un up Onten teuf. Mannigeen »Broden« bröcht Corl-Unkel mit no Hus. Vörbischoten dä he niemols, he meen denn blooß: »Du müß Di wunnern, mit wovel Blee in'n Buk de Onten noch wiederfleegen könt«.

Hünner un Kninken harrn se achtern Hus. Kantüffeln un Koohl un anner Greuntüg un ook allerhand Bloomen harr de Mudder in'n Goarn plant.

In'n Winter, wenn de Wind üm dat lütt Hus huln dä, seeten se alltohoop in de Döns un hürn sick Vadder sien Geschichten an,

meist van de Fischeree, van de Seefoahrt un natürlich 'n barg van Klaus Störtebeker.
De Mudder kunn ook fein vertilln, ober ehr Geschichten speln all up'n Hoff un bi de Buern, un dat wür ne so recht wat.

Schooltied

In't Freuhjoahr 1893 käm Rudl Kinau no School. »He müß all vör'n Freuhstück upstohn un sick waschen«, as he noher mol schreben hett. Up Finkwarder geef dat dree Schooln, een up de Lünborger Siet, dat wür de Südsiet, een ganz in'n Oosten, de Au'school, un een för der Hamborger Nurdsiet, un dat wür de Westerschool, so recht in't Middel van Finkwarder, nerden an de Landscheed.
Dat wür för de lütten Kinner 'n wieden Weg no School, ierst boben up'n Diek an de Ilw langs un denn den Karkenweg hindol. Dat geef allerdings ook 'n kötteren Weg, dwars dör de Buerhöf hindör, ober dor würn allerhand Grobens un mannigmol käm een mit natte Feut no School.
De School wür – un is dat ook vandog noch – een grooten düsterrooten Steenkassen. Toomols harrn se man blooß vier Klassen. Fief Joahr lang müß jeede Diern un jeede Jung ut Finkwarder in de ünnerste Klass sitten, denn ierst kämen se »een rup«.
De Schoolmesters un de Pastur, dat wür'n för de Finkwarders de Lüd, de woll wat beteres würn, ober geegen de Fischers kämen se lang ne an. Wat müssen de van jümehr »Wilt«, van't Seiln un Schippern un van de Seefoahrt, dat kinnen se jo doch blooß ut Beuker.
In de Klass würn se mit 25 Fischerjungs un 1 Buerjung un noch 'n ganzen barg Dierns. Freid un Spoß harrn se genoog.
Hier müssen se nu all hoochdütsch snacken, weenigstens mit den Schoolmester. Dat is all de Finkwarders bannig swoar falln un vele kunnen doar goar ne mit trecht kommen. Ober toletzt

1901 is Rudl Kinau konfirmiert worden.

hebbt se 't doch liehrt. För Rudl Kinau is Hoochdütsch jümmer 'n frömde Sprok bleben, stief un ohne Warms.
Van sien Schooltied hett Rudl Kinau vele scheune Geschichten schreben. He güng bannig giern no School un kunn ook good liehrn, jüst so as all de Kinau-Kinner.
1901 is Rudl Kinau konfirmiert worden un harr doarmit ook sien Schooltied achter sick.
To Konfirmatschoon kreegen de Jungs den iersten »richtigen Anzug« un 'n Hoot. Nu kunnen se sünnobends un sünndags no Danzmusik gohn. Dat wür up'n Sol in'n Gasthoff, nem up de een Siet all de Dierns sitten dän un teuben, dat een van de Junggäst mit jüm danzen schull. Doar wür Leben un Lachen, doar keeken de Jungs al mol no'n Brut un de Dierns no'n Brögamm.

Nu güng't no See

Eben no Oostern 1901 is Rudl Kinau mit Eultüg un Südwester un hooge Stebeln ünner Seils gohn, bi jümehrn Nober Jann Fock as Jung bi'n Lüttfischer.
Sien Brüer Jann un Jokkob würn ook al ut'n Hus. Jann liehr in Geestmünd bi sien August-Unkel Koopmann un Jokkob foahr as Jung bi jümehrn Vadder. Greta harr al Hochtied hatt un wohn mit ehrn Mann boben mit in'n Hus. De lütt Katrin güng dat tweete Joahr no School.
Mit Jann Fock hett Rudl Kinau denn rund twee Joahr seilt un fischt. Dat Schipp wür 'n groot hülten Jill mit Seils un 'n lütt

Biboot, dat se ton Netten-Utsetten un -Inholn nehmen dän. Se fischen up de Ilw twüschen de Stacken un Falln un kinnen jeeder Steen un Lock un wüssen genau, nem de besten Fisch sitten dän.
Dat wür 'n beuse Arbeit för den lütten Rudl, de jo ierst vierteihn Joahr old wür: de swoaren Netten inholn in den lütten Kohn, van doar denn up de Jill rup, de Fisch ut't Nett puhln un in'n Bünn smieten. Denn müß de Boot schrubbt un rein mokt warn, – un denn güng de Arbeit wedder van vörn loos.
Koken müß de lütt Rudl natürlich ook. De Kombüs harr he ganz alleen ünner sick un wenn de Schipper genoog ober sien Eten quarkt harr, döß Rudl denn ook noch Upkloarn un Backschaft moken.

HF 125, de Eeber van Rudl sien Vadder.

Mannigmol dreepen se sien Vadder mit Jokkob, wenn de van groote Foahrt mit jümehrn Eeber up Hamborg kämen. Denn kreeg de lütt Rudl blanke Oogen, denn he harr bannig giern mit no See rut gohn, ober doar wür jo al Jokkob, un denn wür he ook noch 'n beeten to lütt un to mind.
He harr bi Jann Fock ober nix uttostohn. Dat wür 'n feinen Schipper un 'n gooden Boos. He bröcht em dat Seiln mit 'n groot Schipp un dat Fischen bi, hölp em, sien Kinnertied achter sick to loten un mok 'n richtigen jungen Kerl ut em.
No twee Joahr wür't denn doch endlich sowied, dat he mit sien Vadder up jümehrn eegen Eeber mit no See döß. Dat wür natürlich 'n annern Snack. Wat hett he sick högt un freit, wenn jüm de Wind üm de Uhrn weihn dä un de Sünn in de brunen Seils schien. För em wür meist jeede Dag up See as 'n Sünndag.
De Eeber harr 'n platten Borben ohne Kiel un an jeeder Siet 'n groot hülten Swiert. He wür rund 60 Foot lang und 20 Foot breet. Dree Mann foahrn up son Eeber, de Schipper, de Knecht un de Jung.

1909 bi de Kaiserliche Marine in Kiel.

Bi sovel Freid an de Fischeree hett he dat toierst goar ne so markt, dat de Verdeenst jümmer weeniger wörd, bit sien Vadder 1908 den Eeber för dusend Mark verkeupen un as Schutenschipper bi 'n Stoot in'n Hamborger Hoben anfangen müß. Sien Mudder hett sick 'n Neihmoschien köfft un mok Plotens un Buscherümp för 'n lütten Tügloden.
To de Tied snacken se an'n Diek doarvan, dat de Fischer nu ook no Stüermannsschool gohn un doar Exomen für de Handelsschippfoahrt moken kunnen. Junge, dat wür

jo wat. Rudl Kinau hett sick gliek den annern Dag up de School in Altno inschrieben loten. Un söben Mond loter harr he sien »Stürmannspatent up groote Foahrt« al in de Tasch.
1909 seeh dat in de Seefoahrt nu ober bannig slecht ut. Too vel Seelüd un too weenig Schep. Too is he mit twee Mackers ut Finkwarder mit de Bohn no Kiel rupfoahrn un hett sick as Freewilliger för een Joahr bi de Kaiserliche Marine mild.
Dat wür jo nu ook wedder wat för'n Finkwarder Fischerjung. Ans ewig natt und swatt van de Netten, un nu fein in blau-witt Tüg op Deck rümstohn, wenn dat ool Exerziern vörbi wür. Un de jungen Dierns muchen al tomols »Mariners« ook bannig giern lieden.

An Land

1910 wür denn de scheune Marinertied üm. Mit Arbeit seeh dat för Lüd von de Küst toomols slecht ut. Ober Rudl Kinau harr Glück, he kreeg 'n lütten feinen Schrieberposten in de Hamborger Fischhalle un düsse Arbeit, ook wenn't blooß an'n Schriefdisch wür, mok em Spoß, denn van Fisch verstünd he wat un kinn jo ook all de Fischerlüd.
He harr nu 'n lütte Stuv in de Stadt un käm blooß noch jeeden Sünndag no Hus no Finkwarder.
Un doar an'n Diek hett he denn ook sien ierste Froo kinnenliert. Julie (Ulli) Dietz, 'n feine plattdütsche Diern, de he 1913 heirot hett.
De beiden hebbt sick denn in de Stadt, son goode Seemiel achter't Berliner Tor een lütt Nest boot.

Julie (Ulli) Dietz.

1914 käm de düstere ierste Wiltkrieg. Rudl Kinau wör introkken un müß gliek as ierste »Reserve« wedder as Mariner no Wilhelmshoben un käm van doar denn ook bald as »Obergast« no'n »Nachrichtenkommissar« in Cuxhoben up de Oolliew. Ober se harrn noch wat anneres mit em vör. He müß an de Westfront, no Frankriek, no Verdun.
Un doar müß he no den Feend un no den Krieg »utkieken«, boben up'n hoogen Boom, un müß jüm nerden in de Grobens Bescheed seggen, wat so loos wür.
Leider is em de Feend doar denn gewoahr worden un hett em dolschoten. He müß in't Lazarett, nem he meist vier Mond legen hett, bit em dat wedder so good günd, dat se em woanners insetten kunnen.
1916 in den groot Skagerakschlacht is sien Bruer Jann mit de »Wiesbaden« ünnergohn. Dat wür 'n bannig swoaren Slag för de Fomilje.
Un nu snacken all de Lüd van den grooten Dichter Gorch Fock, de falln wür. De Zeitungen schreeben allerhand Geschichten un doar wür ook 'n barg Tühnkrom twüschen.
Ne, dach Rudl, so wür mien Bruer goar ne. Ick hebb em doch ganz anners kinnt un beleft.
Un he sett sick hin un füng ook mol 'n beeten an to schrieben. Dat wür de lütte Geschichte »Achtern Diek«. Un as he de kloar harr, stek he 't in'n Ümslag un schick dat no de Zeitung.
Un de drucken de ook würklich af. Un se schreeben em, dat wür goar ne slecht wesen. He schull man noch miehr schrieben. Un dat dä he denn ook. As he de iersten 62 Sieten vull lütte Geschichten van Finkwarder un van de Seefoahrt kloar harr, geef he jüm no'n Verlag, de sien ierstes Book ünner den Nom »Steernkiekers« 1917 rutgeben dä.
Een Joahr loter harr he all wedder een Book kloar. Un nu wulln de Lüd em ook mol seehn un hürn. An'n 14. September 1918 hett he denn dat erste mol in Cuxhoben, dat wür bi de Gut-

templers, ut sien Beuker »vörlest«, dat heet, he hett sien Geschichten but'n Kupps vertillt.
As de groot Krieg vörbi wür, füng Rudl Kinau 1919 wedder in de Hamborger Fischhalle an un hett sick doar bit ton Prokuristen hoocharbeit.

Blooß noch »schrieben«

Obends seet he in sien lütt Döns un schreef lütte Geschichten un Gedichen.
1924 is in Hamborg de Rundfunk gründ worden. Dat wür toomols de NORAG, de noher NWDR un vandog NDR heet. Rudl Kinau wür van Anfang an doarbi mit lütte plattdütsche Geschichten. To de Tied harrn man 'n poar Lüd 'n Telefon un noch weeniger 'n Radiokassen. De weenigen, de beides harrn, wördn no jeeder Sendung anroopen un frogt, wat se oberhaupt

Geegenober van sien Üllernhus...

... leeten sick Rudl Kinau un sien Froo 'n lütt fein Hulthus boon.

wat hürt harrn. Wat jüm dat gefalln harr, wür jo ne so wichtig.

De Anfrogen no't »Vörlesen« wördn jümmer miehr, ober dat güng jo blooß obends in un üm Hamborg ooder sünndags. As he 1932 sien teihntes Book kloar harr, hett he sien Posten in de Hamborger Fischhalle upgeben un hett »blooß noch« schreben un vörlest, jümmer up plattdütsch.

Rudl Kinau un sien Froo leeten sick 1932 up Finkwarder, butendieks up dat nee, upgespeulte Land, geegenober van sien Üllernhus, 'n lütt fein Hulthus boon, jüst up de beste Eck, schräg geegenober van Blanknes.

Nu geef dat ober 'n barg Lüd in Dütschland, de ook giern wat van em lesen un hürn wulln, ober mit dat Plattdütsche ne recht trecht kämen. För all de hett he 1939 un 1941 twee hoochdütsche Beuker schreben, »übersetzt aus dem Plattdeutschen von mir selbst«. Van dat Book »Kamerad und Kameradin« sünd mehr als anderthalv Milljoon verköfft worden.

In de Twüschentied wür jo al de ool gräsige tweete Wiltkrieg in de Gang. In'n November 1944, mit 57 Joahr, hebbt se Rudl Kinau noch introcken. He käm no Wilhelmshoben un ton End no Schleswig-Hulsteen. As he an'n 8. Mai 1945 van Schleswig to Foot no Hus käm, wür ook Finkwarder bannig twei, ober sien lütt Hus up'n Neß stünd noch un all sien Lüd würn heel un gesund.
Doarno harrn se't bannig swoar. Keeneen harr Tied un Gild för'n »Dichter«. All harrn se to kriegen, jümehrn Krom wedder uptoboon un wedder in de Gang to kommen. Rudl Kinau müß »Gelegenheitsarbeit« annehmen. Blangen allerhand annern Krom hett he ook up'n Grönlandhoff, nem sien Grooßmudder her kommen wür, Appeln plückt un upsöcht.

Sien »Lüd«

Mit sien Froo Ulli wür Rudl Kinau nu al ober 25 Joahr verheirot un se würn alleen, ohne Kinner, bleben. Dat wür för beide bannig trurig, se harrn so giern eegen Kinner hatt, ober nu wür't för sien Froo ook all to lot.

Maria Haller.

Too liehr he 1941 bi't Vörlesen in Holland 'n feine junge Froo, Maria Haller ut Süddütschland, kinnen, de doar 'n Kinnergoarn ünner sick harr. Rudl Kinau wür dörtig Joahr üller as se, ober he wür in sien ganze Oart un in sien Hart jung bleben. Maria wür al vele Joahrn van to Hus weg un stünd mit beide Been fast up de Ierd, harr ehrn eegen Kupp un 'n bannig goodes Hart, un dat geef se den »Dichtersmann« ut Finkwarder.
1942 pack se ehrn Krom tohoop un käm mit em no Hus no Finkwarder,

Rudl Kinau harr lange Joahrn 'n eegen Seilboot.

un in'n Februar 1944 wörd dat ierste von uns Kinner geborn, jümehr lütt Diern, de up den Nom »Ulli« döfft wörd. Wat wür dat nu för'n Freid un för'n Glück, ne blooß för Rudl un Maria, ook de »groote« Ulli frei sick ganz dull mit ober de lütt Diern, de ook ehr Leben riek un tofreden moken dä.
Annerthalf Joahr loter, an een warmen Sommerdag in'n August, so eben vör Hoochwoter, käm denn noch een, dat wür jümehr lütt Hinnik-Jung.
De dree »Grooten« hebbt denn ook jümehrn »Krom« in de Reeh bröcht, Rudl un Maria hebbt heirot un würn nu een »richtige« Fomilje. De »groote« Ulli kreeg 'n eegen Wohnung boben in't Hus un wür för uns Kinner de beste »Grooßmudder«.
Wat harrn se dat hild mit uns. Rudl Kinau harr all lange Joahrn 'n eegen Seilboot, un de Ilw kinn he jo as man een. Nu müssen wi Kinner jo ook gliek mit. As de lütt Ulli man eben süß Weken oold wür, hebbt se ehr in'n grooten Korv packt un denn güng't

Rudl un Maria Kinau mit Ulli un Hinnik.

up't Woter. Meist den ganzen Sommer ober hebbt wi seilt un schippert in Luft un Sünn, sünd brun worden un würn fein toweg. Noch bevör de lütt Hinnik no School käm, kreeg he sien eegen Kohn mit Mast un Seil, jüst as 'n Finkwarder Jung dat brukt. Doardör, dat Rudl Kinau sick mit de Schrieberee sien Dog in'n Sommer so indeeln kunn as he wull, harr he van morgens bit obends genoog Tied för sien Lüd un wür mit uns Kinner vel togangen.

Wat he all so schreben hett

1952 käm Rudl Kinau bi'n Rundfunk wedder in de Gang. Toierst mok he tohoop mit Heidi Kabel de Sendung »De bunte Brück«. Dütt lütte Vertilln van rund teihn Minuten is 79mol send worden.

Gliektiedig käm de ierste Morgensendung »Fief Minuten Gooden Wind«, de noher »Fief Minuten Sünnschien up'n Weg« heeten hett. Lange Joahrn hett Rudl Kinau Morgen för Morgen ganz alleen düsse lütt Sendung mokt. Noher kämen noch annere Lüd mit eegen Geschichten doartoo, so dat he jeede Wek blooß eenmol an'n Törn käm. Bit 1971 sünd eben ober dusend Fief-Minuten-Sendungen tohoopkommen. Doartoo kämen Schoolfunk un noch 'n barg annern lütten Krom.
16 Hörspele, van de »De Köhmköster« alleen sößmol send worden is, un söben Theoterstücke, de meist all bi Ohnsorg spelt worden sünd, hett he ook noch schreben. De lütten Geschichten för'n Rundfunk sünd as Beuker rutkommen un up Schallplatten upnohmen worden.
Bit 1974 is uns Vadder meist jeeden Dag van'n Harwst bit to'n Freuhjoahr ünnerwegens wesen, van Flensborg bit Braun-

Rudl Kinau an sien Schriefdisch un bi't Vertellen.

schweig, van Leer bit Lübeck, un hett vörlest, alltohoop 7268 mol! Ünnerwegens in de Iesenbohn un wenn he bihus wür, hett he schreben, ierst in sien »Kladde« mit de Hand un denn up sien ur-oole Schriefmoschien.
Blooß in'n Sommer, wenn he no buten un up't Woter kunn, hett he sien Posenstehl ut de Hand leggt un is mit uns al up Reisen gohn, as Foahrgast mit Frachtschep un as »Besatzung« van sien eegen Seilboot up Nurd- un Oostsee.
So wür dat keen Wunner, dat Hinnik Koptein un noher Loots worden is un Ulli up'n groote Warft in'n Hamborger Hoben in't Kontor güng.

An'n 19. November 1975, mit 88 Joahrn, is uns Vadder, Rudl Kinau, in sien Hus up Finkwarder, nem uns Mudder un wi beiden Kinner bi em an't Bitt seeten un em bistohn un dankt hebbt, sinnig inslopen.

Finkwarder 1986 — Ulli un Hinnik Kinau

41 Geschichten un Stremels ut al sien Beuker

'n lütt beten wat vörweg

Jeedesmol, wenn Rudl Kinau mit een van sien ober 7000 Vörlesungen kloar wür, säh he to de Lüd up'n Sol, dat se doch ook man – jüst so as he sülbst – mithilpen schulln, dat uns plattdütsche Sprok ne ünnergeiht, un dat jeedereen – oberall un so lang un good as't geiht – platt snacken schull. Un he säh denn jümmer:

Uns Platt is so'n feine Sprok, so eenfach, kloar un free, se kann so lustig un vergneugt wesen as man een, se kann ober ook still un iernst wesen, un man kann mit so weenig Würt so veel seggen, mannigmol miehr, as in't Hoochdütsche. Ober wenn Jü mit Joon Platt mol an den ganz verkiehrten, an een ganz Hoochdütschen kommt, tjä, denn möt Jü dat eenfach so moken, as ick dat mol mokt hebb: Ick sitt – up'n Weg no Hus – in de Iesenbohn un snack mit de Lüd in mien Afdeel platt. Ober in de een Eck, mi so schräg geegenober, sitt so'n beeten beteren Kirl, de swigt still un kickt mi al jümmer so an. No'n ganze Tied seggt he: »Ach, Sie sprechen plattdeutsch!?« »Jo«, segg ick, »ick snack platt!« Denn kickt he noch wedder 'n ganze Tied un fragt denn mitmol: »Immer??« »Ne«, gef ick to Antwurt, »blooß, wenn ick mol wat seggen will!!« Un denn, ganz toletzt no'n lütte Pause, fragt he wedder: »Aus Prinzip??« »Ne, ut Finkwarder!!«

Steernkiekers

»Hunnertdusend Trilli-Milli-Billi-joonen Steerns sitt an 'n Heben!« sän se jümmer, as se noch lütt würn. Un gläuben dat ook, un keeken steil no boben.

Denn stell Karsten Rüter sick jeedesmol vör de annern Jungs hin: »Wöt wi 'n beeten wedder mit de Steerns loopen? Purrer mi den Obendsteern!«

Dat »Purrer mi« dat müß doar jümmer gliek ganz gau achteran, an's harr em sick al een anner bepurrert, un Karsten kunn mit 'n lütten Steern affschuben, – wat sick een bepurrert harr, dat hör em to, dat wüssen se.

Wenn de annern Jungs sick denn ook all' een'n utsöcht harrn, de een düssen un de anner den, – denn güngen se loos, een achter 'n annern an, up 'n Diek langs. Un de Steerns müssen denn mit un güngen ook mit – jümmer dör de Eschen un Wicheln un Pöppeln dör.

»Mien schall nu mol ganz hatt loopen!« reep de lütt Jan Fick denn, un denn neih he ut, all' wat he kunn – de Steern kunn man eben mitkommen.

»Mien schall mol stillstohn!« sä Hannis Meier. Un bums stünd sien Steern still – jüst boben in de groote Esch.

»Mien schall mol up un dol jumpen!« »Mien schall mol trüggoars loopen!« »Mien schall mol up 't Dack sitten!« Wat harrn de Jungs dat hild! Wat jeugen se de lütten Steerns in 'n Sweet!

Blooß de lütt Hinnik Eitzen, de stünd jümmer up en'n Plack und füng an to snücken un toletz an to brülln – sien Steern wull ne vörwarts, stünd doar eben blangen de Pöppel un lach em wat ut, un güng ne wieder.

De annern Jungs würn al wied vörut: »Komm doch, Hinnik! Junge, nu komm doch!«

»He – he deiht joo – he deiht joo doarne wieder!«

»Komm man heer, Hinnik, denn kummt he ook!«
Ober wenn Hinnik wedder een'n Tritt vörwarts mokt harr, un he keek denn no sien'n Steern denn stünd de ook al wedder still und steek em de Tung' rut. Un Hinnik blarr jümmer doller, – bit Karsten Rüter toletz den lütten Schietmatten bi de Hand kreeg un em mitteug. Doo käm de Steern ook sinnig in de gangen, kunn ook wedder loopen. Un Hinnik kunn wedder lachen, un leep mit sien'n Steern in de Wett, – leep em meist vörbi.
Un Rudl Mees harr sien'n jümmer verlorn. He harr ober sülbst Schuld, sän se all', he harr 'n groote Lücht ut de Näs bummeln, un dat much de Steern ne seehn, denn mussel he sick eenfach twüschen de annern.
Mit de Steerns loopen – dat mok tovel Spoß.
Un »in de Monschien loopen« ook. Wenn se sick all' an de Hand tofoten harrn un süngen langs 'n Diek:
»Ick mag so geern in de Monschien loopen
un bün so bang' wat de Räuber kummt –«
Ober bang' würn se goarne wesen, – blooß 'n ganz lütt beeten, – Karsten Rüter meist goarne.

*

Wat wür dat nu al 'n Tied heer! Wat leepen de Joahrn ook doch!
Nu wür Karsten Rüter al 'n ganz grooten Kerl. Wür nu in 'n Krieg, läg in Frankriek, in 'n tweeten Groben, in 'n Fleuhnkeller. Mit acht Mann lägen se doar in den lütten düstern Ünnerstand, – twee un twee up 'n Britsch, een Peerdek ünnern Puckel un mit 'n Rock todeckt. Natt un koolt, all' een Slick un Dreck, un slechte Luft, un Fleuhn un Lüs'. Ober se sleepen all' good. Un wenn eener ne sleep, de läg ook still un stör de annern ne.
Karsten Rüter kunn noch ne slopen. He kunn allns verdrägen, so licht kunn 't em ne to doll warrn, ober een Deel kunn he doch ne verknusen: De Steerns, all' de lütten blanken Steern, de doar boben achter den Stacheldroht seeten un em liek in de

Oogen plinken. De leeten em ne slopen, de wulln em ne mit Fred' loten.
He spel joo woll noch jümmer »mit de Steerns loopen«. Allerwärts güngen se mit em hin. Un jümmer würn se blank un lachen em to.
Wat harrn se em al för 'n barg Glück bröcht! Wu mannigmol harrn se em al wat vertellt! Un wat würn se nu ook wedder an 't Snotern! Se wüssen joo ook allns, de lütten blanken Dinger.
As Jungkerl, as he mit Lene freen deh, – dat wür ook so scheun, meist noch scheuner, as de Kinnertied. Wenn se denn obends ingehokt ooder Hand in Hand den langen düstern Weg dolgüngen, no'n Buern hin, denn güngen de Steerns ook jümmer all' mit. Ober alle Oogenblick wulln se ne wieder, stünden bums still.
Denn keek Karsten no boben: »Kiek mol den doar, wat de flimmert!«
Un wenn Lene denn den Kopp in 'n Nacken smeet, un wull em seuken, denn keek Karsten al goarne mehr no boben, denn keek he in Lene ehr blanken Glupers un no de lütt Dubbsnäs' un no de witten Tänen, – un denn drück he ehr gau een'n up, ganz gau.
Un denn lach he: »Hest 'n seehn, Lene?«
»Jo, du Streumer!« sä se denn un lach ook. »Hebb 'n sogoar feuhlt.«
Un twintig Tre' wieder füng Karsten al wedder an to kieken, denn wür al wedder wat loos doar boben, – bit Lene em toletz nix mehr gläuben wull.
Ober se deh blooß so. Wenn Karsten goarnix sä, un goarne mol no boben keek, denn füng se an, ganz sinnig:
»Karsten?«
»Wat denn, Lene? Wat hest?«
»Schull doar ook woll een flimmern?«
Un denn stünd se ook al ganz van sülbst still, de lütte Racker, de.

Noheer, as se Mann un Froo wördn, un kreegen jemehr lütt eegen Hus an'n Diek, – doo nähmen se de Steerns ook all' mit doarhin. Doo stünden de beiden ook noch so mannigmol vör de Dör, obends, un keeken no oben, un söchten den Obendsteern un den grooten Himmelswogen.
»Doar steiht he!« sä Lene mol. »Kloar to'n instiegen.«
Ober Karsten wull ne mit. »Lot uns man noch 'n beeten mit de Been an Grund blieben. Dat is hier joo ook noch ganz scheun.«
Mitünner wies' Lene ook noch mol in de Heuch un lach: »Karsten, kiek! Kiek, doar flimmert een!«
Oben denn leep se em weg. »Müß hierheer kommen, du! Hier kannst em beter seehn!«
Denn drauh Karsten ehr mit 'n Finger: »Paß man up, du Slüngel, du!«

*

Un nu harr jemehr lütt Jung, de lütt Klaus, dat ook grode so mit de Steerns, as Karsten dat freuher hatt harr. Keek ook jümmer no boben un heul de runden Arms hooch:
»Uh, Mudder, wat 'n barg Teerns! Vel sünd dat?«
Denn lach Lene: »Jä, mien lütt Klausschieter, ick weet 't ook ne. Vadder segt joo, dat sünd hunnertdusend Trilli-Milli-Billijoonen, un wat Vadder segt, dat möt wi joo woll gläuben.«
Un denn lach de lütt Butt ook, un keek wedder no boben: »Aaaaah!« Un keek so steil hooch, dat de lütten Been em ne mehr hooln kunnen, un he mitmol platt up 'n Diek seet.
Un mit de Steerns loopen wull he ook al jümmer, ober dat kunn he noch ne alleen, – he leep noch van 'n Diek doarbi.
As Karsten dat letztemol up Urlaub wür, kreeg lütt Klaus em obends ook gliek bi de Hand tofoten un teug em no buten: »Kiek mol, Vadder! Wat 'n barg Teerns!«
He meen, dat würn all' sien., un de harr sien Vadder noch goarne seehn.
»Vel sünd dat, Vadder?«

Un as 't Karsten em noch mol wedder sä, doo lach he, – dat much he to geern hörn, ober behooln kunn he 't noch ne.
Noheer, as se in de Döns seeten, bi de Lamp. steek he den Kopp noch mol achter de Rulloos twüschen de Bloomenpött. Ganz still wörd 't doo. Karsten un Lene keeken sick an un lachen. Nüms sä wat.
Un mitmol käm doar son ganz lütt fine Stimm' achter de Rulloos rut, – ganz sinnig, as wenn buten up 'n Diek 'n lütten Engel süng:
»Weißu – wieviel – Terne – tehen –«
Wieder wüß he 't ne, un wieder käm he ook ne, – – sien Vadder keek van de anner Siet achter de Rulloos un lach:
»Joa, Klaus, das weiß ick: Hunnertdusend Trilli-Milli-Billijoonen!«
Wat lachen se doo, de dree! Un de Steerns lachen ook all' mit! –

*

Un nu keeken se all' een no 'n annern in 'n Schützengroben rin un leeten Karsten Rüter ne slopen. Kreupen all' sinnig öber dat lütt Kieklock un wiesen em allerhand Biller.
De meisten würn blank un plinken un lachen. Ober de een keek em ook jümmer ganz stief in de Oogen un heul em 'n ool gries' Bild vör de Näs, dräng sick jümmer wedder vör doarmit:
Karsten Rüter seeg den lütten Hinnik Eitzen, de ook so grood worden wür, wedder blangen sick in 'n Groben sitten, – doar achter in Rußland. De Kanoonen donnern un brülln, un de Granoten susen jümmer öber jem weg as unklook. Un alle Oogenblick weuhl sick een dicht bi jem in 'n Slick rin.
Se keeken beid in de Steerns, un keeneen sä wat, – se schulln gliek vör, schulln störmen.
»Lot uns man beeten dicht tohoop blieben!« sä Karsten toletz. He wull blooß mol wat seggen.
Doo keek Hinnik em so grood an, so stief, un nickköpp. Un denn käm he ganz dicht no Karsten ran:

»Un wenn –, ick meen, Karsten, wenn ick –, weten kannst 't joo ne –, ick meen, wenn mi wat tosteuten schull –, hool di man ne so lang' up bi mi, – so up 't free'e Feld, dat is nix – ober een Deel, Karsten, wenn 't geiht, denk doar an, – dreih mi up 'n Puckel, – dat ick noch mol no boben kieken kann.«
He kneep 'n Oogenblick de Lippen fast tohoop. Un denn kreeg he Karsten bi 'n Arm tofoten un sä sinnig:
»Un wenn du wedder no Hus kummst – alleen –, denn greut Mudder un Gesine, – un vertell jem dat.«
Doo keek Karsten ganz lang' no den grooten Himmelswogen un kunn nix seggen. Dat scheut em ganz heet in de Oogen un de Steerns leepen em all' döreenanner.
»Doar wöt wi man noch ne an denken, Hinnik!« sä he denn.
»Ward joo woll dörkommen, – hett joo noch jümmer good gohn. – Un de Steerns loopt joo ook wedder mit.«
Denn käm dat Signol. Un bi 't Störmen käm Karsten doch van Hinnik af, ohn dat he 't wull. Doar leepen joo sovel, un de Pulberdamp beet em so in de Oogen, un de Rokeeten blenden so, un de Maschinengeweehrn knattern so doll.
He mark 't eerst noheer, dat Hinnik fehln deh, dat he ne mit rinkommen wür in den Russengroben. Un dat Frogen un Seuken hölp ook nix, – doar fehl joo so mannigeen.
Den annern Morgen, doo fünd he em. Doo läg Hinnik doar – un wür al koolt un stief. Ober he läg up 'n Puckel.
Sien Steerns harrn ne wieder mit wullt. – Bi em bleben würn se ober doch. Stündn nu ook noch jümmer boben em un keeken up dat lüt Krüz, – Nacht för Nacht. –
Wür son gooden Jungen wesen un son fixen Kerl, – de lütt Hinnik Eitzen! –

*

Karsten Rüter kunn noch jümmer ne slopen. Un liggen kunn he nu ook ne mehr up dat oole hatte Brett. He müß mol an de Luft.
Wat wür dat fein buten! So düster un doch so steernkloar. Un

ganz still. De ool Krieg wür ook meud, wull ook mol slopen. De Posten harr den Krogen hoochklappt un stünd as 'n Pohl, – sien Gedanken würn ook wied weg.

»Büst du dat, Paul?«

»Jo. – Karsten? – Wat mokst du denn noch ? Wöt di de Fleuhn ne in Ruh loten?«

»Oach doch!« sä Karsten. »Ick wull blooß mol utkieken. – Bannig vel Steerns vannacht! Sovel hebbt 'r lang' ne seten.«

Paul Müller lach, – he meen jümmer wunner, wu klook he wür: »Steerns sitt 'r doch jümmer liek vel, Karsten. Wenn wi jem ne all' seeht, dat kummt van de Beschaffenheit der Luft.«

Un as Karsten em goarkeen Antwort geef, käm he 'n beeten neuger ran un pack noch mehr van sien Weisheit ut:

»Sovel Steerns, as de meisten meent, sünd öberhaupt lang ne to seehn, – mit blooten Oogen heuchstens tachentigdusend, mehr goarne. Dat heet: Ohne die Planeten. – Ick hebb mol les't, – un dat is joo ook 'n altbekannte Tatsache, dat de sternkundigen Astronomen van jeeden Steern wet, wu he heet, un wo he tohört, un wu grood he is, un wu wied weg. Dat hebbt se all' ganz genau utrekent – an der Hand der Tabellen.«

Karsten leet em ruhig preestern un hör doar goarne up dol. Wat he dacht, sä he ne. »Joaa!« sä he blooß un spee in 'n grooten Bogen no de Siet. »Joaa gewiß, dat gift klooke un unklooke. – Mien Vadder sä jümmer: Leeber 'n beeten dumm, as verrückt! Un dat – dat segg ick ook!«

Doarmit dreih he sick üm un klau wedder no binnen un pack sick sinnig up de Peerddek.

Un keek doch noch lang' no boben. – Splienige Kerls geef dat doch up de Welt! De Apteeker harr em vör Joahrn ook mol allerhand vörtühnt van de Steerns: Welk würn greuter as de Sünn, un welk würn so wied weg, dat se föftein Joahr bruken, üm no uns hertoschienen, – un all' son Tüterkrom. As Karsten em ober frogt harr, wulang' he denn bruk, üm doar hintokieken, doo wür de Apteeker ook mit sien Weisheit to Blocks wesen. – De Klookschieters, de! Harrn sülbst

jemehr rechten fief ne un wulln anner Lüd ook noch verdummen!
Na lot jem, dach Karsten denn, un wenn se all' dördreiht, – ick quäl mi doar ne üm. Wenn de Krieg vörbi is, un ick lef noch, denn nehm ick all' de Steerns wedder mit no Hus, alltohoopen. Un denn wies' ick Lene wedder 'n poar, de flimmert. Un denn spel ick mit lütt Klaus wedder, »mit de Steerns loopen«. Un wenn he mi denn frag, vel sünd dat, denn segg ick doch: »Hunnertdusend Trilli-Milli-Billi-joonen!« –
Doo lachen all' de lütten Steerns, un blinkern un glitzern un drängeln sick all' dicht tohoop. Un keeken dör dat lütt Kiecklock in 'n Schützengroben, un nickköppen em to:
»Wi goht mit di, Karsten Rüter, jümmer un jümmer!«
»Schall ick al mol flimmern?« reep de een.
»Ne, noch ne!« sä Karsten un lach: »Ick segg di denn Bescheed!«

Hein Gummi

Se kennt em all' an 't Fischmark un an de Woterkant. In all' de Hobenschänken un Köminseln snackt se van Hein Gummi, den Fischdamperjantje, van Hein mit de grooten Handn, un vertellt sick wat van sien Supen un van all' de Flöt, de he jümmer in 'n Kopp harr.
Oach, un se wet allegoar sovel van em.
Se wet, dat he mol in de Bavaria achtuntwindig Glas Beer in eener Tur utsopen hett un hett den Doler, den he bi de Wett gewunn'n harr, ook noch gliek up 'n Kopp haut.
Se wet, dat he mol morgens in de Neddernstrot in 'n Rünnsteen legen hett in de Ünnerbüx un up Strümpsöcken, un hett ne weten, nem he sien Tüg un sien Stebeln loten harr.
Se wet, dat he mol in de Flora de ganzen Kellners un Muskanten rutsmieten wull, un wull de Konstoblers ohn Solt ton Freuhstück verteehrn, un dat he noheer up de Wach allns kott un kleen haut hett.
Se wet, dat he jeedesmol, wenn de Fischdamper wedder no See wull, mit Gewalt ut de Schänk holt wardn müß un müß an Bord anbunden wardn bit de Damper von de Brügg wür.
Se wet all' sovel Dinger to vertelln van Hein Gummi, – blooß sien'n letzten Streich, den wet se ne. Un dat is doch jüst de beste. –
As dat all' koppheister güng, as mitmol de ool Krieg utroopen wörd, – doo wörd ut den Fischdamper forts 'n Vörpostenboot, un Hein Gummi bleef gliek an Bord un wörd Mariner. Un kreeg ook wedder sien'n richtigen Nom, so as dat up sien Munsterbook stünd: Heinrich Ehlers.
Doo wörd 't all' anners. Hein Ehlers wörd de leifigste Matroos, de beste Foahrnsmann. Unmilitärisch wür he, dat 's woll woahr, – 'n Soldot seet 'r ne in. He leet sick ne anranzen, van

keeneen'n. Un wenn he in de Baß wür, denn sä he to jeeden du, ook ton Ooln, un snack blooß plattdütsch. Ook mit sien Klamotten harr he sick ne so penibel, – de Bandn van sien Marinermütz harr he gliek afreten. He wür kiddelig in 'n Nacken, sä he, he wull den Schiet doar ne rümfluddern hebben.
Ober: 'n Seemann dör un dör. Dat kunn noch so doll weihn un regen, – Hein lach. Dat kunn noch so doll dümpeln un schöln, – Hein stünd fast as 'n Boom. He kunn half verklohmt un klöternatt wesen, – he fleut un süng doch noch. Dat kunn acht Dog wieder nix geben as Kunsthonnigersatz, – Hein klopp sick doch noch up'n Buk un sä: »Is doch mol wat anners as Dag för Dag den ooln Schinken un de dreuge Koohbotter.« De annern kunn'n noch so vel quarken un schimpen, – Hein kreeg jem doch wedder ton Lachen mit sien Döntjes, un sien Grabben, un sien unklooken Tög.
He wür de beste Mann an Bord, un de fliedigste. Arbei den ganzen utgelängsten Dag, heul dat ganz Schipp in de Reeg, schrubb un pinsel un spleeß van morgens bit obends. Harr jümmer gooden Moot un wür vör Doot un Dübel ne bang. –
Un eenmol, – doo dreeben se ook wedder buten up Vörposten, doar ganz in de Nord, meist no Hornsreff rup. Wür slicht Woter un fein Wedder, blooß 'n beeten diesig. Hein un de Ool würn up de Brügg, de annern würn bi 't Deckwaschen. Dachten an nix, würn all' tofreden un vergneugt.
Upmol reep de Utkiek: »Wat is dat doar?« – un wies' no Backbord. – Doar käm 'n Foahrtüg ut 'n Dok rut, – wür goarne wied mehr af, – 'n lütten Krüzer. Un doo blotz dat doar ook al up, – twee-, dreemol, – un eehr Hein wüß, wat eegendlich loos wür, sus' dicht vör em dat Woter hushooch in de Endn. Un dat knall un knatter, – wür all' een Stoff un Füer un Rook, – un de Ool läg platt up de Brügg un reug sick ne mehr. Dat Bloot leep em öber 't Gesicht.
Dat güng all' so gau, – käm keen Mensch to sick sülbst. Un denn lücht dat doar al wedder up den Krüzer, un dat hau un knaller in de Backbordsiet rin, as wenn de ganze Damper gliek

in dusend Stücken fleug. Dat Füer käm boben ut 'n Maschinenrum rut, un doar nerden un achter up 't Deck wörd dat een Jammern un Schreen – grusig. –
As 'n Katt sprüng Hein Ehlers van de Brügg, – he wull no achtern, – he wull no vörn, – he wull an 't Geschütz, – he wull dütt un wull dat, – ober doo smeet sick de Damper al ganz up de Siet un füng an to sacken.
Welk würn al bi un moken de Boot kloar, dat güng all' Hals över Kopp. Doo jump Hein wedder up de Brügg rup, un nähm den Ooln up 'n Arm as 'n lütt Kind, un slep em de steile Trepp dol. Un leep no achtern un hol den Kock, de mit tweischoten Been vör de Kombüs läg un üm Hölp reep. Un denn wull he jem ook noch ut de Maschin rutholn, – ober doar kunn he ne mehr rin, doar wür't all' een Füer un Damp binnen, de veer Mann würn al doot, würn al hinüber.
Un de Damper sack un sack. Se kunn'n ne länger teuben, dat wörd de heuchste Tied. Doo klau Hein toletz ook in de Boot un stött af.
De engelsche Krüzer käm neuger un neuger, un achter den een'n kämen noch twee anbrusen. Ober scheeten dehn se nu ne mehr, – de ool lütt Fischdamper harrn sien Deel joo al.
In de Boot jammern un schreen un schimpen se all' döreenanner. Up Hein Ehlers acht keeneen. Hein seet in de Kneen vör den Ooln un grabbel em de Taschen dör. Un sprüng hooch un reep un bölk: »Mol still! – Nem sünd de Papiern? De Minenkorten un Geheemsoken? Keen hett de?«
Se wüssen van nix. – »De hett de Ool in de Tasch!« reep de Stüermannsmot.
»Hett he ne! He hett keen!« brüll Hein em an. »De Papiern, Jungens, de möt wi hebben! Dat geiht ne – de dött de Engelschmann ne in de Finger kriegen! De möt wi holn, Jungs! Wi möt trügg!«
Dat kunn'n se ne, dat güng ne, sän se all'. »Dat deiht, ne neudig«, meen de Mot. »De Damper buddelt joo weg un de Papiern mit!«

»De buddelt noch lang' ne! De Krüzer is in 'n Oogenblick ran. Ick will un mütt de Papiern hebben!«
Un as se all' geegen em an würn un wulln ne, – doo drück Hein sien Mütz fast up 'n Kopp, – un jump öber Bord. Un stött de Reemens, de se em hinhooln dehn, an de Siet, un swümm wedder ran an 'n Damper. De läg ganz scheef un deep in de See un sack jümmer wieder, so ganz bilütten, Toll üm Toll. Un ut de Maschin käm noch stüttig de dicke Qualm rutfleegen.
Nu wür he hin, Hein, un krabbel sick up de Brügg rup, rin in 't Kortenhus. Un käm wedder rut, harr den isern Kasten mit de Papiern in de Fust. Un heul em hooch, as wenn he seggen wull: »Kiek hier! Hier sünd se!« Un smeet em in 'n grooten Bogen rin in de See.
Denn keek he no de anner Siet. De eerste Krüzer wür man 'n halbe Seemiel mehr weg, käm doar so groodsnutig anglieden. – Doo gröhl he wat, Hein, un jump de Trepp dol, un klau up dat schräge Deck langs no vörn, up de Back, no de Kanoon, – he wull den verdammten Engelschmann, den Prahlhans, noch een'n hinballern mit sien Fief-komma-twee. Ganz egol, wat he dropen deh, he wull em wiesen, dat he ne bang wür.
Ober he kunn ne kloar kommen mit dat Dings, alleen ne, – de Damper läg al to scheef. He kunn sick joo man eben sülbst hooln doar vörn up 'n Stewen. – In de Boot doar schreen un gröhlen se, un reepen un winken jümmer doller. Se wulln em Kündn geben, wulln em wiesen, dat de dütschen Schep in Sicht kämen doar achter in 'n Südosten.
Ober Hein hör un seeg nix. He arbei noch för doll an sien Geschütz un kekblooß af un mol no den Engelschmann. Un seeg, dat de ümdreihn un utkniepen deh.
Doo reet Hein Ehlers sien Mütz van 'n Kopp, un swung doarmit hin un her, un gröhl all' war he kunn. Hurroh reep he ne, dat wür ook ne sien Oart, he lach blooß un freu sick un mok Larm. –
Un doo – doo – as he doar so stohn deh, vör up de Back, bi sien Kanoon, in de Hand de Mütz, de Oogen stief no Westen, no

den Engelschmann – doo sack em de Damper ünner de Feut weg, – un nähm em mit, – so as he doar stünd. –
Dat wür man 'n Oogenblick Sok: Schum un Damp un 'n grooten Küsel, – un denn wür de See al wedder glatt –
So is he ünnergohn, Hein Ehlers. He hett meent, he harr de engelschen Krüzers bang mokt, un harr sien Mackers dat Leben rett'. Un dat hett em noch 'n scheunen Doot geben, hett em rinreten in de grood Kuhl, ohn dat he 't mark, – mit lachen Oogen. –

*

Wullt nu noch war von Hein Gummi hörn? Van sien Supen un van sien Streiche?
Denn goh no 't Fischmark dol un frog in de Wirtschaften! Van mi krigst keen Wort mehr to hörn van Hein Gummi – ick kenn blooß noch Hein Ehlers.

Achter'n Diek

Dütt is nu dat drütte mol, dat ich hier sitten dooh.
Is doch 'n feinen Platz hier! Meist, as wenn ick an'n Finkwarder Diek sitt. Dat is so still un so scheun, kannst nix hörn. Blooß de Wind russelt ganz sinnig in de Pöppel, un mitünner brüllt doar ganz achter up de anner Siet van'n Diek de Ossens, – wi kriegt wull annern Wind.
Wat is dat doch för 'n lütt scheun Dörp, wenn 'n so! van hier up de rooden Dacken un up de Bäum rupkickt. Een Hus bi 't anner un all' liek lütt, un all sitt se bit an 't Dack in Fleeder- un Appelbäum. Schod, dat ick keen Farw hier hebb un keen'n Pinsel un dat ick ne moln kann, – an's: dat harr 'n fein Bild geben!
Wenn ick mi ümdreihn dooh, un mok de Hals 'n beeten lang, denn kann ich öber 'n Diek wegkieken, denn kann ick de groote Butenwisch seehn un dat blanke Watt, un doar achter liggt de grooten grauen Kriegsschep, un doar achter, doar ganz achter, doar is de See.
Güstern obend wür ich doar noch an 't Klüsen, doar buten, dwars van Spiekeroo, un uns' ool Fischdamper güng de Sok an bi den Nordwest, – ick kunn em man eben mit 'n Kopp up de See hooln. Doar wür 't anners as hier. Hier ist dat joo rein so still as in de Kark. Wenn 'n sick son fief, söß Dog doar buten up Vörposten rümdreben hett, denn freit 'n sick doch, wenn 'n mol wedder in 't Gras sitten kann, un kann mol wedder lütte roode Hüs un Appelbäum seehn.

*

Tweemol hebb ick hier al seten. Dat eerste mol dree Weken vör Pingsen. Doo seet mien Brooder Jann noch blangen mi, uns' »Gorch Fock«, as de Lüd to em seggen dän. Wi beiden würn uns sinnig üm 'n Diek rümpett, Foot vör Foot, jümmer an 't Woter langs. Snackt harrn wi ne vel, Jann wür joo ook man still, ober wenn he mol wat seggen dä, – doar kumst jümmer lang' öber nodenken. Un as wi wied genoog van Wilhelmshoben weg würn, doo hebbt wi uns hier dolsett, hier boben an'n Diek, un hebbt up dat lütt Dörp rupkeken. Un ick dach: »Fein hier!« Un Jann dach dat woll ook, ober seggen dän wi dat ne. Wi snacken van Vadder un Mudder un van 'n Neß un van de Elf un van de Fischeree un toletz van 'n Krieg. Un Jann vertell van Rußland un Serbien un Frankriek, van sien feldgraue Kriegstied. Un denn van sien blaue, helle Marinertied up sien »Wiesbaden« un van jemehr Foahrt geegen Engelland, as he boben in 't Kreihnnest seten harr, un se harrn de engelsche Küst beschoten. Wat harr he för Lachen in de Oogen, as he dat vertelln dä!

Un he wull noch vel mehr beschicken, wull seehn, dat he ook mol up 'n Zeppelin kommen dä un denn hinfleegen no Engelland. Un wenn 't angüng, wull he ook noch mol up 'n Uboot.

Sien Marinermütz harr he ganz in 'n Nacken schoben, – Lust un Moot harr he för fief, un dat seeg meist ut, as wenn he 'r gliek up dol wull. Un doarbi keek he doch jümmer in de Appelbäum un hör dat Russeln van de Pöppel un dach: »Wat is dat scheun hier!« ... Un dat lütt Dörp läg ganz still, – jüst so as nu.

*

Un as ick dat tweete mol hier sitten dä, – dat wür den Dag no Himmelfoahrt, morgens Klock acht.

Den Obend vörher würn uns' Schepen wedder rinkommen ut de grood Seeslacht. Un doo heet dat gliek: »Wiesbaden is ook mit ünnergohn!« Toeerst hebb ick lacht, hebb 't eenfach ne gläuft, – doar wörd joo sovel snackt un trechtlogen, kunnst joo goarne mehr klook ut wardn.

Ober dat van »Wiesbaden«, dat sän se alltohoopen. Un doo

kreeg ick dat doch mit de Angst un füng an, to frogen un to seuken, un jümmer un jümmer wedder heet dat: »Ne van Wiesbaden is keeneen rett!« Den ganzen Obend bün ick so rümloopen un rümbiestert, ober ick kreeg jümmer datsülbe to hörn.

Slopen kunn ick de Nacht ne, un den annern Morgen füng ick gliek wedder an to seuken. Ick wull joo so geern weten, wat he rett wür, ick wull joo so geern no Hus teelegrofiern un noch vör de Extroblöd' kommen, ober ick kunn un kunn nix to weten kriegen, goarnix. Hebb sovel grübelt un dacht un bün jümmer wieder loopen, und toletz, – doo stünd ick hier wedder an düssen Platz.

Un doo hebb ick mi hier in 't Gras sett un hebb mit mit sülbst un mit 'n leeben Gott snackt.

Eerst hebb ick em ganz still un geruhig frogt, wat he unsen Jann rett harr. Doo wull he ne recht mit de Sprok rut, de leebe Gott, füng jümmer van wat anners an, – un toletz sä he doch kort un bünnig: »Ne, he is verdrunken! Is in sien Nordsee ünnergohn!«

Doo wörd ick ganz argerlich, un ick hebb den leeben Gott mol fix de Woahrheit seggt: »Worum hest em denn ne rett? Du harrst dat doch kunnt, kannst doch allns! Wenn Du son Kerls ne retten wullt, wat wullt Du denn för welk retten? Hett Jann Di jemols wat dohn? Kannst em wat slechts noseggen? Wenn he ook ne so vel no Kark hinloopen is, he hett doch jümmer 'n barg van di hooln, hett ne över de Bibel lacht. Un he is doch 'n gooden Menschen wesen. Wat kannst em nu woll eenfach so verdrinken loten? Wat schall sien lütt Froo nu van Di denken? Un Vadder und Mudder un wi all?«

Noch vel mehr hebb ick to em seggt, ober he hör doar joo goarne no hin. Keen Wort hett he mi antert.

Ober mitmol füngen de Klocken an to lüden in Wilhelmshoben, un allerwegens up de Hüs' un up de Kasernen kämen de grooten Flaggen hooch, – nu wür de grood Seesieg joo woll bekannt mokt.

Ick wull noch mol wedder anfangen to schimpen, ick wür noch lang' ne kloar mit 'n leeben Gott, ober nu kämen mi de Klokken doar jümmer twüschen: »Bim – bum– wes'– still – bimbum – ganz – still ...«
Un as ick wat sinniger worden wür, doo reepen se jümmer: »Bed' – mol – bed' – mol ...«. Ober dat wull ick ne, un dat kunn ick ne. Ick wüß: In ganz Dütschland lüden nu de Klokken, un all' de Lüd frein sick un setten de Flaggen up, – ober wat kunn mi dat helpen? Wat schull ick mit den Sieg?
Beden? Ne! – Nu leepen se in Hamborg mit de Extroblöd rüm, un de Lüd reeten sick doar üm, un denn stünd doar woll ook up, dat »Wiesbaden« ünnergohn wür, un denn ...
Un Vadder un Mudder in Finkwarder kreegen dat denn woll ook bald to weten, ...
Un ick seet un seet. Un de Wind russel sinnig in de Pöppel, un de Ossens brülln in de Butenwisch, un de Klocken lüden noch jümmer: »Bed' – mol!«
Ober ick beet de Tähnen in 'n Kopp tohoop un heul de Hand'n ganz wied utnanner, – ick wull ne beden un wull ne weenen ...
Un ick hebb 't toletz joo woll doch noch doon ...

*

Un nu sitt ick hier wedder. Wedder ganz alleen, ober ganz still un ruhig.
Sett Di 'n beeten bi mi dol Jann! Seehn un feuhln, kann ick Di joo ne, ober ick kann doch mit Di snacken. Vertell mol, wat hest noch all' seehn vör Dien'n Doot? Du kunnst doch scheun wied kieken boben ut 'n Mastkorf rut. Hest noch seehn, as de grooten engelschen Schep in de Luft fleugen? Hest seehn, wat uns' Torpeederbeud up Jon Bull dol gohn sünd, un war uns' grooten Panzerkrüzers doar twüschen ballert hebbt? Wür woll fein antokieken, wat? Hett Di doch woll Spoß mokt?
Angst hest doch ne hatt? Du doch ne? Un hindolschoten hebbt se Di doch ook ne? Büst doch woll ne eehr ut 't Kreihnnest

rutkommen, as bit dat ganze Schipp in Grus un Mus schoten wür un Di denn so langsam ünner de Feut wegsack?

Un wulang' hest doo noch swümmt up Dien Korkwest? Un wat hest noch all' dacht? Büst ook so grood un keuniglich ünnergohn as Dien Klaus Mewes? Hest Dien Lisabeth noch mol seehn, un de beiden Lütten? Hest noch mol an Vadder un Mudder un an uns all' dacht? Büst noch mol gau in Finkwarder an'n Westerdiek un an de Elf wesen? Hest noch mol winkt öber uns? Du hest uns woll toroopen, wi schulln man ne trurig wesen?

Dat sünd wi joo doch, Jann, – ober wi wöllt man getroost wieder leben un wöllt ook af un an mol lachen. Wöllt ne jümmer jammern üm Di, wöllt Di Dien Rauh man gönnen. Du hest joo ook lacht un lewt, hest 'n kort Leben voll Meucht un Arbeid ober ook voll Sünnschien un Lachen hatt. Un hest woll ook 'n scheunen Doot hatt. Slop nu man scheun. büst good uphoben!

Büst joo ook jümmer bi uns! Sittst nu joo ook hier blangen mi in 't Gras. Un wi kiekt beid no dat lütt scheune Dörp mit de rooden Dacken un de greunen Bäum. Un allns is so still un so fein! Un ick hebb mi ook al lang' wedder mit 'n leeben Gott verdrogen. –

Dat is 'n feinen Platz hier! Hier mag ick geern sitten.

Scheeben Wind

Dwars van't Wesserfüerschipp wür'n grooten Finkwarder Kutter an't Krüzen, Willem Bott, H. F. 219. Dat Wedder wür rein to schod to verseiln, son scheune Fischerbries' ut 'n Westen, ober se harrn vannacht ne recht wat mehr fungen, würn to hooch kommen, un doar seet nix, se müssen wedder sieder dol.

Hannis Meier, de Knecht, stünd an 't Ru'er, Willem Bott un de Jung würn binnen un drünken Kaffe. Dat wür eegendlich ook ne recht, eegendlich harr de lütt Thees solang' stüern müßt, ober – seggen kunnst doar ook nix van – he mook joo eerst de tweete Reis', wür knapp dree Weken ut de School, he kunn dat noch ne so. Un he wür joo ook so lütt un fleedig, keek joo ne mol öber 't Nachthus weg.

*

»Vadder, wat schall ick denn nu koken vandag?« freug Thees un hüng den Pooker an de Backobendör.

»Tjä«, sä sien Vadder, »ick denk doar jüst öber no. Wi wulln joo al jümmer mol Suerßupp eten, ober wenn de Wind so blifft, denn möt wi den ganzen Morgen seiln, denn hebb ick doch keen Tied no 'n Pott to kieken, un Hannis mütt de Fisch noch an 't Siet moken. Ne, Suerßupp, dat geiht ne, - du verbrüddelst mi den Krom, smittst mi doch de Klüten in de Aschenschuw. Wöllt vandag man Scheeben-Wind (Graupen) koken. Hool dat Füer man gliek in de gangen.«

»Schall ick de Gruben nu denn al forts upsetten?«

»Ne, nu gliek noch ne! Eerst settst dat Soltfleesch up, wat wi van den Bremer Lootsenschuner kregen hebbt, un wenn dat kokt, denn gütst dat af un nimmst frisch Woter. Un wenn 't denn wedder kokt, denn deihst de Gruben rin, – un Klock tein de Kantüffeln. Un denn paß ook good up, dat di de Krom ne anbrennt, – dat mütt jümmer so ebenweg koken«, sä sien Vadder. Un dat sä Hannis em noheer ook noch mol: » – good up 't Füer passen! Jümmer so sinnigweg koken loten, ne to vel un ne to weenig.

*

Sowied wür dat nu ook all' kloar. He harr dat Fleesch afgoten, Thees, un harr frisch Woter upfüllt un harr denn de Gruben rinschütt, de twee Pund, de in 't Schapp stohn harrn. Wür joo sachts 'n beeten rieklich för dree Mann, ober sien Vadder harr joo nix segt, un frogen wull he ne eerst wedder.

Dat käm woll ook all' so in de Reeg. Dat Füer brenn scheun, un koken dä't ook fein egolweg, un Kantüffeln harr he nu ook al schellt. Oach, Gruben koken, dat wür joo licht to, doar harr'n joo meist goarnix bi to puddeln! –

Seeg fein ut in'n Pott, wat de Dinger doar all' so rümsusen un rümweuhlen dän. »Es wallet und siedet –«, oh man to, mol gau wedder'n Gedicht upseggen! »Wer wagt es, Rittersmann oder Knapp, zu tauchen in diesen Schlund?« Un he rappel den ganzen »Taucher« heer, Thees, un eulich mit Betonung, un keek jümmer in'n Pott doarbi. »– sie rauschen herauf, sie rauschen hernieder«, –. Junge, se wördn em nu ober doch rein'n beeten dick, de Gruben, kunn'n doch licht ansetten. He wull'r man leeber'n lütten Schups Woter togeeten.

Jä, nu kok dat ober ne mehr, nu müß he dat Füer mol'n beeten nostökern. Non, dat wull he woll kriegen, – doar wür'n Schüffel voll swatten Kohl good för. »So nu knapper un räuker ne lang', nu brenn!«

»Wohltätig ist des Feuers Macht –«, ah, de »Glocke« kunn he noch so temlich, wenn he't ook all' döreenanner kriegen dä, dat mok nix. »In den öden Fensterhöhlen wohnt das Grauen, und die frechen Jungens klauen gleich hinein!« So harr he dat in de School ook mol segt, ober doar wür he beus bi anloopen. »Komm mal raus!« harr de Schoolmester roopen un harr em fief blaue Streken ünner de Büx langs tohn. De kunn he nu noch meist feuhln, – un he harr sick doch man blooß verrappelt.

»Non, koken dän de Gruben nu wedder. Se würn ober noch so dick. Tjä, wat denn nu? Togeeten kunn ne nix mehr, de Pott wür voll. Denn müß he doar eerstmol wat rutfülln! Leet sick joo ook fein moken: He stell eenfach de Kastroll blangenan un denn doar twee fixe Sleef voll rin.

So, nu kunn 'r wedder Woter tokommen. Un denn man fix Füer ünner, – dat müß jümmer so ebenweg koken, harr sien Vadder segt. Gedichen wull he nu man ne mehr upseggen, würr doch allerhand bi uptopassen, bi de ooln Gruben. Se wulln nu joo woll öberhaupt ne wedder koken, un doar wür doch sovel Gloot ünner.

»Sein Bart ist nicht von Flachse, er ist von Feuersglut, – Er spricht im Schlaf zum Knaben –«, na, endlich kok dat wedder! Nu man sudje, nu man ne gliek so doll! Joa, nu güng allns öberhin, – so wür't richtig! – allns in't Füer rin! Na, lot't man susen, denn wörd't ook weeniger! Ne, dat stünk doch to doll, – he müß noch wat rutfülln.

Beeten güng noch in de Kastroll, aber dat sleug noch nix an, doar müß mehr rut. He müß joo ook Platz för de Kantüffeln hebben, Klock wür gliek tein. Ja, denn hölp dat nix. Stipperspott heer! – Oach wat, dat beeten Fett mit Zibbeln, dat mok'n nix, dat geef 'n kräftig Eten. –

Un doar müß doch noch mehr rut, kook joo noch jümmer öberhin un wür ook noch vel to dick. Ober nemhin doarmit? He harr keen Pött mehr, blooß noch de Klütenpann. Ganz egol, doar müß ook wat rin! Dat heet: voll döß he s' ne moken, de Kutter dümpel fix, un dat schüllber licht öber'n Rand weg. Un up'n Oben kunn de Pann ook ne mehr mit stohn, ober up de Bank, doar güng't noch, doar wür noch Platz genoog. –

So, – nu gau de Kantüffeln rin! Joa, hest di al mol högt? De halben güngen rin, ober mehr ne. De Pott wür voll un all' stam-

pendick. Un dat wörd nu ook al so brännig rüken, – dat sett doch joo woll ne an? Snarrkrom dat!
De Kantüffeln müssen all' rin, doar leet sick nix an ännern, denn müß eben noch'n Sleef voll Gruben rut. In de Kaffeekann? Ne, dat güng ne. Anner Stück Dings heer! Oach hier – de ool hölten Schooh, de achtern Oben läg, de wörd doch ne mehr brukt. Dat güng fein, de heul dicht un stünd ook scheun fast up de Bank.
So, – nu gau koolt Woter to, dat't blooß ne eerst anbrennen dä. – Junge, nu harr he de Kantüffeln joo wedder vergeten, de schulln doar doch rin! Gotts – knep – un – Pankooken! Wat mok he nu blooß?
Ah Mann, dat he doar ook ne eehr an dacht harr: dat Fleesch müß rut! Dat nähm joo tovel Platz weg, un dat harr ook al lang' noog kokt. »Rut mit di, Du amerikonsche Büffel! Doar settst di hin up de Bank, un rüscht mi doar ne hindol, dat segg ick di! An's smiet ick di 'n Lasso üm 'n Hals un bind di an't Brootschapp fast!«
Kiek blooß mol an, wat dat gliek utmok, nu kunn 'n de Kantüffeln alltohoopen rin, fein sogoar. Un nu man wedder Kraft up. daß de Krom koken wörd! Noheer kunn't denn ok wedder »jümmer so ebenweg«, as sien Vadder meent harr. –
Kinners ne, wat harr he nu 'n barg Gruben! Satt wardn dän se gewiß vanmeddag. De ganze Oben un de ganze Bank stünd voll, un de Pott wür ook noch strekenvoll. Dat seeg joo rein slimm ut! – So kunn he dat hier ook ne stohn loten, dat güng ne. He wull man wat wedder weggeeten, de Pann un den Stipperspott un den hölten Schooh, denn kreeg he ook beter Platz.
Ober dat döß sien Vadder ne seehn, an's geef 't 'n Dübel to Neejoahr. Oach, dat wörd de joo ook goarne wieß, – he hol sick gau de Pütz dol, un denn doar allns rin, un denn sinnig in Lee öber Bord, dat keeneen war marken dä! –
»De Pütz bruck ick, – dat sühst du doch !« sä Hannis Meier. He wür noch bi't Fischafwaschen.

»Krigst s' joo ook gliek wedder!« anter de lütt Thees buffig.
»Wat wull du denn doarmit?« Hannis meen, Thees wür seekrank un wullt de Pütz bi sick stohn hebben, – wenn dat mitünner so upmol hooch käm un he kunn so gau ne an Deck kommen, – »Wat wullt mit de Pütz?«
»Blooß mol eben wat inkriegen.«
»Wat denn?«
»Ah, – nix!«
Doo keek sien Vadder up: »Näh, – Hannis! Fot mol dat Ru'er an. Will mol eben no'n Pott kieken, ich gläuf, wi kriegt'n Brandenbörger. – Wasch du doar man solang wieder, Thees!« Un doarmit güng he no vörn un klau no nerden. –
Lang' bleef he ne binnen, Willem Bott, he keek blooß mol eben no'n Oben un no de Bank un no de Tüten in't Schapp. Un as he wedder rutkäm, doo güng he langs Deck un sä keen Wort, kunn ook nix seggen, – he harr de Tung' twüschen de Tähnen fastknepen.
Blooß as he den Knecht dat Ru'er ut de Hand nähm, doo steek he den Kopp achter't Nachthus un sä sinnig: »Goh ook man mol dol, Hannis, un kiek di dat mol an: Thees hett Scheeben-Wind kokt.«
Un as Hannis wedder rutkäm, doo leepen em de Tronen öber de Backen. Doo geef he Thees de Pütz un sä: »Hier, – lot mi man' fief Liter afkriegen. Hest joo noch Gruben noog, – sovel Beseuk kummt doch ne vandog.«
Un Willem Bott keek nu öber't Nachthus weg un lach un reep: »Hannis! Stell em man gliek de Fischballje vör'n Oben, an's is he kumpobel un füllt uns de Südwesters un de Plüschschooh ook noch voll.«
Un de lütt Thees stünd doar mit de Pütz un mok'n Gesicht, as wenn he dree Banken no ünnern kommen wür. Schreen wull he ne, un lachen much he ne, – he wüß, dat geef nu dree Dog Scheeben-Wind.

Inheuden

Nu harr Thees Bott gorkeen'n eulichen Macker mehr, nu wür he alleen noch no van de dree Meßjungs, nu wüß he gorne wat he beschicken schull, wenn se bihus würn. Mit de Kinner to speln, dor harr he keen Lust mehr to, denn müß he jümmer an Mandus un an Dieter dinken. Vogels beluern un Bloomen plücken, dat güng ne mehr, – de Harwst wür wedder över 't Land kommen mit Regen un Dok un Wind.

In 'n Hus to sitten, de langen scheunen Obends, dor harr he ook keen Snuten an, dor wür em dat to still un to warm. No Jan Ohm röbergohn, dat wür nu ut, – Jan Oohm harr de Oogen dicht mokt un wür up 'n Karkhoff to Anker gohn.

Thees wüß narms hin. No Musik wull he ne, in de Schenk sitten much he ne, un sick frische Mackers seuken – dat kunn he ne.

Do dä he dat beste wat he doon kunn, he güng jeedesmol, wenn se an Land würn, – güng he een'n Obend no de Au langs, no Gesine Loop, no sien lütten Kruskopp.

Mitünner stünd se vör de Dör, mit ehr Mudder oder mit annere Deerns, un Thees kunn blooß vörbi gohn un Gunobend seggen, – ober dat wür joo ook genoog, he harr ehr denn doch seehn un harr ehr lachen hört. Mitünner dreep he ehr överhaupt ne, – denn wür he ook ne argerlich, denn frei he sick, dat he ehr Hus un ehr Finster seehn harr un harr sick scheun de Feut 'n beeten utloopen. Mitünner ober ook, – denn kreeg he ehr up 'n Diek tofoten, ganz alleen, un denn güng he 'n Stück mit ehr langs un fot ehr sinnig an de Hand, un sä nix. Un denn wür dat scheun, denn schien de Sünn so hill un warm, denn stünd de ganze Diek vull Bloomen, denn süngen de Vogels un lüden de Klocken, denn güng se wedder ganz in witt un Thees seet wedder bit över de Ohrn in Märchen un Geschichten.

Denn harr he dreemol üm Finkwarder loopen kunnt un harr dor nix van markt. Denn käm em dat all vör, as wenn he dräumen dä, as wenn he up See wür un stünd in Eultüg an 't Ru'er, un dach sick dat all' ut.
Un eerst wenn se sick Gunacht segt harrn, un Gesine wür wedder in 'n Hus' – denn wok he up, un denn föll em dat all' wedder in, wat he frogen un vertelln wullt harr. Un denn dach he: »Anner mol!« Ober dat anner mol güng 't em ebenso.

*

Un denn käm mitmol son Tied öber em, – do wörd he wedder unklook un vergneugt, un dach: »Wat schall dat Grübeln? Leben un Lachen, – all' dat anner is belämmert!«
Do güng he den een'n Obend wedder no sien lütt Gesine langs un wull 'n beeten mit ehr in 'n Mondschien loopen un wull ehr mol van de See un van de Fischeree vertelln. Un denn wulln se tohoop singen, un dat schull ganz, ganz fein warden.
Ober dat käm anners. – As he ehr rutfleit harr, do sä se, se kunn vanobend ne mit, se müß inheuden, – ehr Mudder wür no de Lünbörger Siet.
»Kann ick nix bi doon, Thees!« sä se. »Goh man alleen loos!«
Ober Thees wull ne: »Bün doch ne bregenklöterig! Wenn du ne mitgeihst, denn blief ick ook hier.«
»Kummst ober ne mit rin!«
»Will ick jo ook gorne. Keen hett dor denn al wat van segt?«
Do bleeben se denn eerstmol vör de Dör bestohn un vertelln sick wat.
Ober, – buten wür 't koolt, un in de Döns wür 't so fein warm wesen, un Gesine harr keen Jack un keen'n Koppdook mit rut bröcht. Un do sä se, dat wull se eben holn.
Un do sä Thees, denn kunn he jo so lang up de Del gohn, un denn wür dat woll beter, wenn he de Husdör solang tomok, – dat em keeneen seehn kunn, wenn een up 'n Diek vörbigohn dä.

Un wat dat nu eegentlich käm, dat müß he sülben ne, – he seet mitmol in de Döns up de Bank un harr de Feut up de Füerkiek un sä: »Hier laßt uns Hütten bauen!«
Un Gesine de schüll mit em rüm, un reet em an'n Arm, un quark un quäs, he schull moken, dat he wedder rutkäm, un an 's wull se Larm moken un wull Trino-Tante roopen. – Un toletzt seet se doch ook still up 'n Stoohl, ganz up de anner Siet van'n Disch un sä, ehr güng 't nix mehr an, – un füng wedder an to häkeln.
Un do wörd dat dor so still un gemütlich, as wenn se al lang verheirot würn, as wenn se in jemehr eegen Hus un in jemehr eegen Döns seeten. Fein wür dat!
Blooß Gesine harr noch jümmer Angst, se wür öberhaupt son lütten Bangbüx vanobend: »Wenn nu een kommen deit? Wat denn?«
»Denn kummt een.«
»Wat meenst, wenn Mudder nu mitmol rinkäm?«
»Denn? – Ha, denn, – denn segg ick: Nobend Geeschen! Büst noch mol langs 'n Diek wesen?«
»Un wenn se di denn dreekantig rutsmitt?«
»Denn komm ick veerkantig wedder rin!« Thees Bott leet sick ne verblüffen, – dickfellig as man een. –
Dat güng ook all' good. Un dat duer ook gorne lang, do kunn Gesine al wedder lachen. Se kämen eulich in 't Verteln, – van de Schooltied, van Cuxhoben, van 't Seiln, un van 't Swümmen, un van dütt und van dat.
Un wenn se mol nix mehr wüssen, wenn 't mol ganz still wür, denn vertell de groot Wandklock alleen wieder, un de wüß ebensoveel un noch mehr dorto, – de snack noch van Sünnschien un Kinnerglück, un van Heimweh un Truer.
Ganz scheun wür dat all, un de beiden lütten Gäst harrn rein heete Backen. –
Ober upmol bleef jem beid de Luft bestohn, – buten würn Träd to hörn, – un denn pett sick een de Feut af, – un denn klapp de Husdör.

»Mudder! Ha, wat nu? Dat 's Mudder!« sä Gesine, un smeet ehr Tohäkeln up 'n Disch un seeh ut as dat Witte ünnern Böhn, un keek Thees an, – ober Thees wür al gorne mehr dor, – he wür ünnern Disch rüscht as son Slangenminsch, un krabbel sick nu sinnig ünner de Bank rünner, so wied as he kunn.
Un denn stünd Geeschen in 't Dörnlock. – Un Gesine wür so hiddelig, kunn man eben snacken: »Wat nu, Mudder? – Kummst du al wedder? – Büst du al hier? – Wat kummt dat denn?«
»Ah, – ick harr Heimweh! In 'n Hus' is 't doch noch jümmer up 't best!« Un Geeschen tüdel ehrn Koppdook af un teug de Jack ut. »Is koolt an 'n Diek, – ick bünn rein dörfrorn.«
Gesine keek gorne up, wür wedder för dull an 't häkeln: »Ick dach, – ick meen, – du säs doch, du wullst noch no de Lünbörger Siet, no Jan-Unkel?«
»Den hebb ick al ünnerwegens dropen, dat is al all' in de Reeg.« Un se wull sick jüst mit an 'n Disch setten, – do hüng dor 'n Mütz up 'n Stoohltappen, Thees sien wulln Klitsch. »Wat is dat denn? Nem kummt de denn heer?«
»Heiliges Bimbam!« dach Thees. »Nu hett se mien'n Deckel funden. Nu bün 'k Elias!«
Gesine harr sick ook fix verjogt, ober se kunn sick doch noch mol wedder rutleegen, – se dreih de Mütz jümmer hin un heer un bekeek ehr van buten un van binnen un sä, se wüß 't ne, se wüß 't ganz gewiß ne. Un toletzt sä se, se wüß 't doch: de hör den lütten Hannis Roopers, de harr eerst de Kantüffelschell holt, de harr dat Dings hier vergeten.
Un ehr Mudder gläuf dat ook, – un sett sick geruhig dol un scheuf de Feut bit dicht vör Thees sien Näsenspitz. Un Thees kunn ne wieder trügg, läg mit 'n Puckel geegen 't Bankenbeen un läg krumm as 'n Flitzbogen, un döß sick ne reugen. 'n Tostand wür dat!
»Wat kummst du hier blooß wedder ünnerrut?« dach he jümmer. »Wenn de Froo doch blooß mol no buten wull! – Dat is doch ook bald Tied to Koje!«

So dach Gesine ook. »Mudder, du schust man gliek up 'n Bitt gohn!« sä se. »Du sühst gorne good ut.«
Ober Geeschen wull noch ne. »Ah«, sä se, »dat deit dat Licht, – ick feuhl mi ganz mollig.« Un füng an to zaustern, van all' jemehr Verwandten un Bekannten, un van 't Wedder un van de slechten Tieden.
Un keenen hör to. Gesine harr sovel Angst un Hachpachen, wüß gorne, wat se anfangen schull. Un Thees Bott harr noog mit sick sülben so kriegen, – he läg jo so quadderwatsch, so in 'n Dreeslag, – all' de Knoken dän em al weeh. Un denn sien Gedanken: »Dat beste is, eenfach ünnerrut krabbeln un »Gunobend« seggen un »Gunacht«, – un denn slank un free rutgohn un no Hus. – Ober ne, beter ist, wenn se mi gorne eerst süht, – ick mütt seehn, dat ick noch mol wedder so weg komm. – Wenn dat man blooß ne so hill wür, denn kunn ick sachs achter de Steuhl langs kreepen un kunn utneihn, – ober so is dat to riskant.«
»Mudder, nu goh doch blooß to Klapp!« sä Gesine wedder. »Morgen frooh kannst wedder ne rutfinden.«
»Deern, du oole Quälgeist, wat hest du eegentlich vanobend?«
»Ah ne, wat denn! Ick mag dat ook ne hebben, dat du solang upsitten deist, – denn krieg ick dat eenfach ne klor wat ick di to Wihachen moken wull.«
Ober Geeschen wull gornix to Wihnachen hebben. Se wull noch ne up 'n Bitt, – se wür noch keen beeten meud.
»Denn lot ehr doch sitten, bit se swatt ward!« dach Thees. »Lot ehr doch! Pust ehr doch eenfach de Lamp vör de Näs ut! – Ick kann un kann dat hier ne mehr goodmoken! – Ick brek dat Krüz af! – Pust doch de Lamp ut!« Un he fot Gesine sinnig an 't Been un kneep ehr fiefmol an 't Inkel: »Pust–doch–de–Lamp –ut!«
Ober de lütt Kruskopp verstünd dat verkehrt un pett em fix up de Finger: »Junge, du Aas, du! Läß mi tofred!«
Un denn up mol sprüng se up un smeet ehr Tohäkeln up 'n

Disch: »So Mudder, wullt mit ooder ne? – Ick will up 'n Bitt!« Un nähm de Lamp van 'n Disch un güng in de Kök.
Un ehr Mudder bleef in de düstere Döns besitten un schüll as nix goodes: »Deern, du Strick, un Undög, – du büst 't jo woll ne! Gliek bringst de Lamp wedder rin! – Wullt hier nu mol heer!«
Ober Gesine wür 'n lütten Racker. Gesine käm lang ne: »Mudder, – komm mol gau rut! Hier is mol wat!«
Mudder reug un beug sick ne. Mudder harr Tied un wür ook keen beeten neeschierig, leet sick gornix marken.
»Denn hilpt dat nix«, dach Thees, »denn mütt ick achter de Steuhl langs.« Ober dat güng noch ne so, he kunn jo gorne in de gangen kommen, – Geeschen ehr Feut lägen recht in 't Fohrwoter. Un öberhin klaun, – dat kreeg he doch ne klor.
Ober stilliggen kunn he ne mehr, – he kunn hier jo verrückt warden! Verdammi noch mol! – »Wenn du nu ne bald dien Been hier wegnimmst«, dach he, »un ne bald mokst, dat du rutkummst, denn is mi 't ook egol, – denn brüll ick as 'n Oss, un smiet de ganze Bank öber Kopp! – Will hier doch ne to 'n Kröpel warden! – Will doch ne de ganze Nacht ünnern Disch sitten! Bün doch keen Wau-wau!«
Un denn upmol dach he: »Stopp man, ick will di woll kriegen!« – Un he leet de Finger sinnig up 'n Footbodden hin un heer loopen un knabber dormit an 't Dischenbeen, – un denn leep he Geeschen mitmol öber 'n Foot weg, – ganz gau.
Gotts, den Dünner! Wat käm de Geeschen to Heucht! Den Stoohl ümgesmeten, un hushoogen Larm: »Ochott! Mus! Mus! Gesine!« Un denn rut no de Kök un de Dör dichtgeballert.
Un Thees Bott: een, twee, dree ünner de Bank rut, un den Puckel liekgebeugt, un de Mütz van 'n Stoohl gegrabbelt, un denn sinnig de Dör open, – un denn utgewichst, den Diek langs, all' wat 't Tüg hooln un lieden wull, – bit no de Möhl.
Dor bleef he stohn un keek sick üm un lach. Un as dat Hachpa-

chen sick wat geben harr, steek he beid Handn in de Tasch un güng Foot vör Foot no 'n Neß langs un brumm jümmer so still vör sick hin, un toletz harr he dor son lütten Vers rutsimmuliert: »Leeber 'n Hemd mit Ünnerfutter, as son ool Froo to 'n Swiegermudder.«

Lanterne – 1. Stremel

Dat wür in 'n Harwst, – Oktoobermond, un wür slecht Wedder, düster un koolt un grösig.
De Südwest wür wedder mol an de gangen. He käm mit Smutt un Damp öber de Ilw loopen, russel dör 't Reet un dör de Beesen, un leep mit Hurroh den hoogen Diek rup, recht up Willem Garms sien lütt Hus loos, un smeet den Regen geegen de Schieben, – dat klöter un klüng man so.
Un dat brus' in de Bäum un üm 't Dack! Un dat hul in 'n Schosteen un up de Del, as wenn de Wind all' de Dörn uthoken wull un wull dat ganze Hus ut'n annerrieten, un wull dat Füer ut 'n Oben fegen.
Ober dat kunn he ne. Binnen in de lütt Döns kunn he jem nix doon. Doar wür 't warm un mollig, un keeneen kümmer sick üm den Wind, un keeneen sä wat.
Se würn wedder ganz alleen, de beiden ooln Lüd, – so as se dat jümmer würn. Un se harrn wedder beid jemehr Arbeid un harrn beid jemehr Gedanken, to snacken bruken se ne vel.
Greeten Garms seet dicht bi 'n Oben un spünn Wull, un keek bald goarne van de Spool up. Dat Rad leep sick meist in de Brand, un sus' un summ, un vertell ehr allerhand oole Geschichten van Sorg und Truer, un van Lust un Leed, – un reet ehr de Wull man jümmer so ut de Finger.
Un Willem Garms stünd medden in de Döns un wür för dull an 't Knütten, harr wedder 'n nee Kurr in de Mok. Un sien Gedanken leepen jüst so gau hin un her as de Nodel, – un kreegen ook allns döreenanner dat Hille un dat Griese, un de Sorgen un de Freid.
Sien Kinnertied stünd em wedder vör Oogen, – so vull Lust un vull Sünnenschien, un so vull Singen un Lachen, – jeden Dag wür 't Pingsten wesen.

Un denn de langen, langen Fischerjoahrn, dat Krüzen un dat Klüsen up See, un dat Seiln un Fischen, un nachts dat Alleen-an't-Ru'er-stohn, un denn wedder mit 'n Bünn vull Klapperschulln un mit 'n Stander in 'n Topp de Ilw rup no Hus' un to Markt, – Junge, wat wür 't 'n Tied wesen! Bi all' de swoare Arbeid, bi all' de Störms un Strubels, bi all' dat Woken un Slopen – doch nix as Lust un Leben. Jümmer tofreden un jümmer gooden Moot.

Un he harr sien Leben drunken, as man een, – alns mitmokt un allns mol prooft. Un mit 32 ierst freet. Un gliek wedder no See, un jümmer wedder an 't Seiln un Klüsen, – lange, lange Joahrn.

Un denn mitmol wür dat Unglück kommen, Slag up Slag. Dree gesunde Kinner harrn se hatt un harrn goarkeen Sorg un keen Krankheit kinnt. Un upmol wür jem de een lütt Diern storben, un denn wür jemehr Jung verdrunken, un denn, - in son ool grusige Störmnacht vör de Ilw, – wür Willem Garms sülben to Malör kommen: He harr dat Been in de Klemm kregen, un dat Ru'er harr em den Foot toschanden haut. Un de Foot wür stief bleben.

Do harr he dat Fischen upgeben un harr sien'n ooln Eeber verköfft.

Nu wür he al fief Joahr bi sien Greeten an Land, un seet Dag för Dag in de Döns, un mok Netten. Se harrn nu keen Fischeree un keen Foahrtüg mehr, se harrn blooß noch jemehr lütt Hus un jemehr Arbeid un jemehr een groot Diern. Un üm de een Diern, doar dreih sick nu all' jemehr Dinken un Doon.

»Uns' Guste, – uns' Letz, – uns' eenzig Kind, –«

So güng 't vandog ook. Willem Garms sien Gedanken leepen jümmer in 'n Kreis rundüm un kämen jümmer wedder bi Guste an un wörden jümmer düsterer: »Se is jo 'n goode Diern, – jo, – un doch, – ick weet ne, – ick gläuf, se mokt uns ook noch mol Kummer. – Wat se doch woll blooß hett? – Ick begriep dat goarne. Se wür doch anner Tied ne so. – Toierst, as se eben ut de School wür, do wür se doch grall un utloten as 'n Fohln up de Weid. Wat hett se lacht un sungen! Wat hett se uns hier för Freid in 't Hus bröcht! – Wür all' een Glück un Leben! – Ober denn noher füng se dat oole Beukerlesen an. Un dat hett ehr den Kopp verdreiht, segg ick, un doar lot ick mi ook ne van afbringen! – Wenn 't noch feine Geschichtenbeuker wesen würn? Romons ooder wat ton Lachen – Ober ne, all' son deepsinnigen Krom van Himmel un Höll, un Krankheiten. – Is dat denn nu wat för junge Dierns? – Verrückten Krom! Hebbt allerhand in 'n Kupp! –

Se harr man leeber mit de annern Dierns no Danzmusik gohn schullt, un harr sick 'n Brögam söcht, denn harr se sick beter stohn! Denn wür se nu al lang verheirot un bruk ne mehr bi frömde Lüd to wesen. –

Ober ehr wür jo keeneen good genoog. Se meen jo jümmer, doar müß noch mol 'n Prinz kommen un müß ehr holn. Mit de Fischerjungs wür jo nix mit loos. De een wür ehr to driest un de anner to bleud; de een drünk tovel Grog un de anner wür krank; de een wür ehr to still un to dumm un de anner prohl un krosch wedder tovel. – Keeneen wür ehr to paß. –

Se kunn jo man Klaus nehmen, – Klaus Garms! Den much se doch lieden, – doar wüß se doch nix up. Un de wull ehr doch so gern hebben, leep sick doch Hacken un Teuhn no ehr af. – Ober ne, dat wür ook wedder nix: »He is verwandt mit uns, – is 'n Garms as ick un hett datsülbige Bloot, – doar kummt nix goods bi rut.« – Tühnkrom! Dummerhaftigen Snack! Dat hett se blooß ut de Beuker. Ich harr de ooln Dinger man gliek in 't Füer steken schullt! –

Nu sitt se doar up de Lüh, bi den ooln Kaptein. Ward nu bald fiefuntwindig un is 'n groote stramme Diern, – un is Köksch un blift Köksch. –

Wat hett se denn doar van ehr Leben? Racken un kleien – wieder nix! – Un worüm kummt se denn goarne mol no Hus? – Un worüm schrift se denn ne? – Mit son oole Postkoart: »Ick lef noch un dat geiht mi good!« – wat schöllt wi doarmit? – Se is nu al wedder 'n ganz Joahr van Hus, –?«

Un Willem Garms sien Gedanken setten Bild an Bild, un sien Arm sett Masch an Masch....

Un denn smet he upmol de Nodel hin und keek sick üm un keek Greeten an: »Weeß wat, Mudder? – Ick hebb keen Lust mehr to dat ool Grübeln. – Mit Guste, – doar stickt wat anners achter. Dat geiht ne mehr mit rechten Dingen to. De Diern hett wat gegen uns, – un ick mütt weten, wat dat is. – Wenn dat slechte Wedder all is, denn will ick sülben mol hindol no de Lüh, un will nokieken, wat se doar mokt, un worüm se goarne mol kummt. – Dat is jo rein wat to dull, mit de Diern! Dat is jo meist, as wenn wir goarkeen mehr hebbt.«

»Jä, Vadder«, Greeten heul dat Spinnrad an, »se hett woll keen Tied. Sörr de Froo doot is, mütt se doar doch den ganzen Husstand alleen moken.«

Se kunn ober doch mol schrieben!«

»Deit se woll ook bald, Vadder. Se kann – Mol Still! Doar is een buten!«

Dat würn swoare, faste Träd, – un de Husdör klapp, – un denn güng de Dönsendör open, un Klaus Garms käm rin: »Nobend ook! Willem-Unkel! Greeten-Tante!«

»Oach, Junge, – du büst dat noch?«

Willem leet ook de Nodel steken un keek sick üm: »Na, Klaus, – sünd ji ne wegkommen? – Ick meen, ji wulln wedder loos vandog?«

»Jä, ne, – dat wür uns nu doch to stur. No See würn wi bi düsse Bries' ja doch ne hinkommen. Ick segg: Denn lot uns man noch 'n Dag bihus blieben.« Un he sett sick up 'n Stoohl bi de Dör, de groot forsche Seefischer, un steek de Hand'n wedder in de Tasch, –:

»Nä, – wat ick seggen wull, Unkel un Tante, – ick hebb vandog mol 'n Tur mit de Boot mokt.«

»Mit de Boot? Bi son Nootwedder?«

»Jo, – ick hebb mi vanmorgen twee Reben in 't Bootenseil steken un hebb mien Eultüg antogen, un hebb em mol no de Lüh hindol gnüppelt.«

»No de Lüh?« »Hest Guste denn ook sehn?« Se dreihn sick beid no em rüm.
Ober Klaus keek jem ne an, keek blooß jümmer stief no 't Dischenbeen un nickköpp: »Doar bün ick jo jüst hinwesen. – Wat dä ick an's woll no de Lüh? – Ich müß hin, - ick müß Wißheit hebben! – Hier wörd jo al so vel snackt un don an 'n Diek, de Lüd wüssen jo mehr as wi. Do bün ick mi sülben mol hindolschippert.«
»Ochott, Junge, – wat hebbt de Lüd denn snackt?«
»Na, un nu? Wat is denn nu? Is Guste noch doar?«
»Jo, Unkel, doar is se noch, – ober – se hett – se hett swoare Dog dörmokt.« – Dat käm so drang rut, un dat leet meist, as wenn he Tronen in de Oogen harr, as wenn he ne wieder snakken kunn vör luder Weehdog. He schüttkopp blooß noch.
Willem Garms kunn ober ne länger mehr teuben: »Wat is denn loos, Klaus? – Nu segg dat doch! – Is doar wat passiert?«
»Passiert? – Jo, dat ook, de ool Kaptein is storben, – den hebbt se Mondag al no 'n Karkhoff bröcht.«
Greeten scheut in 'n Dutt tohoop: »O, Kinners! Käppen Brüggmann? De wür doch noch goarne so oolt. Un denn so upmol? – Wat hett em denn fehlt?«
»Weet ick ook ne, Greeten-Tante. He hett 'n Slag kregen, segt Guste, – is mitmol so ümfalln. – Un noheer hebb ick noch mit son lütten Dreugschipper snackt, de meen, doar seet noch wat anners achter: De Käppen harr Freedag 'n Telegramm kregen, dat sien Jung up See över Bord kommen wür, – is al 'n grooten Kirl wesen, hett ook al as Käppen foahrn, verheirot un allens, hett in Blanknes' wohnt. – He meen, dat harr de Ool woll ne verdrägen kunnt, do wür he so in 'n Klumpen tohoopsackt un wür doot wesen.«
»Ochott ne!« Greeten schüer sick sinnig över de Oogen un keek Willem an: »Denn is 't jo ook keen Wunner, dat Guste Sünndag ne kommen is, – den kunn se jo ook ne.«
Willem wür ook stiller worden: »Na, un nu, Klaus? Wat ward doar denn nu van?«

»Jä, – weet ick ook ne. Dat Hus doar up de Lüh, dat krigt de Wittfroo jo gewiß, de Froo van den Jungen. Wieder is jo keen no, un 'n Testament, seggt se, is 'r ne wesen.«
»Will Guste doar denn nu noch blieben?«
»Ne, Unkel, dat kann se jo ne. Se will ehrn Krom noch up 'n Dutt seuken un will noch allens 'n beeten in de Reeg moken, – ober denn mütt se jo weg doar. De junge Froo schall ook al – Ich hebb to Guste seggt, se schull man no Hus kommen, – un dat wull se nu ook, – villicht kummt se al morgen, – ober –«
»Gott Loff un Dank!« sä Greeten. Un Willem nickköpp ook: »Na jä, – dat is ook dat beste.«
Ober denn keek he Klaus wedder an, un de wull em ganz un goarne gefalln, de seet doar noch jümmer un drucks un drucks, – wat wull he denn noch versteken?
»Du segst, se kummt, Klaus, – ober du segst dat rein so benaut – is doar noch wat? – Nu anter doch, Jung! – Kiek doch ne jümmer so stief ünner 'n Disch! Kiek mi doch mol an!«
Do keek Klaus Garms up, un keek ierst Greeten an, un denn keek he Willem an, un denn käm 't as Weenen ut sien Bost rut: »Ick will joo 't man seggen, – Guste kummt ne alleen.«
Se würn beid still. Ober denn sprüng miteens de Freid ut Greeten ehr Oogen: »Kummt ne alleen? Kummt öberlingen mit 'n Brögam? – O, du Minschenkinners, – sühst woll, Vadder, – wat hebb ick di segt?«
In Vadder sien Gesicht ober stünd ganz wat anners. Keen Oog leet he van Klaus sien'n Mund: »Wat is doarmit? – Nu segg 't doch! – Man rut doarmit!«
Klaus harr Tronen in de Oogen, un de wull he ne wiesen, – do keek he wedder in de Eck, un sien Stimm beber un fleug: »Wenn se mit 'n Brögam kommen dä, Greeten-Tante, – denn wür doar jo wieder nix bi. Ober Guste kummt anners. 'N Brögam hett se ne, – se hett blooß – se hett – jä, weten möt ji 't jo doch! – se hett 'n lütten Jungen.« –
Dootenstill wür 't, as wenn jem ook de Slag dropen harr.
Un denn smeet Greeten den Kupp an de Wand un drück sick

den Ploten in 't Gesicht rin, un stöhn as wull ehr de Bost utn 'anner.
Willem Garms ober richt sick steil up un drück de Finger so fast üm den Stoohl, dat dat knappen un knoken dä: »Wat hett se? – Wat segst du? – Guste – uns' Guste hett 'n lütten Jungen? – Nem van denn? – Nem hett se den denn her? – Kann jo goarne angohn! - Dat sünd Lögen, wieder nix! – Segg doch, dat dat Lögen sünd, Klaus! Segg dat doch!«
»Ick wull, dat würn Lögen! Ich wull 't woahrhaftig! – Ober dat sünd 't jo ne. – Se hett mi 't jo sülben segt, un ick hebb den Jungen jo ook seehn, – he kann jo al kreihn un lachen, un hett ook al 'n Nom un heet Jan. – Ne, ne, – nix Lögen, – is allns woahr, – woahr as de Doot, – un doar lett sick nix mehr an moken.«
»Un de Vadder? – Keen is denn de Vadder doarto?«
»Weet ick ook ne, Willem-Unkel. Se wull mi dat ne seggen. Se segt, dat geiht keeneen'n wat an.«
»Wat is dat?« Willem Garms wür noch greuter worden, un sien Stimm russel noch duller, – ober denn föll he doch mitmol up 'n Stoohl un sack ganz in sick tohoop: »Dat hett ook noch fehlt. – Dat fehl ook noch jüst!«
Un Greeten ween un jammer still för sick hin: »Oach ne, de arme Guste! Wat löppt de Diern ook doch an! – Oach ne!«
Do stünd de Junggast up, un stell sick breetbeenig an 'n Disch un keek van 'n een'n up 'n annern: »Ji möt nu vör alln ruhig blieben, Unkel un Tante! Dat Schimpen un dat Schreen nützt nix. Wat is, – dat is! Doar lett sick nix an ännern. – Ick hebb ook al den ganzen Nomeddag hin un her grübelt, ji weet, dat ick jümmer 'n barg van Guste hooln hebb, un dat mi dütt – weeh deit, – ober ick kann un kann doar ne van afkommen: Guste is ne slecht! Guste is 'n goode Diern! Dat is se jümmer wesen, un dat blift se! – Dat geiht bunt her in de Wilt. – Keen weet, wu dat all' kommen is? – Keen weet, wonem de Schuld liggen deit? – Se is eben an 'n verkehrten kommen, – harr se den richtigen dropen un harr datsülbige mokt, denn seet se nu as

junge Froo in Glück un Leew, un keeneen kunn ehr wat noseggen.«

Willem Garms harr still tohört un dat wür meist, as wenn he mit 'n Kopp nicken dä, – ober nu wörden sien Oogen doch weder anners: »Jo, wenn –! Ober nu, – nu wiest de Lüd mit Finger up ehr, un ook up uns. De hebbt dat woll al lang' weten, – ick hebb dat noletz al markt, dat se wat to tuscheln harrn, un dat se uns ut 'n Weg gohn dän. – Un wenn Guste nu kummt, mit dat Kind, un will hier bi uns wesen, – denn – denn steiht de ganze Diek in de End'n, denn – denn – oh, düsse Schimp! Düsse Schand'n!«

»Oach Unkel, – dat is man dat wenigste. Wat goht joo de Lüd an? Lot jem doch snacken un doon wat se wöllt, – de Hauptsok is, dat ji doar mit trechtkommt, un dat ji Guste bistoht. – Se hett 't gewiß swoar noog hatt, de letzte Tied. Wat schull de woll al all' dörmokt hebben? De is doch Dag un Nacht ne to Rauh kommen. – Se seeh ook so fien un smalbackt ut, – ick harr ehr bald goarne wedder kinnt.«

Greeten ween noch jümmer egolweg: »De arme Diern, de! Wenn se doch man blooß ierst hier wür! – Vadder, segg doch mol wat, – un kiek doch ne so streng! Se is uns' een un uns' all'. Un is jümmer uns' best wesen, –.«

Ober Willem sä nix un keek ook noch ne up.

Do güng Klaus noch een'n Schrit neuger un läg em de Hand up de Schuller: »Du müß dat weten, Unkel, – du müß di nu –, ick hebb to Guste segt, ick wull hier bi joo vörgohn un wull dat in de Reeg moken: Wullt du ehr upnehmen, wenn se kummt? Un wullt good un frünlich to ehr wesen, un to dat Kind? – An's segg Bescheed un spoar ehr de Upregung, – denn kummt se erstmol no uns, ick hebb al mit Mudder snackt, – wi kriegt de beiden woll noch mit dör.«

Do käm Willem Garms ook wedder sinnig toheucht un stünd fast un stebig in de Döns: »Wenn se noch herfinden kann, no ehr Öllernhus, – denn sünd wi doch woll de neuchsten. Denn lot ehr man kommen! – Uns' Dör steiht open.« –

»Is good, Unkel! Un so is 't ook recht: Ji möt tohoopstohn, denn is 't man all' half so slimm. – Un wenn ji mol 'n Hand bruken könt, denn dinkt an mi, – ick hebb jo doch wieder nix to sorgen. – Gunnacht, Willem-Unkel! – Nacht, Greeten-Tante! – Wenn 't eenigermoten is, goht wi morgen no See. – Hoolt joo man good!«
Un he geef jem beid de Hand un güng wedder ut de Dör.
Un binnen wörd 't wedder ganz still. Blooß de Regen trummel an de Ruten, un in 'n Schosteen hul un fleit de Südwest. (...)

Elefanteneier

Up de Au wür Karkmeß. De ganze Diek vull Juchen un Kreihn. Musik up all de Ecken. In jede Bood Jubel un Trubel un hushoogen Larm. Un de Jungs un Deerns rein ut de Tüt. Un de lütt Hinnik Meier, dat wür een van de slimmsten mit.
He harr eegentlich up sien lütt Lene-Swester passen schullt, ober de wür em gliek uthokt un wür mit de annern Deerns gohn, – un he denn mit de Jungs, mit sien lütten Mackers. Dat mok jo ook vel mehr Spoß.
Se würn nu mit fief Mann, güngen all dat letzte Joahr no School un harrn ook all' liek vel Gild mit, jeder söben Groschen. Ober de würn jo in 'n Tied van Null-Komma-Nix weg. Se würn man erst dreemol dat Markt hin un her un würn no de letzte Scheetbood öberhaupt noch ne hinwesen, do harrn se all' alltohopen keen Gild mehr. Blooß Hinnik Meier, de harr noch wat, de harr noch fief Groschen, – ober dat würn ne sien, – de harr sien Vadder em mitgeben un harr segt, doar schull he em twee Kookusnöt, twee groote Elefanteneier, för mitbringen, Stück to fiefuntwintig, mit Melk in.
Doar dach Hinnik nu jümmer an, dat he dat man jo ne vergeten dä, – ans geef't jo welk in'n Nacken, wenn he no Hus käm, – in so'n Soken, doar verstünd sien Vadder keen Spoß. Ober nu gliek wull he de ooln swoarn Dinger noch ne käupen, ans müß he doar jo noch den ganzen Nomeddag mit rümslepen. Ne, dat harr noch Tied, dat kunn he noch, wenn he no Hus wull, bi de letzte Bood, bi Jan Timm.
»Fief Groschen! – Junge, wenn dat mien würn, wat kunn ick mi doar nu noch all för käupen!« dach Hinnik alle Oogenblick un steek dat Geld jümmer van een Tasch in de anner, ober so, dat sien Mackers dat ne sehn dän, de schulln dat ne weten. »Blooß nix marken loten, dat ick noch wat hebb!« dach Hin-

nik, »ans snackt se mi doch solang wat vör, bit ick de fief Groschen noch mit utgef.«
Se kunnen noch goarne no Hus hinfinden. Se buttjern noch jümmer hin un her un moken Larm för tein, un moken allns mit, wat ohn Gild mittomoken wür. – Jan Martens klau sogoar noch mol up de Rietbood un nütel dreemol mit rüm, un as he betohln schull, do sprüng he in vulle Foahrt raf un kneep ut. – Willi Lüdders wull sick noch 'n grooten Spickool gewinnen un hau dreemol up't Rad un dreep jedesmol: »Ein Kreuz, ein Leid, ein bitterböses Weib!« – un mok, dat he weg käm. – Se moken noch allns mit; se wärn doar noch jümmer meddenmang.

Un toletz müssen se denn jo doch so bilütten no Hus hin.

Ober do, – as se al ut 't dullste Geweuhl rut würn, un würn al meist no de Möhl hin, do kämen jem dree duhne Fischerjungs in de Meut singen, krüzen jümmer van de een Siet no de anner un süngen un gröhln all' wat se kunnen: »Leise tönt die Abendglocke – .«

Un jüst, as se bi jem vörbi scheistern dän, do reet de een sien'n rooten Taschendook ut de Tasch – un do klöter doar wat up'n Diek – un do trümmel doar Gild langs.

Un de fief Lütten doar gliek öberher! »Junge doar! Hier! Doar!« Un schupsen sick un grabbeln den Diek af, un de lütt Hinnik Meier wür doch de smiedigste un de gauste un kreeg 't all alleen: fief inkelte, blanke Groschens! De annern harrn nix.

De Fischerjungs dümpel wieder. »Hier, ji! – Ji hebbt wat verlorn!« reep Hinnik Meier jem no; se keeken sick goarne üm. – »Schall ick 't jem nobringen?«

»Och wat, dat lot uns man behool'n! De versupt dat jo doch man! Meenst, wat de dat öberhaupt markt?«

»Jä, ick weet ne – ick will't ober ook ne hebbn.«

»Och wat, komm man her; wi deelt uns dat. Kummt jo grode ut: jeder 'n Groschen.«

Do leet Hinnik sick öberdübeln. Un se güngen wedder üm, no

de Au langs, un lachen un frein sick un rotslogen al jümmer, wat se nu noch all käupen un beschicken wulln. De een wull dütt un de anner dat. Ober Hinnik Meier wull doch dat beste: »Wet ji wat? – Wi käupt uns all 'n blaue Brill!«

»O jo, man to! Denn hebbt wi ok wenigstens 'n Stück mit no Hus to nehmen.«

Do köffen se sick bi so'n Luftballonkirl fief blaue Näsenkniepers, Stück 'n Groschen, un setten jem ok gliek up un füngen an to lachen: »Uh! Wat süht dat mol ut! All blau! O, wat fein!« Un denn güngen se wedder no Hus langs, all fief in de Reeg, – harrn den ganzen Diek neudig.

Un eben vör Jan Timm sien Bood mok Hinnik Meier mitmol Stopp un sä: »So, Jungs, nu teuft mol! Ick will mi noch twee Elefanteneier mitnehmen.« Un he lang in de rechte Büxentasch un lang in de linker, – un grabbel de Jackentaschen dör, un greep wedder in de Büxentaschen – un wörd jümmer hiddeliger un wörd kriedwitt utseehn. »Jungs, ick hebb mien Gild verlorn! Mien fief Groschen, de Vadder mi geben hett!«

Do füngen se all' an to lachen. »Hest jo goarnix mehr hatt! Stell di doch ne so an! Du un fief Groschen ...!«

Hinnik stünd ober noch jümmer ganz bedibbert doar un seeh ut als Kalk an de Wand: »Schall ick jo mol wat seggen? – Dat is mien Gild wesen, wat ick eerst funden hebb, – ick hebb 'n Lock in de Tasch.«

»Och, Hinnik, nu tühn doch ne! Nem schull dat denn noch herkommen? Hest dien Gild doch al lang utgeben.«

»Ne, ganz gewiß! Ick hebb noch jümmer fief Groschen hatt; doar schull ick Vadder Kookusnöt för mitbringen. – Un nu sünd s' weg! – Doch, dat sünd mien wesen! All inkelte Groschen! Un ick hebb jem sülben wedderfunden. – Un nu?« –

Jä, wat schulln se nu moken? Nu stünden se doar mit jemehr blauen Brilln. Dat Geld kunnen se em jo ne weddergeben, dat wür jo weg. Denn wulln se em man de ooln Kneifers geben; jem dä de Näs ok doch al weeh.

Jan Martens wull dat ober ne mit. De lach jem fix wat ut un sä:

»Eenmol geben, tweemol geben –! De Brill is mien! – Bün doch ne verrückt!« Un dreih sick üm un güng no Hus.
De annern dree würn ne so. »Wi blieft bi di, Hinnik. Lot em man loopen!« Un se gäben em ok de Brilln wedder: »Hier! Is nix an zwei. De sünd dat Gild noch jümmer wert.«
»Jä, – wat schall ick doar nu mit?«
»Frog Jan Timm doch mol, wat he di doar keen Kookusnöt för geben will. Kannst jo man welk to twindig nehmen.«
»Deit he jo doch ne!« sä Hinnik. He güng ober doch mol ran an de Bood: »Jan! Jan Timm! Kann ick för veer blaue Brilln – so good as nee, hebb ick eben erst köfft – kann ick doar twee Kookusnöt för kriegen?«
»För blaue Brilln? Wat schall ick mit den Schiet? Kann 'ck jo goarne bruken. Ji hebbt woll 'n Vogel, hebbt ji woll!« Jan Timm wull ne, leet sick nix vörsnacken. He sä, he bruk noch keen 'n Klüber, he kunn noch ganz good kieken, – un verkäupen kunn he de Dinger ook ne wedder, de wörd he doch ne loos.
Do gäben se 't up. Do güngen se wedder no de Au langs un sä'n, se wulln de Brilln sülben verkäupen. Un heuln jeden Jungen an up 'n Diek: »Du, hör mol, wullt du 'n Pangsenä hebben. Wenn doar dörkickst, is 't all' blau.« »Jo, lang man her!« – Ober betohln wull keeneen. De meisten harrn ok keen Gild mehr. Un all dat Snacken wür ümsünst.
»Lot uns man wedder no den Kerl hingohn, nem wi s' köfft hebbt. Villicht nimmt de s' uns wedder af.«
Ober de wull ook ne. » Verkooft isch verkooft!« sä he. Ober he wull s' jem ümtuschen, se kunnen doar Blosdinger för kriegen oder Luftballons.
Ne dat wulln se ne, de kunnen se erst recht ne bruken. »Lot uns hier man bestohn blieben«, sä Willi Lüdders, »un wenn denn een kummt un will'n Brill hebb'n, denn verkäupt wi em een.«
Se stünden nu jümmer dicht bi den Kerl mit 'n Bukloden un passen up. Un alle Oogenblick käm ook een ran un köfft ook

wat, ober keeneen wull 'n Brill hebben, – all nähmen se 'n Kükerikü-Hohn oder 'n Luftballon. Un jümmer wedder: »Een'n Luftballon!« »Een'n Luftballon!«
»Weeß wat?« sä Mandus Lanker. »Lot uns de Dinger man doch ümtuschen; Luftballons ward wi vel eehr los!«
Do kreegen se veer Luftballons. Un do stünden se doar wedder mit an'n Diek. »Jochen, – Korl, – Peter, – wullt 'n Luftballon afhebb'n? Stück 'n Groschen!«
»Och, goh mi los!« sä Peter Fock. »Ick kann mi noch so up de Been hool'n, bruk noch keen'n Luftballon.« Un he güng no den ool'n Zigeunerkerl ran un smeet' 'n Groschen up 'n Disch: »Gef mol 'n blaue Brill!«
Do wörd Hinnik Meier gnadderig. »Junge ne, so'n Schiet, so'n! Dat is doch ober ok wat to dull! 'n halbe Stünd' hebbt wi hier stohn un hebbt luert un kunnen de ool'n Dinger ne loos ward'n, – un nu –«
Un upmol kreeg he dat Griepen un dat Jumpen: »Oh, mien, Luftballons! – O Junge – Willi, hool jem!« Ober Willi kreeg jem ok ne mehr tofot, – se güngen in de Luft.
Un all' keeken se jem no.
»Hebb ick dat ne gliek segt«, sä Mandus Lanker, »Luftballons ward wi vel eehr los!« Un all de Lüd lachen: »Uh, kiek doch mol! Doar fleegt welk weg, – veer Stück!«
De lütt Hinnik Meier keek jem ook no, ganz lang, – un harr allerhand kruse Gedanken, de Tronen stünden em rein in de Oogen.
Do käm sien lütt Lene-Swester bi em an: »Ah, Hinnik, hier büst du? Wat hebb ick di al söcht! Vadder hett al fix schulln, schaß gliek no Hus kommen!«
»Na jä!« sä Hinnik, »denn lot uns man mitgohn, – is no jo doch all eendoont; in'n Nacken krieg ick jo doch welk.« Un he keek wedder no boben, un mitmol füng he an to lachen: »Kiek, Lene, – wullt jem noch mol seehn? Kiek doar boben, doar dicht bi de lütte Wulk, – doar goht s' langs, – dat sünd Vadder sien Elefanteneier!«

Jemehr Vadder seet vör de Dör. »Non? Kummst du ook noch mol wedder? Nem hest mien Kookusnöt denn?«
»Och, Vadder, – ick bün, – ick hebb, – ick wull, – ick hebb dat Gild – dat hebb ick jo verlorn.«
»Verlorn? – Un Jan Martens segt, du hest noch fief Groschen funden. Nem hest de denn loten?«
»Jä, Vadder, dat – jä, – dat is mien jo wesen, – dat hebb ick jo sülben wedderfunden.«
»Na und do? Nem hest de fief Groschen denn do loten? Worüm hest mi denn keen Nöt mitbröcht?«
»Jä, Vadder, – dat hebb ick jo ne weten, wat dat mien Gild wür, – un do – un do, – do hebbt wi uns doar blaue Brilln för köfft.«
»Blaue Brilln? För fief Groschen? – Na, un de?»
»De hebb ick wedder ümtuscht, – doar hebb ick Luftballons för kregen.«
»Na, un nu? Wonem sünd de afbleben?«
»De, – de, – de sünd mi jo wegflogen. So'n Schiet, so'n! Lene hett jem noch sehn – ne, Lene?«
»Jo, Vadder«, sä de lütt Lene, »hebb jem noch fleegen sehn, – twee roode un twee blaue. Un all' de Lüd hebbt lacht, un Hinnik ook. Un Hinnik hett segt: Kiek, doar fleegt Vadder sien Elefanteneier!« –
Do käm 't doch so, as Hinnik dat al segt harr, – do kreeg he doch 'n poar in'n Nacken.

Mien Weeg un mien Weg

As ick in Finkwarder »ut 'n greunen Koohl kropen« bün, – dat is nu al 34 Joahr heer, ober ick weet dat noch as güstern:
Wi harrn een'n van März sien negen Sommerdog, een'n van sien besten. De Sünn schien hill un warm bi uns in 't Finster. De Wind wür still un de Heben blau, Un all' de lütten Vogels jippeln un piepen ünner 't Dack un in de Zwetschenbäum, dat 't 'n Lust wür. Allns wörd al son beeten greun, un an 'n Diek wür nix as Lachen un Singen. Un bi uns in'n Hus wür ook 'n barg Leben un Freid.
Ick weet ne, wat dat eegentlich wür, – ick wür ne meud un wür ne krank, mi fehl nix, – ober ick läg up'n Bitt un döß ne upstohn. Un Mudder läg bi mi, up'n hoochhilligen Nomeddag. Un läg ganz still, un harr sovel Glück in de Oogen, dat se goarne wüß, wonem se hinkieken schull.
Un Vadder stünd bi uns vör 'n Bitt un keek uns jümmer an, un much goarnix seggen. Blooß af un an beug he sick no uns dol un streek mi mit sien grooten Fischerhandn sinnig öber de Back. Un jedesmol scheut ick in 'n Dutt tohoop, – he harr son koolte Finger, he wür jüst eben ut See kommen, mit de eersten Klapperscholln.
Un all' uns' Kinner, – veer Stück harrn wi al, – stünd'n bi em rüm in de lütt Slopkommer. Jan, de öllste van jem, stünd to 'n Feuten van 't Bitt un wies' mi sien Tofel un Fibel un Ränzel, – he schull Oostern no School hin, un nu leet he den Krom al goarne mehr ut de Finger. Greta un Hein stünd'n up 'n Stoohl. De een harr ehr Pöppelein in de Hand un de anner 'n grooten glösern Kugel: »Kiek mol! Kiek mol, wat ick hebb!« – Un de lütt Jakob stünd achterto un harr sick an Vadder sien Been tofoten un blarr, – he wull sien'n lütten neen »Buder« ook mol seehn, un he wull mi ook gliek sien Büx wiesen, – ick schull

doch ne dinken, dat he noch jümmer 'n Kleed anharr. Un as Vadder em up 'n Arm nähm, schüer he sick verdwars öber de Näs' un frei sick wedder: »Doar is Buder!«
Un all' keeken se mi an un lachen. Un ick wull mitlachen, ober ick wüß noch ne, wat dat mokt wörd, un kreeg jo woll den verkeehrten Slag, un füng an to brülln, as wenn mi een de Kehl afrieten wull.
»Na, – na, – nu denn, – nu wes' man still!« sä Mudder, ober dat kunn ick ne, ick kunn den Krom ne wedder afstelln, dat brüll jümmer van alleen wieder.
»Ji hebbt em bang' mokt!« sä Vadder to de annern. »Ji hebbt all' de Hand hoochhooln, un do hett he meent, ji wiesen em de Fust. – Nu man rut mit joo! He mütt nu eerstmol slopen, dat he groot ward.«
Un denn güngen se all' wedder in de Döns un no buten. Blooß Mudder bleef bi mi un lach un snack mit mi, un nähm mi in 'n Arm un geef mi wat do drinken.
Un denn bün ick jo woll so bilütten wedder indruselt.

*

Wat denn noheer all' kommen is, – de eersten twee, dree Joahr so, – dat weet ick ne. Behooln kunn ick doar nix van, – ick harr jo sovel in 'n Kopp to nehmen, jümmer wat Nees un jeeden Dag wat Frisch's, – doar kunn ick toletz goarkeen Reeg mehr in hooln.
Ick weet blooß noch, dat ick noheer ook kreepen un loopen kunn, un dat ick ook bald mit no buten döß, mit an 'n Diek un mit an 't Woter. Un dat wi denn jümmer den ganzen Dag in de gangen würn un kämen blooß ton Eten no Hus. Un dat wi obends wedder mit alle Mann to Klapp müssen, mit fief Mann in twee Bitten un jeeder wull in de Midd slopen.
Un van Tied to Tied, woll so alle dree Weken, käm uns' Vadder bihus, mit Südwester un groote Stebeln. Un jedesmol sä he to mi: »Junge, wat büst du groot worden! Lot mol seehn! Stell di mol hin! Du reckst jo al mit de Been bit an Grund!«

Un denn nähm he mi up 'n Huckepacker un slep mi in de lütt Döns hin un heer un heul mi hooch ünnern Böhn, mit 't Gesicht in de Eck, – un leet mi solang in de ool düstere Eck kieken, bit ick an to addern un toletz an to schreen füng.
»Vadder, gef dat Kreeten up!« reep Mudder ut de Kök. »Wat hest du al wedder mit den Jungen? Lot em doch mit Freden!«
»Ick doo em jo goarnix!« sä Vadder denn jümmer, – un drauh mi mit 'n Finger: »Wenn du dat segst, krigst 'n Jackvull!« Un keek mi an un lach, – denn müß ick ook wedder lachen, denn heuln wi wedder tohoop.
Mitünner pack he uns denn ook all' in de Boot un nähm uns mit an Bord up 'n Eewer. »Junge, Junge, wat 'n groot Schipp!« sän Jan un Hein denn jedesmol. Ick kunn mi doar noch ne so vel bi dinken, ick wür noch to lütt un to dumm, – ick keek blooß no de hoogen Masten un dach: »Ah! –«
Obends stünden un seeten wi denn all' bi Vadder rüm un leeten uns Geschichten vertelln van Störtebeker un Klaus Obenstoken un van den »lütten grauen Kirl«, bit wi all' dat Gruseln kreegen.
Un noheer dössen wi ook noch mol bi em up de Knee sitten und rieden, – un uns affmieten loten. Un toletz kämen wi wedder mit Hurroh in de Puk.

*

Un denn weet ick noch eenmol, den een'n Sünndagmorgen, as wi all' 'n nee Büx kregen harrn, – eegentlich keen nee, ober doch all' 'n annere. Mudder harr Jan een mokt ut 'n ooln Regenrock, – wür 'n feine, swatte Büx, güng bit öber de Knee. Un Hein harr Jan sien kregen, un Jakob Hein sien, un ick Jakob sien. Un jeden van uns wür de nee Büx 'n beeten to groot, un all' keeken wi uns an un lachen. Wat wür dat 'n Stot, wat frein wi uns! Un denn güngen wi all' achtern Hus' in 'n Hoff dol, Jan as Anführer vörup, un sien Büx wür so blank un so stief as 'n Obenröhr.

»Doar kannst nu jo ober goarne mit in 'n Boom klaun!« sä Hein to em.
»Dat kann 'k doch!«
»Ne, kannst ne, kannst de Kneen jo ne beugen.«
»Wat kann 'k ne?« – Dat will 'k di wiesen!« Un een, twee, dree krabbelt Jan ook al in son ooln scheeben Appelboom rin, de so ganz schräg öber 'n Groben löhnt, un he dreiht sick jüst üm un stickt uns all' de Tung rut, – do glitt he af un krigt dat Rutschen, – un sust mit 'n Kopp toerst in 'n Groben rin, – un kummt wedder bobendükern, ganz vull Slick un Intenkrut, – un krigt ook gliek 'n Wuttel tofot an'n Wall, – un krabbelt sick wedder rut ut Krut un Grund'murr, – un steiht wedder bi uns twüschen de Stickbeerbäum, – un schreet un speet un bebert.
Un wi stünden doar un würn noch ganz bestött för Angst un kunn'n nix seggen. Blooß Hein wull sick dootlachen: »Hebb ick dat ne segt? – Hebb ick dat ne segt!«
Ober mitmol kreeg he een'n van Jan an de Ohrn mit de natte, slickige Hand, dat dat man so knallen dä. Un denn kreegen de beiden dat Kloppen, un ick füng an to schreen, so good as ick 't kunn, un Jakob hölp mi. Un denn käm Mudder den Stieg langs susen un reet de beiden utnanner. Un do kreegen twee Mann wat langs Baß, un all' veer kreegen wi wedder 'n annere Büx an, jeeder sien eegen.
Un wi dössen vör 'n Meddag ne wedder ut'n Hus' rut.

*

Un eenmal weet ick noch: do würn se wedder all' no School hin, un ick bruk noch ne mit un streup alleen an'n Diek rüm, – un käm bi Greeten Müllers üm de Eck. Do lägen doar luder oole Kantüffeln achtern Hus' all' breet unnannerschütt, all' schrumpelig un verdreugt, woll 'n poarhunnert Pund.
»Wat schall dat denn nu?« dach ick. »Worüm ligt de hier? Sünd de verrott?« – Ick befeuhl un beknepp mol een, – jo, 'n beeten week würn de Dinger. Ick pett mol enn twei, – jo, dat knatsch

eulich, un binnen wür s' gel. Ick pett noch een twei, – jo, knatsch wedder. Noch een, – knatsch!

Nu mok mi de Krom al so bilütten Spoß. Dat wür jo mol wedder ganz wat Nees. Un ick denn jo hin un heer up de Kantüffeln langs, jümmer so verdwars över weg, un mit jeden Foot een twei: Knatsch! Knatsch! Un jümmer mehr un jümmer gauer. De halben harr 'k al twei, do käm Hannis Külper den Diek dol: »Rudl, wat mokst du doar?«

»Ick? – Ick pett Kantüffeln twei. Komm man her, hier kannst noch mit hilpen!«

Un nu foten wi uns bi de Hand an, un denn güng 't mit tween, un güng noch vel beter.

Ober upmol fleug boben uns dat Finster open: »Jungs, ji grooten Ös! Wöt ji dat mol upgeben! – Teuft man, –!« Un doar käm een beus Gewitter van boben: Nix as Schreen un Fluchen.

Un as wi jüst utneihn wull'n, käm de ool Joochen Fock üm de Eck klabastert un kreeg mi in'n Nacken tofot, un pack mi över de Knee un geef mi een ganz jämmerliche Afriebung. Un Greeten Müllers keek noch jümmer boben ut 't Finster un schüll un jammer: »Och, ne, ne! Is doch ook rein wat to dull! Nu hebbt wi den ganzen Morgen seten un hebbt de Dinger afkeemt, un hebb s' in de Sünn legt, – un de verdreihten Banditen pett s' uns twei! – Man driest to, Joochen! Gef em man eulich wat, – he hett 't verdeent!« –

»Wat wullt du denn nu?« sä Mudder middogs bi 'n Disch. »Wullt ne up de Bank sitten? Wullt denn ne up dien'n Platz?«

»Ach ne, Mudder, – lot mi vanmiddag man mol stohn, – – de ool Bank is jümmer so hatt.« –

Van de Knatüffeln sä ick nix, doar harr 'k mien Deel jo ook al för weg.

*

Un eenmol würn se wedder all' no School, un ick harr den ganzen Nomeddag bi de Sielkuhl rümschettert un harr Jimpen fischt, harr 'n halben Ammer vull kreegen, un käm doar nu mit no Hus slepen: »Mudder! Mudder kiek mol ut!«

Ober do wür de Husdör to un Mudder wür narms to finden. Do füng ick an to roopen un to seuken un toletz wedder an to blarrn, – hüshooch.

»Junge, wat fehlt di? Keen hett di wat don?« sä Joochen Rolf.

»Mien, – mien, – mien, – Wonem is mien Mudder?«

»Dien Mudder? Oach, de hett de Wind fotkregen, de is upflogen, – un nu sitt se boben in 'n Fleederboom un kann ne wedder dol kommen.«

Do brüll ick noch vel duller, un leep in 'n Hoff un söcht all' de Bäum af, un kunn mien Mudder ne finden. Un ick kreeg jümmer mehr Angst, un toletz stünd ick wedder bi uns vör de Dör un rummel an 'n Drücker as güng 't up Leben un Doot.

Do keek Joochen Fock üm de Eck: »Jung, wat hest du? Wat wullt du?«

»Mien – mien Mudder is weg!«

»Is weg? – De is woll loos un snitt sick 'n Stock ut de Wichel, – dien Tied is woll wedder üm, – müß woll mol wedder 'n Fillvull hebben?« Un denn lach he noch un güng no nerden, – ick wür wedder alleen un ick wüß goarne mehr, wat ick anfangen schull.

Do stünd al wedder son grooten Kerl achter mi un freug: »Jung, wat is denn mit di loos? Wullt du de Dör inpetten?«

»Mien Mudder is jo weg! Un, un de een Joochen segt, se is upflogen, un, un de anner Joochen segt, se holt 'n Knüppel!«

»Ach wat, gef dat Brülln man up! – Ick bün dien Mudder jo!«

Un as ick mi ümkeek, stünd mien Vadder achter mi mit Eultüg un Seestebeln. Un up 'n Diek stünden Mudder un Jan un Greta un Hein un Jakob, – un all' lachen se mi wat ut.

*

Un denn käm de Dag, – do müß ick ook mit no School, müß al morgens in 'n Schummern mit rut un wörd al vör 'n Kaffeedrinken wuschen.

O, wat wür 't 'n Larm un 'n Krabbelee in de lütt Kök! De een harr dütt verlorn un de anner dat. Un de een harr de Oogen noch dicht un de anner kunn ne kieken. Ober Mudder hölp fix mit un in 'n halbe Stünd'n würn wi all' Fief to Schick. Ränzel up 'n Puckel un rut!

Un denn den ganzen Diek langs, – dat wörd'n jümmer mehr Kinner, ut jeder Hus kämen welk rut, un dat wür all' een Lachen un Snacken.

Wi müssen ganz bit no de Westerschool. De läg dicht bi de Kark, in 't Middel van Finkwarder un harr veer Klassen. Un wi »Lämmer«, wi Lütten, de vandog toerst hinmüssen, 22 Jungs un 25 Deerns, – wi kämen in de ünnerst, in de »lütt« Klass'. Un de Schoolmester kreeg uns gliek een'n bi een'n vör un freug uns all' wat wi heeten dän un wat uns' Vadder wür, – un he sä, wi schulln dat gliek up hoochdütsch seggen.

Doar kunn'n de meisten ne mit togang'n kommen, ober ick wüß 't: »Rautzel Keinau, mein Varrer is Seifischer!« Do lachen se all, un do wörd ick gliek de böbelst – up 'n verkeehrten End'n.

Dicht bi 'n Schoolmester käm ick to sitten, – dat güng no 't Öller, un ick wür de jüngst un de letzt, un dat käm grode so ut, dat ick 'n ganze Bank för mi alleen kreeg. Un denn güng dat Leehrn loos: »Klappe hoch, – eins!« Anfoten. – »Zwei!« Hooch mit dat Dings. – »Drei!« Sinnig hinleggen. – »Vier!« Gau de Hand'n fooln. – »Klappe runter, – eins, zwei, drei, vier!« – »Klappe hoch, – eins, zwei, drei, vier!« – »Klappe runter –«. Un ick harr jümmer de groot swoare Dischenklapp ganz alleen, un käm rein in'n Sweet doarbi. Ober ick geef 't doch ne no, heul jümmer fein mit de annern Takt.

Denn wies' de Schoolmester uns noch, wat wi dat moken müssen, wenn wi mol no buten wulln: Den Finger in de Luft hooln, un denn teuben bit he uns ankeek, un denn frogen: »Darf ich mal hinaus?« Un he sä noch to uns: »Ihr dürft aber nur fragen, wenn ihr wirklich mal hinaus müßt.« – Do röppt

Hinnik Deetels van achtern: »Herr Schulmeister! Oogenblick mol, – ick komm gliek wedder!«
Un krabbelt sick ut de Bank rut un will mit 'n Juppdi ut de Dör.
»Junge, wo willst du hin?«
»Blooß mol eben rut!«
»Du sollst doch fragen.«
»Jä, dat duert man noch so lang', – ick kann 't jo ne mehr uthooln!« – Un weg is he.
Un keeneen van uns much lachen. –
Denn geef 't eerstmol »Pause«. Do dössen wi all' no buten gohn, do wür mitmol de ganze Schoolplatz vull Kinner, dat krimmel un wimmel man all'.
Do kämen all' de Kinausen bi mi an: »Na, Rudl, wu gefallt di dat? Magst hier wesen!«
»Ach, weet ne, – is 't ne bald ut? Ick mütt jo noch Kninkenfutter seuken.«
Ober dat wür noch lang' ne ut, – wi müssen doar noch twee Stünd'n sitten un müssen »Klappe hoch« un »Klappe runter« speln, bit wi ne mehr kunnen.

*

Nu müß ick jeden Dag no School, un dat geef jeden Dag wat Nees, un dat geföllt mi jümmer beter. Ick wür sogoar al 'n poar no boben kommen, seet doar al midden mang, – de Schoolmester much mi jo will lieden.
Ober den een'n Dag wür he doch fix argerlich un dull up mi, do harr mi dat doch bald klöterig gohn:
He harr to uns segt, wi schulln ne jümmer up de Tofel speen, wenn wi wat utwischen wulln, wi schulln 'n Swamm an de Tofel hebben, 'n natten Swamm un 'n dreugen Lappen. Dat bummel doar ook all' bi mi an dol, ober de Swamm wür knokendreug un hatt as 'n Steen, – ick müß 't noch mol wedder no de oole Mood moken. Un doar kreeg he mi bi fot un reet mi an 't Ohr: »Das sollst du doch nicht! Ferkel!« Un he schüll mi fix

de Jacken vull un toletz sä he: »Richte dich man 'n bißchen nach deiner Schwester, die ist so ordentlich un so sauber, daß man da seine Freude an hat.«
»Swester?« – ick keek em ganz dumm an un schüttkopp: »Hebb jo goarkeen Swester.«
»Du hast keine Schwester?«
»Ne!«
»Soooo? – Ach, und ich dachte, das wäre deine Schwester, die hier in der großen Klasse ist. – Na, trotzdem sollst du nicht auf die Tafel spucken!«
»Non«, dach ick, »doar büst jo noch mol wedder so eben un eben mit freekommen.« Un seet mien Stünd'n af un sus' in de Pause no buten.
Un kum dat wi wedder all' in de Klass' würn un harrn uns trechtrangelt, do reep de Schoolmester: »Rudolf Kinau, komm mal raus!« Un lang ook al ünner 't Pult un kreeg den Reetstock heer. »Du hast mir vorhin was vorgelogen. Weißt du das?«
Ick wür ganz baff un kunn goarne snacken. Ick schull logen hebben? Wat denn? Wüß ick nix af.
»Du hast mir gesagt, du hättest keine Schwester.«
»Hebb ick jo ook ne!«
»So? – Junge, wie kannst du bloß so lügen? Ich kenne sie doch, und ich hab sie doch eben in der Pause noch gefragt, – Margareta Kinau, – ist das nicht deine Schwester?«
»Ach, de? De groote? – Un ick hebbt meent, du meenst son ganze lütte! – Dütt is doch keen Swester, dütt is doch man blooß uns' Greta, 'n Swester is doch jümmer so lütt.« Un ick wies' mit de Hand'n so lang as mien Griffel wür.
Do füng de Schoolmester an to lachen. Un denn freug he de annern Kinner, un de sän ook all: Swestern würn jümmer ganz lütt, noheer wördn dat: Deerns. Un Hannis Fock reep van achtern: »Dat is jüst so as bi de Swien, de heet ook blooß, wenn se lütt sünd ›Farken‹, noheer heet se ›Swien‹.«
Do pack de Schoolmester sien'n Knüppel wedder weg, un sä: »Finkenwärder ist doch wohl ein Land für sich.«

Hinnik Seehund

Verkloarung doon vör 't Seeamt, – man good, dat wi dat hebbt. Dat is wat Fastes un wat Kloares.
Uns' grooten Schep, – wenn se wedder trügg sünd van lange Reis' hebbt Störm un Stillnis achter sick un liggt in 'n Hoben, de Seils fast un dat Anker deep in de Grund, – denn geiht de ganze Kru gliek an Land un vertellt van de Foahrt. Un de een segt: »Junge, wat wür dat fein!« Un de anner segt: »Minsch, wat wür 't 'n Tostand!« Un se snackt jümmer hin un her, un keeneen kann 'r klook ut warden, un dat meiste sünd Lögen.
Ober no 'n poar Dog, – den drütten oder veerten Dag so, – denn mütt de Käppen loos un mütt Verkloarung doon. Denn stickt he sien Beuker un Korten ünner 'n Arm un geiht no 't Seeamt rup. Un denn mütt he sick doar verkloarn öber allns wat wesen is, öber Wind un Wedder, Lüd un Lodung, Seegang un Seils. Un allns mütt woahr wesen un mütt stimmen. Un allns ward to Book nohmen, allns, dat Griese so good as dat Hille.
Worüm dat is? Un wat se doarmit wöllt?
Se wöllt dat fastleggen un verglieken. Un wöllt den richtigen Weg un den richtigen Kurs rutfinden. Wöllt all', de wedder rutgoht, woahrschoon: »Doar müß ne so dicht rangohn, – Käppen Meier hett doar Brand un Klippen seehn.« »Un hier müß di bannig in acht nehmen, – de Stroom sett dwars in de Süd.« – So wiest se jem de Korten un de ganzen Küsten. Un allerwegens is wat anners to bedinken, un jümmer giff 't wat Nees. –
Is dat ne 'n feine Sok? Schulln wi dat ne ook för 't Leben bruken können? För uns all'? Ook för de jungen Lüd an Land?
Wi klüst un brust doch all' in 't Leben rin, as güng 't gliek dreemol rund üm de Wilt. Wi stoht an 't Ru' er un kiekt vörut, un gröhlt un singt, as wulln wi öberhaupt ne wedder no Hus. –

Un seilt doch all', un seukt den Hoben. Un de Hoben, – dat is Froo un Kind un 'n eegen Kök.
Un dat Seiln un Seuken is licht un dat Finden is swoar. Wu mannigeen löppt verkehrt un löppt up 'n Strand. Wu mannigeen smitt de Masten rut un de Lodung, un drifft up See rüm as 'n leddige Schut. Un wu mannigeen kummt binnen as 'n Wrack mit tweide Planken un mit tweide Seils, un slirkt sick still an Land un swigt, – oder sett sick in de Schenk un lügt un prohlt.
Schull dat ne beter wesen, wenn wi ook vör 't Seeamt müssen, alltohoopen, een no 'n annern, – un müssen Verkloarung doon.?

Hinnik Seehund, – du büst de öllst van uns, un büst 'n Seemann as man een, de beste Fischer un de dullste Seiler, – fang du mol an! Du hest den Hoben jo funden, hest 'n lütte feine Froo un hest al 'n grooten fixen Jungen. Vertell uns mol van dien Seefoahrt!
Vertell uns mol, wu di dat gohn hett as Junggast! Wulang büst buten wesen? Wat hest för Wedder hatt?
Wies' mol dien Beuker un dien Korten, un verkloar di hier mol: Wu büst du in 'n Hoben kommen?

*

Hinnik Seehund? – Den ooln Nom lot 't nu man bald weg, de paßt al lang ne mehr. Wi ward mit de Tied doch all' wat ruhiger un wat stiller. Seggt nu man so bilütten wedder Hinnik Wulf to mi!
Un dat Vertelln, dat spoart mi man! Doar kummt ne vel bi rut. Mien Tied as Junggast, dat is 'n slechte Tied wesen, rug un pulterig van Anfang an, nix as Störm un Unrauh. Un wenn würklich de Sünn mol dörkieken dä, denn schien se gliek wedder to dull, mok allns gleunig, un broo 'n Gewidder tohoop, dat hau mien Glück wedder kott un kleen. – So güng 't jümmer up un dol bi mi.

Un füng doch toerst so fein an:
As ick ut de School kommen dä un käm bi Vadder an Bord, – dat mok mi 'n barg Spoß. Ick wür rein weg in de groot greune See. Ick stünd blooß un keek.
Ich harr jümmer meent, doar buten wür nix as Woter, doar wü allns koolt un doot. Ober nu, – Junge, wat 'n Leben! Allerhand feine Dampers brusen doar langs, wiesen uns nachts de Füern un dogs de bunten Flaggen, un moln groote witte Schumstreken in 't Woter, dwier un dwars. Hunnert hooge Seils klappern doar rüm, witte un brune un griese, – de seeten up de See as Vogels, jümmer hungerig up Wind un Fisch, un recken de grooten Flünken hooch in de Sünn. Un dusend witte Meeben, – de gleeden achter uns ran, un stünden boben de Besohn as Drokens, – un wenn ick jem wat hinsmieten dä, denn scheuten se steil in 't Woter un sleugen sick üm de Büt un moken 'n Larm, dat 'n sien eegen Wort ne verstohn kunn.
Un denn ook all' de feinen Fisch un Muscheln un bunten Steen! Wat geef dat all' to kieken! Wat wür doar 'n barg Leben up See! Dat swef un wef man so van de Wulken bit an Grund. Wür all' een Fleegen un Krabbeln. – Fein wür 't!
Wi harrn 'n grooten fixen Knecht, Hein Bausen heet he. De harr al up Dampers un up Seilschep foahrn un wür ook al 'n poarmol üm Kap Horn kommen. De vertell mi van butenlands un van all' sien Reisen un van Albatrossen un Haifisch. Un he kunn vertelln, kunn snacken as man een.
Vadder wörd 't mitünner to vel. Wenn he mark, dat ick mit heete Backen bi Hein achter de Boot stohn dä un wür mit mien Gedanken wied weg, denn schick he mi no binnen: »Paß man leeber up 't Füer un mok dien Lampen in de Reeg!«
Ober ook binnen wür ick ne alleen, ick harr allerhand lütte Beuker in de Koje liggen, van Robinson un van de Indioners. Un twüschen Kantüffelnschelln un Klütenkoken klopp ick mi mit de Häuptlings rüm un güng up Tigerjagd. De Beuker würn fein. Son ganzen Packen harr ick doarvan, een noch grusiger un scheuner as dat anner. Un ick kunn mi doar so ganz un goar

rindinken un rinleben, kunn allns üm mi rüm vergeten. Blooß wenn Vadder de Trepp dol käm, denn fleug dat Book üm de Eck up 'n Bord, un ick püster gau wedder bi 't Eten rüm. – Ober dat een stünd al fast bi mi: ick wull ne jümmer Fischermann blieben, ick wull ook noch mol in de wiede Wilt!
Üm 't Koken quäl ick mi ne vel, doar harr 'k keen Lust to, ick much leeber fischen un seiln un kieken. Un much gern sülben an 't Ru'er stohn un dicht an de annern Eebers langsflimsen, dat se mi ook all' seehn kunn'n. Wind un Sünnschien, dat wür mien best. Un scheune langsome Dünung. Seekrank wörd ick ne, so duller dat dümpel, so molliger feuhl ick mi.
Wenn wi bihus würn, – dat wür so alle dree Weken mol, – denn seet ick bi Mudder un bi mien lütt Lene-Süster in de Kök un vertell jem, wat ick all' seehn un beleft harr. Un Lene vertell 'n beeten ut de School. Wi kunnen uns fein verdrägen.
Un obends güng ick denn mit de annern Jungs langs 'n Diek, un wi seeten de halbe Nacht bi Willem Mees in de Schenk un drünken Grog. Smecken dä mi de Krom ne, keen beeten, ober ick wür doch jümmer erst Mann an de Sprütt. De annern würn ook all' wat lütter un fleediger as ick. Ick wür jem all' öber un kunn allns beter. Ick kunn fief Glas Grog verdrägen ohne van de Been to kommen. Ick kunn 'n ganzen Stebeln Beer utdrinken ohne mi to speen. Ick kunn am besten smeuken un am dullsten gröhln. Ick wür jümmer Boos in de Schenk.
Blooß sünndogs up Musik, – dat wür noch ne recht wat, ick harr Knoken in de Been un kunn so slecht mit dat ool Danzen togangen kommen. Un mit de Deerns wüß ick ook nix antofangen. Ick heul mi mehr an 't Singen un Smeuken. Un wenn 't denn Fierobend wür, denn harrn de annern all' 'n lütte Brut an de Hand, un ick müß alleen no Hus krüzen. Ober doar dach ick mi ook nix bi, – ick wull noch goarkeen hebben, wull teuben bit ick Knecht wür un bit ick 'n ganze feine finden dä. Ick wull de beste Deern hebben, de 't geben dä, de beste up de ganze Wilt. –
So güng dat erste Joahr hin, un dat tweete un ook dat drütte.

De Tied fleug man so. Un denn wür 't wedder mol Oostern. Lene käm ut de School, un käm gliek as Lüttdeern no 'n Buern, no Jan Swattau bi de Kark. Hein Bausen güng ook weg, – harr keen Lust mehr to fischen un wull wedder up groote Foahrt. Ick bröcht em noch mit de Boot no Stadt rup un hölp em sien'n Tügsack un sien Seekist an Land. Un keek no all' de hoogen Masten in 'n Hoben, un schipper still wedder no Hus.
Uns' Eeber käm mi mitmol bannig lütt vör, lütt un oolt. As son ooln griesen Dagleuhner seet he doar achter de Schalln up 'n Slick. Ober he keek still öber 't Woter un keek mi stief in de Oogen, bit ick wedder den Kopp in 'n Nacken smeet un lach.
Oach, wat grübeln! Ick wörd nu Knecht, un kreeg al een'n ünner mi, den ick wat so seggen harr. Nu schull 't fein warden! Noch vel scheuner as vörher! An Land un up See!
Ober dat wörd 't ne. Wörd all' grieser un slechter. Ook an Bord.
Wi harrn 'n lütten Jungen van de Lünbörger Siet kregen, Willi Martens, ut 'n Busch. Wür 'n lütten fixen Gast, ober ick wüß ne recht wat mit em uptostelln un geef mi ne vel mit em af. Ick much de Lünbörgers eben ne lieden. Wenn he sick an Deck mol bi mi hinstelln wull, un wull mit mi snacken, denn geef ick em kott Bescheed un güng no achtern.
Ook mit Vadder kunn ick mi ne so recht verstohn. Vadder wür 'n ooln togen Seemann, Dag un Nacht in de gangen, slopen dä he meist goarne. Ober he wür doch ook bannig vörsichtig, güng de Störms ut 'n Weg so good as he 't kunn. Em wür mol nachts bi slecht Wedder 'n Knecht van 't Deck speult, – de harr noch lang up de See dreben un roopen, un wür toletz doch wegsackt. Dat harr Vadder noch ne wedder vergeten kunnt.
He harr sick nu son neemoodsch Dings köfft, son Wedderglas. Un wenn dat falln dä un de Luft seeh ook jüst ne scheun ut, denn güngen wi binnen, oder seiln doch dicht ünner de Wall un nähmen dat Topseil weg, un leeten drieben. – So wörd mannige Strek verpaßt un verpüttjert, un uns' Verdeenst bleef man lütt.

Wi kämen den ganzen Sommer ne mit 'n euliche Reis' to Schick, klappern jümmer van een'n Hoben in 'n annern. Un harrn ook allerhand Unglück, reeten dree oder veermol de ganze Kurr twei. – Dat leep uns all' togeegen.

Bihus wür ook nix mehr loos. Lene fehl mi mit ehr Lachen un ehr Babbeln. Bi Vadder un Mudder in de Kök to sitten, harr ick keen Lust, de sän jo den ganzen Obend keen teihn Wört. Mudder rummel up de Neihmaschin un keek bald goarne up. Vadder stünd an 't Finster un grübel un schüttkopp. Mit mi snack keeneen. Wat schull ick doar denn rümsitten?

Ober nemhin? Ton Grogdrinken fehl mi dat Gild. Ick foahr jo up Prozente, un wenn wi nix verdeen'n dän, kreeg ick ook nix. Ick kunn ne mehr mit de annern Knechen utseehn. Un mi för natt mit dörsupen much ick ne.

Ook up Musik wür 't anners worden. Dat käm mi vör, as wenn se mi all' son beeten mindachen ankieken dän, de Junggäst. Se freugen mi ook jümmer, wat wi fangt un verdeent harrn. Dat geföll mi ne.

De Deerns snacken goarne mehr mit mi. Keeken mi kum an. Se harrn jo ook genoog annere Jungkirls, de beter danzen kunnen as ick. De de Dohlers springen leeten, dat de halbe Sool wat kreeg. Mi bruken se goarne, würn genoog annere.

Un een van düsse annern, dat wür mien Bru'er Julus. De wür 'n poar Joahr öller as ick un harr nu utleehrt as Timmermann, verdeen 'n barg Gild in de Stadt, un wür jeden Sünndag up Musik, – jümmer fein mit Slips un Krogen. Un wenn he danzen dä, denn sett he sogoar den Hoot af, un swunk de Deerns rüm, dat se rein ut de Pust kämen. Ick wür eulich 'n beeten stulz up em.

Ober argern kunn ick mi ook. He snack un krosch jümmer, as wenn em de Sool alleen hörn dä. Un he snack blooß jümmer van de Deerns. He sä, he kunn jem all' kriegen, he bruk man blooß to winken. Un he harr ook würklich bald düsse un bald de, he söcht sick all' de besten ut.

Un den een'n Obend, – ick gläuf dat wür grode Machgeel, bi

Madam wür Musik, allns een Larm un Leben un een Geschuw. Julus stünd bald keen'n Danz still. Un uns' lütt Lene-Süster wür ook doar un lehr sick dat Walzen. – Do kreegen se sick doar in de Eck dat Kloppen.
Ick harr dat goarne gliek markt. Ick stünd vör de Schenk un drünk Grog. Mandus Mees harr een'n utgeben. Un Mandus lacht jüst, un kickt sick üm: »Doar haut sick welk!« »Ach, lot jem man!« segg ick. »Dat kann keen Schoden doon!«
Do segt doar een achter mi: »Ne, dat kann 't ook ne: Dat is Julus Wulf, – de Op! De hett 't ook verdeent! Wat spelt he sick jümmer so up!«
Ick dreih mi kotthandig üm: Hein Wried' steiht achter mi, de groot lange Hein van de Au, – he hett noheer 'n Frachtfoahrtüg hatt un is in de Oostsee ünnergohn. De steiht achter mi, de hett dat segt. Ick kniep de Füst tohoop un reck mi up. Wi kiekt uns stief in de Oogen.
Denn stigt mi dat heet in de Backen: »Julus Wulf is mien Bru'er!«
He lacht noch: »Denn paßt dat jo ook fein!« segt he. »Denn sünd jo Op un Seehund in een Kist!«
Ick kunn mi ne mehr hooln, ick beet de Tähnen tohoop, un knall em mien Grogglas vör de Feut, un hau em mit de Fust in 't Gesicht, dat he gliek öberstüer geegen de Trepp fleug. Doar bleef he liggen.
Mi fleug dat Hart bit in de Kehl. Ick harr noch niemols Klopperee un Striet hatt, ick harr noch niemols 'n Minschen so in de Oogen haut, ick harr ook ne weten, dat 'n mit een'n son Slag sovel Macht harr. Ick wull mi bücken un wull em uphilpen.
Ober upmol dach ick wedder an Julus un keek mi üm. Doar in de Eck würn se noch jümmer an 't Weuhln un an 't Gröhln. Uns' lütt Lene leep jüst ut de Dör un ween.
Mit een'n Ruck harr ick de Jack ut. Ick störm as wild dör 'n Sool un smeet mi doar twüschen. Se würn mit dree Mann up Julus, harrn em grode dolhaut un wulln em ünner de Feut kriegen. Ick käm noch jüst to rechten Tied. Un ick dä mien best. –

Un kreeg jem ook utnanner un kreeg Julus hooch, un kreeg em no de Dör un no buten.
Ober ick sülben käm ne mit. De ganze Sool wür een Gröhln un Fluchen. Twindig Füst recken sich hooch, fummeln mi vör de Näs' rüm, greepen mi no de Arms un susen mi up 'n Kopp un in 't Gesicht, dat mi dat Füer ut de Oogen fleug. Mi leep 't all' rundüm.
»Loos!« Mit mien letz beeten Kraft beug ick mi vör, un bück mi dol un reet den Ersten de Been ünner 'n Lief weg, dat he mit 'n Achterkopp up de Deln knall. Denn störm ick öber em weg.– Se hebbt mi noheer segt, dat wür Hannis Rust wesen, un ick harr em mit de Hacken in de Tähnen pett. Ick weet 'r nix af. Ick hebb üm mi langt so good as ick 't kunn, un hebb brüllt as 'n Oß.
Un käm ook hindör, kreeg wedder Luft un Platz, un stünd mitmol wedder medden in 'n Sool: »Free Del'!! – för jeden, de wat hebben will! Mann för Mann!«
Mien West wür kott un kleen. Dat Witthemd hüng mi in Fetzen van de Schuller. Gesicht un Handen wür all' een Bloot.
Ick mütt woll grusig utseehn hebben – grusig un wild. De Deerns keeken all' un tuscheln, de Junggäst stünden up de Steuhl un reepen mi wat to. »Bravo!« un: »Up em«! Un van achtern reep een ganz öber 'n Sool: »Hinnik Seehund krigt wat up de Snut!« Un all' füngen se an to lachen. »Free Del'«! gröhl ick noch mol.
Ober nüms käm ran. Ick reet Mandus Mees mien Jack ut de Hand un güng Foot för Foot ut de Dör.
Keeneen käm mi no. Keen Macker un keen Feend. As ick buten wür, sett de Musik wedder in un reep de Lüd ton Danzen un klüng noch lang achter mi ran.
Boben an 'n Diek stünd mien Bru'er Julus an 't Rickels. Fief, söß Deerns üm em rüm. Un he vertell jem grode, wu he sick doar rutkloppt harr, – he harr jem man all' so in de Eck smeten.
Ick güng slank vörbi, un güng no Hus un to Koje. Mien Ge-

sicht brinn as Füer, allns dä mi weeh. Un doch feuhl ick mi free un licht, – ick wüß nu doch, dat ick ne bang' wür, wenn 't 'r up ankäm, – un dat ick ook al Kraft harr un wüß mi to weehrn. »Hinnik Seehund«, harrn se mi heeten. Ick wüß ne, wonem se dat her harrn un wüß ne, wat dat bedüten schull.
Ober: lot man! Ick wull jem woll noch mol wiesen, wat ick kunn, un wat ick wür! – Man blooß Tied loten! Dat käm woll noch all'.
Fief Dog noheer dreeben wi wedder ünner Langenoog, up twölf Fohm Woter. Mit südwesten Wind un Regen. Harrn dat Topseil dol, harrn ober de Kurr noch ut un fischen vör de halbe Fock. Wür allerhand Dünung in 't Woter, de Eeber rull un schöl.
Geegen Morgen wür 't, de Dag seet al in de Luft. Ick harr de Wach an Deck un güng mit Eultüg un groote Stebeln hin un her, – beid Handn deep in de Tasch.
Ick wür argerlich. Argerlich up den Wind, de al wedder no de Störmeck rümleep un füng an to blosen. Argerlich up den Jungen, de noch jümmer seekrank wörd un kreeg Heimweeh. Un argerlich up Vadder, de al wedder mol dat Topseil wegnohmen harr, ohn' mi wat to seggen. De al twee Dog hindör no 't Glas un no de Wulken keek un sä keen »witt« un keen »swatt«.
Steek goarkeen Leben mehr in, in Vadder. Em fehl de Moot. Un de Murr in de Knoken. He wörd al so bilütten to oolt un to bedächtig. Wenn 't so wieder gohn dä mit uns' Fischeree, – dat wür jo Klöterkrom! – denn kunnen wi jo manlef ne vörwarts kommen.
Wi güngen jo lang ne wied noog rut! Wi riskiern jo nix!
Foahrn wi eenmol no de »groot Bank« hin, oder no de Austern, as de annern Kutters? – Ne, – jümmer dicht vör de Elf un dicht ünner de Süd. Blooß ne so wied van Land weg!
Bleeben wi noch eenmol buten, wenn 't 'n beeten weihn wörd? – Ne, jo ne! Jümmer gliek in 'n Hoben rin, gliek achter de faste Wall. Un denn liggen un teuben bit de feine Wind wedder all

wür. – Un wenn wi uns denn noher wedder rutklappern dän, denn harrn de annern al de Reis'.
Leeten wi noch eenmol dat Topseil stohn, wenn würklich mol 'n Handvull Bries' käm? – Ne, blooß ne! Sobald as dat Woter krus wörd, müß dat Topseil hindol un müß in de Boot. Kunn uns jo tweirieten! Kunn jo wegweihn! – Un wenn ook noch dörtig Eebers bi uns würn, un fischen all' för vulle Seils, un keeneen dach an Wind un slecht Wedder, – wi nähmen uns' Topseil weg un leeten sinnig drieben. Blooß dat de annern man wat to lachen harrn! – Püttjerkrom!!
Moot un Murr, – dat fehl uns!
Ick dach mi jümmer deeper in mien'n Arger rin, un keek öber Deck un keek no boben: allns wür oolt un versleten, de Seils würn gries' un mör. Un worüm? – Wi kunnen nix moken loten un nix anschaffen, wi verdeenen jo nix. – Un worüm verdeenen wi nix? – Worüm? – Wi würn to bang' un to tüffelig! Dorüm! – Wenn wi 'r man beter up dol gohn dän, denn holn wi ook wat un kunnen unsen Krom jüst so good in de Reeg hebben as de annern.
Man blooß beter up dol gohn! Ne jümmer gliek Angst kriegen un de Seils bargen!
Nu ook: Wat seeh dat nu wedder ut, – so ohn' Topseil? – Dat geef jo wedder fein wat to snacken för de annern! ...
Ick keek rundüm un keek ünner 't Seil dör. Wür nu al hoochhillig Dag. De Regen wörd weeniger. – Eben in Lee, doar in de Nord, doar brus' jüst wedder 'n grooten Damper vörbi, – jümmer liekut, – jümmer gegenan. De Schum fleug half an 'n Steben hooch. De swatte Rook stünd piel achterrut. – Wat Wind un Wedderglas? – Mit vulle Kraft no buten!
Doar käm ook 'n Lootsenschoner anklitschern, mit hooge, witte Seils. Scheuf sick licht as 'n Meew van een See up de anner un reck den rooden Flögel bit in 'n Heben. – Allns wür nee un stark! All' een Luft un Moot! – Seelüd, so as se wesen schulln! –
Liek achterrut würn ook noch Seils! Doar kämen twee Fink-

warders anklüsen. Dicht tohoop. Mit vulle Plünn, den grooten Mittelklüber up 'n Steben, Topseil in 'n Knoop. Kämen recht up uns loos. Un kämen jümmer neuger.

Mi wörd 't mitmol to heet ünner 't Eultüg. Ick smeet den Südwester in de Boot un reet de Jack open. – Schull ick mi wedder mol wat utlachen loten?

Wat de doar nu woll al kieken un snacken dän? Oh, ick wüß Bescheed! – Wu mannigmol würn se al bi mi ankommen, bihus oder in 'n Hoben, un harrn steken un stichelt: »Wat harrn ji denn mit joon Topseil, noletz? Wür joo dat Fall broken? Ober worüm harrn ji 't wegnohmen? – Wind wür 'r doch ne!«

Schulln se dat düttmol ook wedder seggen? Ne! Nu ne mehr! Nu läg de Sünndag doartwüschen. Nu wüß ick, wat ick kunn un wat ick to doon harr: dat Topseil upsetten!

Ober Vadder harr mi noch extro segt, ick schull 't liggen loten. Un schull em roopen, wenn wat loos wür.

Oach wat, doar kunn dat nu ne mehr no gohn! Vadder sleep jo un harr keen Ohnung van 't Wedder. Ick müß doch ook bald sülben weeten, wuvel de Eeber verdrägen kunn. Bruk doch ne bi jeedes lütt Stück erst to frogen?

De beiden Finkwarders kämen neuger un neuger. Dat erste wür 'n grooten neen Kutter, mit 'n witte Bost, – Paul Wüpper. De wür doar Sünndag ook mit twüschen wesen. – Un dat anner wür de groot Jan Fildmann. Dat wür ook jüst de rechte. De harr noletz mol to Mandus Mees segt, – up Musik mol so, as se van mi snackt harrn: »Dat de Ool so bang un bedächtig is, de ool Joochen Wulf, – dat kann'n jo noch begriepen, – he hett jo ook al 'n barg dörmokt. Ober de Jung, de Hinnik, – de müß 'r doch beter ran gohn! Is doch 'n stebigen Junggast! Doar müß doch mehr Drift achter sitten! Verdammi nochmol, wenn ick in sien Städ wür, – ick sett mi up gegen mien 'n Vadder, ick leet mi ne jümmer an de Wand drücken!«

Jan Fildmann, dach ick, Du hest de Schuld, wenn doar wat passiert! –

Ick reet dat Topseil ut de Boot, mit fleegen Handn. Ick steek

dat Fall an, un de Schoot. Un füng an to rieten as güng 't üm 't Leben.
Dat wür 'n beus' Stück Arbeit. Doar hörn eegendlich dree Mann bi, oder doch twee, – ober ick wull 't nu mol alleen. As isern kneep ick de Finger üm 't Fall. Un wenn de Wind in 't Seil fot un wull mi mit hoochrieten, denn krall ick mi mit de Feut an 't Deck fast un stünd as 'n Pohl. Un Stück för Stück kreeg ick 't heuger, un toletz – do stünd 't, do harr ick 't rup no 'n Top. Un harr allns fast un belegt.
Un stünd nu wedder achter an Deck un keek no boben, un frei mi.
Junge jo! Dat wür 't, wat mi noch jümmer fehlt harr: Ook hier up See mol wiesen, dat ick ne bang' wür! Mi ook hier mol uprecken – gegen Wind un Wedder, – un gegen de Annern!
Nu schulln se man kommen, de beiden Kutters. Nu kunnen se gern dicht an uns langs seiln, – lachen un mi mindachen ankieken döß nu keeneen.
Doar stünd mien Topseil, hooch un stulz as man een! Wenn 't ook oolt un gries' wür, – seeh doch fein ut. Un wies' ook wat heer, un wür ook wat. »In 't Grootseil sitt de Kraft«, harr de ool Hein Bleumer mol segt, »ober in 't Topseil sitt de Moot!«
Denn harr ick jem nu jo wedder tohoop: Moot un Murr.
Un ick steek de Handn in de Tasch un güng wedder hin un her langs Deck, un füng an to singen. –
Doar wür ober doch allerhand Bries'. De Wind frisch bannig up. De Eeber pack sick jümmer mehr up de Siet un sprüng up un dol. De Kurrlien stünd up Breken. De See kreeg allerwegens witte Köpp un füng an to brülln.
Ick stünd an de Boot un harr de Tähnen tohoopbeten un keek vörut. Doar käm dat so dick un düster ut de See kreepen, un reck sick an 'n Heben hooch, as wull de Wilt ünnergohn. – Un denn käm mitmol son witten Strek öber 't Woter loopen, – wörd hiller un breeder, – käm recht up uns loos. –
Ick wüß, dat wörd 'n beuse Flog' mit Hogel un Störm. Un dat Topseil? – Schull ick 't noch gau wedder dolnehmen?

Ick keek mi üm un smeet den Kopp in 'n Nacken: »Ne!« – De beiden Kutters würn nu gliek her. Un würn denn ook in 'n Oogenblick an uns vörbi. Solang' schull 't Topseil gewiß noch stohn! Blooß ne bang' warden! Blooß ne lütt bigeben! – »Paul Wüpper, wat segst?«
Ober nu käm doar upmol een Susen un Fleiten dör de Luft, un een Bries', – allns knapp un knok. De Eeber smeet sick bit an 't Deck to Woter, as wenn he ümkippen wull. De See schüm un kok, de Wanten klüngen. Un de witte Strek wür al dicht vör 'n Steben. –
»Fock dol!« scheut mi dat dör 'n Kopp. Ick sprüng no vörn un smeet dat Fall loos, ober de Fock wull ne dol, – seet tovel Wind in. Ick reet an 'n Dolholer, all' wat ick man kunn. Ick hok de Been ünner 't Spill un smeet mi mit de See in de Lien. De Fock hau as unklook, – dat knall un knatter man so. Scharpe Hogelstücken fleugen mi in 't Gesicht. Ick stünd un reet.
Un feuhl mitmol 'n poar groote heete Handn dicht ünner mien. Un mark, dat een bi mi stünd un hölp mi. Un seeh, dat mien Vadder dat wür, – in 'n rugen Kopp un up Strümpsocken: »Hol dol! Hol!«
Un Hand vör Hand kreegen wi de Fock ook dol, harrn ehr al meist an Deck, – de Eeber luw al up un richt sick sinnig toheucht, – do geef dat boben uns mitmol son butten Knall, un een Flattern un Fleegen, – un as wi hoochkeeken, fleug uns' Topseil jüst in Fetzen över de See. – Blooß de Lieken bleeben sitten, – all' dat anner hol sick de Störm. –
Vadder wür kriedwitt worden: »Dat Topseil? Wat kummt dat doar –? Wanneehr hest du dat wedder upsett? Wat?«
»Wanneehr?« Ick wull mi ook ne duken. »Eben erst! Vör 'n Viddelstündn!«
»Un worüm?«
»Worüm? – Do wür 'r noch ne so vel Bries'. – Un denn ook: Kiek mol doar, de beiden Kutters! – Ick wull mi ne jümmer un jümmer wat utlachen loten!«
Vadder sä nix mehr. He keek blooß mol eben no de Kutters un

dreih sick denn wedder üm. Stur un fast stünd he vör mi un keek mi an, sien Oogen fluckern as Füer, sien Lippen bebern. De Hogel sneed em in de Backen, de Störm spel mit sien griesen Hoar.

Ick tucks keen Mien, ick reug keen Hand.

Do leet Vadder de Schullern sacken un güng no binnen. –

Dicht ünner Lee brusen de beiden grooten Kutters vörbi, – Paul Wüpper un Jan Fildmann, harrn noch jümmer all' de Seils stohn, harrn dat Topseil noch jümmer in 'n Knoop. Un weuhln doar langs as Dampers, – dat ganze Deck een Schum.

Un de beiden Schippers un de Knechten stünden breetbeenig achter an 't Ru'er. Un keeken mindachen no uns röber. Un keeken no uns' Topseilsrooh, – un lachen.

Mi seet 't as 'n Fust in de Kehl. –

Vadder käm bald wedder rut, mit Eulrock un Stebeln, un mit 'n Gesicht as Steen. Un ook de lütt Willi käm an Deck biestern. Segt wörd keen Wort, blooß de Wind fleit sien ool grusig Leed.

Ick smeet dat Topseilsfall loos un hol den letzten Klöterkrom an Deck. Keeneen hölp mi. Vadder dreih sick üm un mok de Winsch kloar. De Jung stünd up de Luken, bleek as de Doot, un heul sick an de Boot fast. Ick wull em anblaffen, ober ick kunn 't ne, – doar stünd mitmol so wat Grieses an Deck, stünd twüschen mi un mien'n Vadder un reck sick up, heuger as de Masten.

»Wöllt inteehn!«

Wi smeeten den Reeder los un füngen an to hieven, Pall üm Pall. Un hievten woll 'n Stünd'n. Denn harrn wi de Kurr hooch. Ober wi harrn wedder mol dat halbe Nett twei un harrn nix as Steen un Dreck.

Wi smeeten den Schiet in de Wandeln, un de een keek no vörn un de anner no achtern, un keeneen wull wat seggen. Ut den Hogel wür Regen worden un ut de Bries' Störm. Hushooge Seen wültern sick up uns dol, börn uns hooch in de Luft un reeten uns wedder de Been ünner 'n Lief weg, dat 't man so knacken dä.

Vadder stünd achter un keek no 'n Kompaß un denn wedder no vörn: »Grootseil dol!«

»Grootseil?« freug ick. »Worüm dat?«

Do reet he sick mit 'n Ruck tohoop: »Grootseil dol! hebb ick segt! Dat anner is mien Sok!«

Do geef ick 't up. –

Geegen Obend lägen wi up de Wesser, achter 'n Hals. Un setten de Ankerlamp up un kreupen dootmeud in de Koje.

Un de groot graue Ries' seet noch de halbe Nacht up de Del un leet mi ne slopen. (...)

»So as he geiht!« gnarr de Loots.
»So as he geiht«, gnarr Thade Hansen em no un leet dat Ruer hin un herloopen, un de Oogen öbern Steben weg wied no vörn: »Blanknes, ick seeh di! Hamborg, wi kommt!«
Wür fein up de Elf. Westen Wind un warm. Se würn eben boben Rissen un brusen mit teihn Seemieln Foahrt gegen den Stroom an. De ganze »Irmgard« brumm un bew. De Rook stünd piel in de Luft und weih mit jem wieder.
Un de Elf dreef vull Seils. All de Foahrtügen würn an de Krüz un arbeiden sick dol. Langsom un swoar kämen de Frachteewers an mit hooge Masten und griese Seils; stur un stolt de Fischers mit bunte Schep un brune Lappens; licht un lefig de sneewitten Jachten.
Käppen Tramborg leep jümmer dwars über de Brück, van een Siet no de anner. Toletzt bleef he stohn: »Bannig vullhandig, Loots. – Wöllt wi ook leeber 'n beeten langsomer gohn?«
Ober de Loots wull ne: »Ach, wat! Lot jem man uppassen! Möt wi jo ook. Sünd jo ook all – Na? Wat is mit den doar? Mit den Lustkutter? Will de ne rüm? – Beeten Stüerbord dat Ruer! – Eeenmol fleiten!«
»Stüerbord!« Thade reet de Speeken rüm, dat 't man so klötern dä. De Käppen teug an de Fleit: Tuuuut! Wi dreiht in de Süd! Allns keek no vörn no den lütten Kutter.
»Will de Knappen denn noch ne rüm? De löppt uns jo liek vörn Steben. Stüerbord dat Ruer!«
»Dat ligt, ›Stüerbord‹.«
»Gotts den Dünner! Noch mol fleiten! Maschin –
Na, endlich, he dreiht af. Dummerhaftige Kerl! Komm up. Dat Ruer! – Ooln Kurs wedder: Ost-Süd-Ost!«
»Komm up. Ost-Süd-Ost.« Thade Hansen schul no 'n Kom-

paß un keek denn wedder vörut un no dat witte Seil, dat wür nu dicht langssiet, güng eben free.
De Loots sprüng an 't Gelänner un reck de Fust: »Slopt ji doar an Deck? Oder wat fehlt jo? Blieft doch an Land, wenn je ne seiln könt! Dwarsdriebers! Wat doot ji –«
»Reg di man ne up!« reep dat von nerden. Un denn mitmol een annere Stimm: »Hallooh! Loots! Melf Jessen!«
De Loots leet den Arm sacken: »Büst du dat, Willem? Wat mokt ji denn för Dinger? Wonem wöllt ji no to?«
»Cuxhoben!«
»Du wullst doch mit mi seiln, morgen?«
»Keen Tied!« gröhl dat noch, denn wür dat Seil al wied achterrut.
De Loots dreih sick argerlich üm: »Ost-Süd-Ost! So as he geiht!«
»So as he geiht!«
Käppen Tramborg dümpel wedder no de anner Siet. »Würn dat Bekannte, Loots?«
»Jo, dat heet, de een blooß, – dat is Willem Siems, den Reeder Siems sien Jung.« He spee van 't Siet und wisch sick över den Mund: »Bleudsinnige Knecht, de! Erst jümmer dat groote Wort: Jo, ick goh mit! Un noher mitmol: Keen Tied! Un denn eenfach no Cuxhoben dol. Un ick kann seehn, nem ick 'n annern krieg.«
»Ah, ick meen, son beeten Seiln, dat mütt doch ook alleen Spoß moken, noch mehr as mit Tween. Wenn ick dat wür, –«
»Mien Boot is man to groot. Dat is nix alleen. Un denn jüst morgen, –«
»Is morgen woll Wettseiln?«
»Ach wat Wettseiln, – son Hosenjagd, doar hebb ick keen Lust to. Ne wi wulln mol no Twielnfleet dol un Bekannte beseuken. Un he schull mit un schull mi hilpen. Und nu – Beeten Backbord!«
»Beeten Backbord.« Thade Hansen beet sick up de Lipp un keek den Käppen an: »Uns Loots is jo bannig in de Foahrt.«

De Ool nickköpp un slarp wedder hin un her: »Nimmst 'n annern mit, Loots. Sünd jo Lüd genoog doar.«
»Schall ook man seiln können un in son Boot Bescheed weten. Schoosters un Sniders kann ick ne bruken. – Stüttig dat Ruer! – So as he geiht.«
»So as he geiht.« Thade harr al lang wedder so stüert, so as he güng, he kinn sien Schipp un kinn sien Elf, he wüß sien'n Kurs al ganz alleen. Nu schul he wedder no' Käppen röber: »De Loots kann mi jo mol mitnehmen. Morgen is jo Sünndag, –«
De Ool lach: »Jä, dat is ook woahr. Loots, hier! Uns Ruersmann hett Lust. Wat meenst van den?«
De Loots dreih sick üm und keek Thade Hansen an. Un dach: Kloare Oogen hett he jo, un groot un stebig is he ook, ober – ne, sitt doch woll ne vel achter. – Un he keek no Thade sien'n ooln Halsdook und no sien smeerig Tüg und no sien afreten Stebeln, und schüttel mit 'n Kopp: »Dampferjantjes kann 'k ne bruken. Damperjantjes sünd för mi keen Seelüd. De könt jo doch blooß Farwwaschen un Deckspeuln, wieder nix.«
Thade reck sick hooch: »Na, na, Loots, se sünd doch ne all egol?«
»Ne? Denn wies mi mol een'n, de noch mit 'n Boot ümgohn kann. Wies mi mol een'n!«
»Een heet Thade Hansen un steiht hier an 't Ruer.«
»Päh! Dat seggt se all, un wenn 't sowied is, –«
»De Loots kann mi jo man mol mitnehmen.«
He keek em wedder van boben bit nerden an: »Beeten stüern könt vel, ober regelrecht seiln, – ?«
»Ick kann ook seiln, Loots.«
»Blooß ne krüzen, wat?«
»Ick bün dree Joahr up 'n groot Seilschipp wesen.«
»Seilschipp? Dat will ick ook jo goar ne weten, ick frog jo no 'n Boot.«
»Dat Seiln in de Boot hebb ick mi al as Jung lehrt, bi uns vör de Dör, – ick bün van de Hallig.«

»Van de Hallig?« De Loots hör holl up un käm dicht no em ran: »Wonem her doar?«
»Van Langeneß, van Honkenswarft. Weet de Loots doar Bescheed?«
»Jo, kenn ick good, ick bün ook van de Halligen, van de Hooge. Bün nu ober al bald 'n fiefuntwindig Joahr ne mehr doar wesen. – Wat säs du eben? – Hansen? – Büst du de Söhn van Tyke Hansen, de den lütten swatten Kutter harr? – Würklich? – Dien'n Vadder kinn ick, bün 'n poarmol mit em van de Wyk kommen. Hett he dat lütt Fohrtüg noch jümmer?«
Thade keek stief no vörn un schüttkopp: »Ne, Loots, – Vadder is doot, is al vör 'n Joahrer teihn verdrunken.«
De Loots sä nix mehr. Sien Oogen leepen öber 't Woter un leepen in 't Wiede.
Käppen Tramborg stünd an 't Gelänner un seug för dull an de Piep. Un nähm ehr denn doch mol eben twüschen de Tähnen rut: »Wat ick seggen wull, Loots: Se hebbt doch ook Kinner?«
»Een Deern blooß, Käppen, een groote Deern. Den Jungen hebbt wi wedder hergeben müßt, de is uns hier mol up de Elf ünner 't Is kommen.«
»Ach? Al lang her, Loots?«
»Jo al ganz lang, dat is bald ne mehr woahr. He wür ook man erst söß, schull Oostern jüst no School.« Un he schüer sich öber de Oogen un keek wedder no Land.
Se würn nu dwars van Blanknes. Dat läg doar hooch un hill in de Sünn un harr all de Dörn un Finstern open. Boben up 'n Süllbarg wür Musik, jeeder Disch besett. Un Strand un Stroten vull van Minschen. Un all een Lachen un Leben.
»Fein Bild so«, sä de Käppen. »Uns Elf kann sick doch seehn loten.«
De Loots nickköpp: »Dat kann se woahrhaftig. Doar kummt so licht nix geegen. Un nu erst morgen, mit all de lütten Seilers!« Un mitmol dreih he sick wedder üm no Thade Hansen: »Hest Tied morgen?«

»Den ganzen Dag.«
»Un harrst würklich mol Lust?«
»Jo, Loots, dat harr ick.«
»Kannst Klock acht in Neemöhln wesen?«
»Kann ick. Wonem schall ick mi melln?«
»Komm man bi uns vör. Dat drütte Hus achter de Brück. Mien Nom steiht an de Dör, Jessen heet ick. Wardst mi woll finden.«
»Good. Loots, ick komm.«
»Ober ne loter as acht.«
»Punkt Klock acht. Wat ick tosegg, dat gilt.«
»Scheun, afmokt! – Beeten Stüerbord!«
»Beeten Stüerbord.« Thade dreih dat Rad un dach noch mol wedder: Ook van de Hallig, van Hallig Hooge. Un denn hier so as Loots. Dat lett sick hörn, wat? Wi sünd doch fixe Kerls. Wat 'n richtigen Frees is, de kann allns. Den kannst du hinstelln, nem du wullt, –
Un he keek mol so an sick dol, un verjeug sick rein. Wu seeh he wedder ut, vandog. Wat müß de Loots woll blooß von em dinken? Son smuddeligen Jumper un 'n tweide Büx, allns fleckt un afreten, un versleupt un verdon, as wenn he al 'n half Joahr up de Strot legen harr. De Mütz so speckig, de kunn 'n bald ne mehr anfoten. Un so, – so stünd he hier up de Elf an 't Ruer, an 'n Sünnobend Nomeddag un denn dicht vör de Stadt? Un wull sick hier noch dickdoon un wull seggen: Wi Freesen?
O, Thade Hansen, schom di doch mol! Du foahrst nu bald negen Joahr no See un kummst ne wieder as du büst. Wullt denn tiedslebens as Matroos foahrn, tiedslebens Jantje blieben? Hest du ne ook mol Stüermann warden wullt, un Käppen un Loots? Wullst du ne spoarn un streben as man een? Hest dat nu all vergeten?
Thade mok sick risch: Vergeten ne, ober dat oole leidige Gild, – dat reckt jo ne mol to Eultüg un Stebeln. Dat geiht een'n jo jümmer so glatt dör de Finger. Spoarn? Spoarn kannst doar nix van.

»Backbord!« gnarr de Loots.
»Backbord.« – Se würn al dicht vör Neemöhln. De Loots keek mit 'n Kieker no de lütten Hüs. »Komm up, dat Ruer! Stüttig! So as he geiht!«
Käppen Tramborg harr ook al sien Glas vör de Oogen: »Dat lütt witte Hus hier, Loots? Mit de dree Lindenbäum? Doar steiht al een vör de Dör un winkt. Kummt al een dolloopen.«
Jo, doar käm 'n groot Deern ünner de Bäum rut, un leep dör 'n Goarn dör un dol no 't Woter, un leet ehrn Taschendook hin und herweihn.
De Loots lach un wink mit de Hand. De Käppen harr noch jümmer den Kieker vör de Näs. Keeneen quäl sick üm 't Schipp un üm den plünnerigen Jantje an 't Ruer. De stünd doar un stüer. Un keek doch ook mehr no Land as vörut. Un reet ook gau mol sien ool Mütz van 'n Kopp un swunk ehr hin un her. Denn stünd he wedder stief as 'n Pohl un paß un sien Rad: So as he geiht! (...)

Engelsch spoken

Franzeusch kann ick ne, hebb ick ne lehrt. Ober mit Engelsch weet ick ganz good kloar to warden, – lesen un schrieben jo ne so good –, am besten engelsch snacken. Dat flutscht man so bi mi. Doar bün ick ook al mol fix üm lowt worden.

Sünd nu al 'n Joahrer twindig heer. Ick wür woll so söbenteihn, achteihn, un wür as Schrieber bi 'n Aukschonoter, bi Jan van Appen in de Hambörger Fischhalle. Wi seeten doar mit fief Mann in't Kantur, all liek hooch un all liek fix, – blooß de annern kreegen mehr Gehalt as ick.

Un den een'n Morgen kickt Jan van Appen üm de Eck un segt: »Keen van Jo kann up best engelsch?« »Ick!« segg ick, un spring ook gliek up un smiet mien'n Posenstel hin. – De Annern kiekt sick üm un lacht. »Du?« segt Jan van Appen. »Na, mienwegen. Denn komm man mol eben rin! Mok de Dör mol to!«

Un denn kummt he doar mit vörtüg: Doar is wedder 'n engelschen Fischdamper ünnerwegens, is Klock acht al Cuxhoben passiert, kummt mit 'n vulle Lodung Hering, direkt van 'n Fang un will hier eenerwegens löschen un weet noch sülben ne recht: wonem. »Den möt wi hebben«, segt Jan van Appen. »Wi un an's keeneen. Wi möt em gliek in de Meut un möt em klarken, dat he blooß ne no Altno geiht, un ook ne no Platzmann. He mütt hier no uns! – Nu nimmst du di gau 'n lütten Slepdamper«, segg he, »un jagst de Elf dol, un paßt em up. Un wenn he denn kummt, – gliek langssiet un up de Brück. Un denn klarken un klarken un nochmal klarken, bit he toletz wieder nix segt as: Is good, is good, – I go to Hamborg un verkäup my herrings in your Aukschoon.«

»Allright!« segg ick. »Mokt wi! – Wat is dat för'n Damper?«

»Is een 'n ut Grimsby. ›Jenny‹, heet he, G. Y. 755.«

»Good«, segg ick, »ick hol em!«

'n halbe Stünd' loter seet ick al up 'n Sleper, seet vör in 'n Steben un keek al jümmer wied vörut. Un snack noch son beeten mit mi sülben, all wat ick noch so wüß: »In our classroom there are three windows. – Today is monday, it is the second day of the week. – My Tante hett fief Heuhner un one Hahn.« Un all son Krom. Do käm he ook al an, doar eben boben Dübelsbrück, mit 'n bunten Schorsteen un 'n roode Flagg: Jenny ut Grimsby, G. Y. 755.
Wi dreiht jo gliek rüm, un loopt 'n Stück mit em in de Wett, un scheert achter langssiet. Doar stoht twee Jantjes un kiekt uns al an. Ick hau noch mol so eben mit de Hand an de Mütz, un denn spring ick hooch un fleeg de beiden recht vör de Feut. Stoh ober ook in 'n Juppdi wedder up de Been un fang mit mien Engelsch an: »Good day, my dears Sirs! How do you do? I hope, you are very well? Wonem is de Käppen?«
Se sä'n ook gliek wat wedder, ober ick verstünd jem ne, – snakken bannig undütlich. Na lot, dach ick, wat schaß di lang mit jem afrieten, goh man gliek no vörn.
Ick no vörn up de Brück. Doar stoht twee Mann, een Matros' an 't Ruer, un denn de Ool ton Utkieken. Ick jo gliek up em dol un stell mi pall vör em hin: »Morning, my Mister! I am very glad to see you. I hope you haven' goode Reis' hatt. And – I wull you frogen, wat you will come to Hamborg? To Fischmarket Hamborg? And will löschen your Herrings bi uns? An our Aukschoon?«
De Kerl kickt mi blooß jümmer an un knippert mit de Oogen.
Ick dink: He besinnt sick woll noch erst. Un dink ook gliek achterran: Nu man fix klarken! Nu man up em: »My lov Sir, you know«, segg ick, »wi get Dag för Dag the best prices för all wat kummt. Un jümmer gliek cash down, – wenn de Krom verköfft is, gift plenty money. And – just nu sünd all kinds of Herrings bannig – bannig – wat heet düer man noch up Engelsch? – You understand mi doch? – Weeß doch, wat ick meen?«

He tuckst mit de Schullern un sugt an sien Piep.
Goddam, dink ick, wu kummt dat denn? Kannst du denn ne eulich hörn? Oder snack ick di woll to gau? »Will – you – komm – to – Fischmarket Hamborg?« brüll ick em in de Ohrn.
He lacht un nickköppt.
»Yes?« Gottseidank, dink ick, he versteiht di, he is blooß 'n beeten doof. »Will – you – bring – your – Herring – to – uns? – To Johann van Appen?«
He lacht wedder so still vör sick hin un nimmt sien Piep ut 'n Mund un speet verdwars van 't Siet un segt: »Jä – wenn du dat meenst, – mi is 't allright.«
Junge, un ick smiet mi jo in de Bost. »O, very fein!« segg ick. »I am very glad! And you schall seehn –.« Un denn schütt mi dat mitmol dör 'n Kopp: Hett de Kerl eben Plattdütsch snackt?
Ick wüß upmol ne wieder mit mien Engelsch, ober denn dach ick: Ah wat, fragst em eenfach mol. – He keek nu ober jümmer stief no vörn. – Ick fot em an 'n Arm: »Mister? Can you ook german? Deutsch? – Dütsch?«
»Jo«, segt he, »son beeten.«
»Würklich?« segg ick. »Se sünd doch woll keen'n Dütschen?«
»Ne, dat ne«, seggt he. »Ick bün ut Blanknes.«
»Ut Blanknes?« segg ick. »Un denn Käppen up 'n Engelschmann?«
»Ah wat, Käppen!« seggt he. »De Käppen sitt in 't Kortenhus, un verteehrt sien'n Plummenpudding. – Ick bün hier jo man blooß de Loots.«
Un he schul't mi van de Siet an un prökelt sick in de Ohrn: »Minsch, wat hest du mi anbrüllt! Mi brummt de Kopp as nix Goodes. Un ick harr'n Angst, – wüß jo goarne, wat loos wür.«
Ober denn haut he mi up de Schuller un segt: »Nu man ne son dummerhaftig Gesicht, my littel boy! Frei di man, dat dat all so fein klappt hett. Ick will di 't man seggen: Ick bün good be-

kannt mit Jan van Appen, un ick hebb al allns mit den Käppen besnackt –, wi goht no Hamborg un löscht bi Joo. Doar is nix in de Weg. Brukst den Käppen goarne erst to frogen. Un mit dien'n Scheff mok ick dat ook in de Reeg. Will em dat woll vertelln: Will em dat woll u'tnannerpuhln, wu fein du uns klarkt hest.«

Un dat mütt he jo woll ook don hebben. –

Annern Dag müßt ick in 't Privotkantur kommen. Un Jan van Appen geef mi sülben de Hand, un geef mi noch 'n fein Engelsch-Book, so een ton Leehrn, – so dick. Un he sä noch to mi: »I have mi yesterday noch bannig freit. I thank you very well, mien Jung! You are een van mien besten peoples.«

Een van mien besten Piepels! Dat hett mi noch lange Joahrn in de Ohrn klungen. Wenn ick doar an dink, – dat keddelt mi noch.

Schreben Schrift – De Breef

(...) Matten! Ach mien Jung, – ick mag nu bald ne mehr. Dat sünd nu vandog jüst veer Weken her, dat Hannis un Willem van Hus gohn sünd. Veer Weken erst, –? Mi dücht, dat sünd al bald veer Joahr.
Mudder hett sick toschanden grübelt, un hett sick krank schreet. Ligt in de Slopkommer up 'n Bitt un snackt jümmer allerhand Krom, – ick kann 'r al goarne mehr klook ut warden.
»Wat mit de Nerven!« seggt de Doktor. He hett ehr den ganzen Stoohl vull Meederzin un Pulbers stellt, ober se nimmt jo nix. Se will ne ehr wat innehmen, seggt se, as bit uns' Jungs wedder bi Hus sünd.
Eehrgüstern is Betti wedder hier wesen, – se kummt düss' Tied in de Wek ook noch jümmer mol röber, – un hett hier ook wedder den ganzen Obend so wat rümseten, un hett Löcker in de Luft keken. Un hett mi frogt, wat se mit ehr Kleeder moken schull, –? Se much nu ne länger mehr so bunt gohn, – all de Lüd keeken ehr al an.
Ick hebb 'r wieder nix to seggt, hebb blooß mit 'n Kopp schüttelt, un hebb wedder no de Elf rut keken. Ober ick gläuf, se hett nu doch al allerhand Tüg mitnohmen, – se harr 'n ganzen Dook vull ünnern Arm, as se weg güng.
Swatte Kleeder hier in 'n Hus, –? Un wenn uns' Jungs denn doch noch wedderkommt, –?
Veer Weken? Veer Weken, dat is to lang', jo, – ober doch: Kunn doch ook mol 'n Wunner geben!

*

So, nu sünd 't fief. Fief vulle Weken vandog.
Ick kann nu nix mehr schrieben, Matten. Ick schickt di den

Breef nu so hin as he is. Wat 'r ne mit binnen steiht, dat müß du di dinken.
Wi hebbt van Hannis un Willem nix wedder hört un seehn. – Hett mien ool Droom van de Sünn jo woll doch wat to bedüdn hatt, Oostern, –? Uns' Jungs sünd bleben, – bleben up See! – O Gott, ne, – ick kann un kann 't noch ne gläuben!
Ick lot den Breef noch 'n poar Dog liggen, Matten. Bit Freedag. Freedag Obend. Wenn denn –

*

Nix mehr, Matten. Bed' man mol, wenn du 't noch kannst. Un denn, – denn ween di man satt, mien Jung, – ween di man mol eulich ut. Dat schall jo hilpen, seggt de Lüd. – Ick kann 'r noch ne to kommen, – so gern as ick ook much.
Mudder geiht 't 'n beeten beter, as 't lett. Ober se will jo noch jümmer ne recht wat eten, un hett keen'n Moot un nix. Betti is nu hier un paßt ehr up, hett sick erst mol acht Dog free mokt in de Stadt. Un wenn 't denn noch ne beter geiht mit Mudder, seggt se, denn will se ganz in 'n Hus' blieben.

*

Matten, mien Jung!
Sünndag wull ick di noch schrieben, schuß man gau mol no Hus kommen. Ober nu, – nu is 't to lot: Uns' lütt goode Mudder is uns ook inslopen.
Süh mol, Matten, ick dach jümmer, ick kunn un kunn di dat ne schrieben, un nu, – nu steiht 't doar doch: »Uns' Mudder is inslopen.«
Geiht nu jo woll Slag up Slag bi uns, Matten. Dat Gewidder steiht uns jo woll liek boben 'n Kopp. Ober ick weet mit 't Beden un mit 't Psalmbook keen Bescheed mehr, nu ne mehr. Un denn ook: Wenn 't al dreemol inslogen hett, – lot 't kommen as 't will! Kummt doch jo so!
Uns' lütt Mudder hett de letzten poar Dog noch bannig de Sok angohn. Se wür jo woll noch wedder wat kloarer in 'n Kopp

worden, un nu käm 't van all de Sieten up ehr dol: Heimweeh no ehr Jungs, – ook no di, Matten, – un Angst üm uns all. – Wat hett se rümhantiert un roopen. Se hett de ganzen Nachen bed' un vertellt.
Sünndag Obend wörd se wat stiller. Wi hebbt noch 'n ganze Tied bi ehr vörn Bitt seten, un hebbt noch fein mit ehr snackt. Betti ehr Brögam wür ook hier, hett ehr ook noch 'n poarmol bi de Hand fot hatt. Ober noher, so bi Klock söben utn, müß he weg. Un Betti bröcht em langs no 'n Damper.
»Süh«, seggt Mudder, »nu is 't all scheun still. Nu is 't denn ook all so good. Nu will ick man slopen.«
»Jo, Mudder, dat doo man!«
»Un uns' Jungs, Vadder, –?«
»Kommt ook wedder no Hus, Mudder. Kommt all. Wenn du nu man erst wedder beter büst, –«
»Vadder«, seggt se, un kickt mi noch mol liek in de Oogen, »Vadder, – schall ick jem greuten, wenn ick jem dropen doo?«
»Jo, Mudder, greut jem man!« – Ick streek ehr noch mol sinnig öber de Back. Un denn steek ick ehr de Dek noch 'n beeten in 'n Puckel, un teug ehr dat Küssen noch mol schier. Un denn güng ick wedder in de Döns, – Mudder schull slopen.
Un ick güng in de Döns up de Bank sitten, un füng an to grübeln un to dinken, – un bün doar denn toletz jo woll free son beeten bi indruselt.
Halbig negen käm Betti wedder: »Non, Vadder? All so still? – Slöppt Mudder denn nu?«
»Jo«, segg ick, »Mudder slöptt.« Un wi kiekt mol so eben üm de Eck in de Kommer rin, – do ligt Mudder doar, un hett de Arms wied utneen, as wenn se ehr Jungs üm de Kehl fleegen will, – un hett de Oogen noch half open, – un is doot.
Uns' lütt goode Mudder, Matten.
Krieg di ehr Bild man mol her un kiek ehr noch mol an! Ehr Gesicht wür nu wat smaller worden, ober doch wür allns so

still un good, as wenn se würklich blooß 'n beeten sleep, un sick in 'n Droom noch frein dä, dat se sleep.
Wi hebbt ehr güstern Nomeddag no 'n Karkhoff bröcht, Matten. Hebbt ehr ganz no achtern in de Eck hinpackt, doar dicht bi Grooßmudder un bi Julus-Unkel. Würn 'n barg Lüd mit, stünd all swatt vull doar twüschen de Liekensteen. Ober wenn ick seggen schall, keen 't wesen sünd, – ick hebb bald keeneen'n kinnt. Un ick weet ook keen Wort mehr, wat de Paster seggt hett. Bün jo woll jümmer mit mien Gedanken up See un up Reisen wesen.
Ook noher noch, as ick wedder langs 'n Diek gohn dä, mit Betti un mit ehrn Kassen, – hebb jümmer no de Seils rut keken. Wür jüst wedder Floot. Kämen allerhand Foahrtügen up. Ook Eebers mit twüschen. Ober de een –?
Wonem de een woll is?

*

Hebb di lang nix mehr van Betti un van ehrn Brögam schreben, –? Ah, de beiden geiht 't good. Dat kannst di woll dinken.
Ick bün Sünndag Nomeddag noch mol bannig wedder mit em tohoop hokt, mit Kassen Korff. Will mi hier ook vertelln, Hamborg meen dat doch good mit uns. Hamborg wull jümmer uns' best, – wi wulln dat man blooß ne inseehn. Wi würn jümmer geegen Hamborg, doar much kommen wat wull.
Junge, den hebb ick ober mol 'n beeten up 'n Putt sett! Betti harr mi toletz al jümmer an 'n Arm tofot, meen woll al, ick wull em to Kleed. So slimm wür 't nu jo jüst ne, ober ick wür doch bannig in de Foahrt, un hebb em mol fix de Woahrheit seggt. He is ook son richtigen Hambörger, is 't nu noch wedder duller as toerst.
Se sünd doar jo mit mehrn tohoop, sünd mit son Stücker teihn Mann, in son groot Kantur, in de Stadt. All son Ingschenürs un sowat. Boot allerhand Krom, seggt Kassen, – groote Hüs' un Brücken, un allns wat 't gift. Un nu schöt se jo woll mit 'n

Hambörger Stot Hand in Hand arbeitn, un schöt 'n grooten neen Hoben boon. Hier bi uns eenerwegens. Se sünd 'r al bi un teekent em up Papier, seggt Kassen, un rekent dat all ut. He sülben is 'r ook fix mit bi. Un he hett sick allerhand eegen Krom utklamüstert, seggt he, – wenn dat all son beeten hinhaut, un sien Dings geiht dör, denn krigt he dütt Joahr noch 'n barg Arbeit. Un denn gift dat hier 'n Hoben, – de Lüd an 'n Diek schöt Oogen moken!

Ick segg: »Schall dat denn 'n Fischerhoben warden? För all uns' Foahrtügen hier?«

»Jä«, seggt he, »dat – dat is noch ne ganz rut. För de Fischerfoahrtügen alleen, dat gläuf ick noch ne recht, – dat loohnt sick jo ook bald ne mehr, – de ward jo doch jümmer weeniger. Ne, de Hoben schall woll ook mit för de grooten Dampers wesen.«

Ick segg: »För de grooten Dampers? Hier bi uns? Hebbt de ne Platz genoog in Koohwarder? Un in de annern grooten Dinger doar boben?«

»Jo, – nu woll noch, – ober Hamborg mütt doch ook al wedder wieder vörut kieken. Hamborg is doch 'n Wiltstadt, un mütt doch mit de Tied vörwarts. Dött sick doch ne vörbiloopen loten. Mütt doch jümmer vörweg wesen. Mütt jümmer egolweg boon, Hilgens un Hobens, un allns wat 'r an bammelt.«

»Jo«, segg ick, »dat könt se jo ook. Ober worüm nu jüst hier bi uns? Gift doch noch mehr Plätz an de Elf! Gift doch noch 'n barg Städen, nem noch goarkeen Minschen wohnt, nem keen Hüs' un keen Foahrtügen sünd. – Lot jem doch no 't Pogensand hindol gohn, – doar könt se jo weuhln un doon, sovel as se wöllt.«

»Pogensand?« seggt he. »Dat is jo vel to wied weg. Hobens möt doch dicht vör de Dör wesen, dicht an de Stadt.«

»Jä«, segg ick, »denn lot jem man erst mol de Alster nehmen. Wenn se de utbaggert un deep mokt, un sett 'r 'n poar grote Slüsen vör, – dat gift all 'n ganz scheunen Hoben, – doar könt al 'n barg groote Dampers in liggen. Un an de Kant rundrüm könt Schuppens noog stohn.«

»Vadder?« seggt Betti. »Wat 'n Snack?«

»Jo«, segg ick, »dat is 'n Snack. Un sogoar een'n van mi, den ick würklich so meen. Ober doar ward jo doch ne no hinhört.«

»An de Alster lett sick dat doch ook ne moken, – ?« seggt Kassen.

»Ne«, segg ick, – »doar wohnt jo all de Senoters un Börgermeisters, un all de rieken Avkoten, – doar lett sick dat ne moken. Hier bi uns geiht dat vel beter. Hier wohnt jo man blooß 'n poar lütte Fischerlüd, de sick ne weehrn könt, un mögt ook nix seggen. – Wi hebbt hier jo man keen'n Kirl in Finkwarder, keen'n Kirl, de för nix bang' is. Wenn uns' Hannis man noch hier wür«, segg ick, – »uns' Hannis, de harr nu al lang ne mehr fackelt, – de harr keen Bucht mehr geben, – de harr mit de duppelte Fust up 'n Disch haut un harr seggt: Lot uns' Finkwarder hier mit Freden! Wenn ji Land hebben wöllt, denn goht man no de Geest! Un wenn ji Hobens hebben wöllt, Hobens för de grooten Dampers, denn seukt jo man 'n annern Platz! Wenn hier 'n Hoben her schall, hier bi uns vör 'n Diek, denn mütt dat 'n Fischerhoben warden, – 'n Fischerhoben, un wieder nix!«

Ah, ick hebb em bannig tosett, hebb allns hersöcht wat ick wüß, – ook noch van 't Fleet hier, – dat de Hambörger Stot ne mol 'n poar Pöhl inhaun dä, nem de Fischerlüd de Eebers an fastmoken kunnen.

Toletz harr ick em ganz un goar in de Kniep. He müß lütt bi geben, un meen denn noher jo ook, Hamborg kunn doch woll noch mehr doon för uns. Un he will 'r bi sien Teeken un Reken noch mol mit an dinken, seggt he, un will mol seehn, wat de nee Hoben ne doch 'n Fischerhoben warden kann, son richtigen lütten Finkwarder Fischerhoben.

Ick segg: »Wenn du dat kloarkriegen deist«, segg ick, – »ick

spring dree Pannkooken hooch! Un goh 'r sülben ook noch mit bi, un will di mit hilpen, so good as ick 't kann!«
»Jo«, seggt Betti, – »un denn hilpt ganz Finkwarder mit, Kassen! Dat schaß man seehn!«
Schall mi nu mol wunnern. –

*

Bün 'r vörige Nacht goarne mehr mit wieder kommen. Müß noch tweemol rut, un müß de Boot verholn, – de Wind wür rümloopen un stünd uns dwars up 'n Lief.
Nu gift't al wedder ganz wat Nees, Matten. Nu paß mol up: Vannomeddag in 'n Hus, – wi hebbt jüst eben unsen Kaffee weg, – Betti is noch mol langs 'n Diek, do kummt Kassen Korff wedder an, kummt mit 'n plenni Hurroh in de Dör, un seggt: »So, Vadder, nu is 't all kloar! Nu kiek di dat hier mol an!«
Un packt wedder twee groote Korten up 'n Disch, un fangt an to verkloarn: »Hier is de Elf. Un dütt hier is de Kanol.«
»De Knol?« segg ick. »Wat för 'n Knol?«
»Na, uns' Kanol hier, nem wi an arbeid.«
Ick segg: »Du meenst woll unsen Fischerhoben?«
»Fischerhoben« seggt he. »Dat is jo noch lang ne rut. Erstto heet he bi uns noch Kanol. Un hier –«
»Süh mol an! Dat is jo –«
»Vadder«, seggt he, »nu doo mi 'n Gefalln, un lot mi mol eben utsnacken! Hett doch keen'n Sinn, dat wi uns hier gliek wedder striet. Ick will di doch blooß mol wat wiesen: Kiek, hier löppt de Kanol rin, bit dicht vör 'n Diek, hier grod bi uns' Hus, – hier dütt is uns.«
»Jo, dat seeh ick.«
»Un nu paß mol up!« seggt he, un krigt de anner groot Kort her: »Nu kummt hier 'n groote Slüs dör 'n Diek, – dat wi endlich mol den ooln Gestank ut de Grobens loos ward, – dat wi mol wedder frisch Woter in 't Land kriegt. Hest du jo ook al jümmer seggt. – Süh, un nu kummt hier 'n groote Slüs her, hier

jüst up düsse Städ, – so verdwars dör 'n Diek. Hier binnen kummt 'n lütte Kuhl, un –«

»Un uns' Hus?« segg ick.

»Uns Hus kummt wieder trück.«

»Wieder trück?« segg ick. »Wat heet wieder trück?«

»Jo, Vadder, dat Hus kummt hier weg, – hier kummt jo grode de Kuhl her. Un van de Kuhl goht twee son groote Grobens af, goht so schräg ut'nanner in 't Land rin. Un hier twüschen düsse beiden Grobens, hier jüst up de lütt spitze Huk, – doar kummt uns Hus hin.«

»Uns Hus?« segg ick. »Dütt Hus? Un wu wullt du dat doar hinkriegen?«

Do lacht he mi in de Tähnen wat ut, un seggt: »Hinkriegen, Vadder? Dat ward doar boot, ward jüst so boot as all de annern.«

»So«, segg ick, – »un dat ool hier?«

»Dat ool ward afbroken. Wat denn an's?«

»Afbroken?« segg ick. »Uns ool Hus hier? Un doar lachst du noch bi? Un seggst dat, as wenn 't goarnix wür?«

»Gotts, Vadder«, seggt he, »nu reg di doch ne up! Dat Hus is doch ook oolt. Un is jo ook man lütt.«

»Is oolt? Jo, is nu bald söbentig Joahr. Mien Voder hett 't boot, as he freen wull. Ober dat Hus is fast und dreug, dat kann noch söbentig Joahr so wieder stohn. Un groot noog is 't ook, is 't jümmer wesen.«

»Jä«, seggt he, »so as nu woll noch, ober – wenn Betti un ick nu Hochtied moken wöllt, –«

»Denn is 't ook noch Platz noog in!«

»Toerst woll noch, jo, – ober wenn denn noher, – wenn wi öberlingen ook 'n poar Kinner –«

»Ick will di mol wat seggen, mien Jung: Wi hebbt hier veer Kinner groot mokt, hier in düss' lütt Döns. Un as ick lütt wür, – mien Voder un Mudder harrn fief, un harrn de ool Grooßmudder ook noch mit in 'n Hus', – un doch wür 'r noch so vel Platz, – wi harrn 'r noch in danzen kunnt.«

»Jo, freuher, –! Freuher wür dat ook noch all wat anners. Upsteds –«
»Upsteds hebbt de Lüd all ’n Vogel! Dat is ’t!«
He mokt ’n bannig brummsche Snut. Un ick dink al, he will sien’n Klöterkrom tohooppacken un will weg. Ober ne, he krigt noch wedder ’n annere Kort her: »Nu kiek di man erstmol dat Hus an, Vadder, – uns’ nee Hus! Hier is de Riß!« Un wiest mi ’n Stücker dree son groote bunte Blöd, un fangt wedder an to snacken as son Avkot: »Hier is de Dör, un dütt is de Del. Un hier is de Kök, un düt is de Spieskommer, un dat is uns’ Slopkommer. – Un dütt hier is so lang, un dat doar is so breet, –«
Ick dink: Snack du man to! Du kannst lang snacken, bit mi een Wort gefalln deit.
»Un hier«, seggt he denn, »hier geiht de Trepp no boben. Doar hest du dien beiden Stuben. Ganz för di alleen. Kannst moken un doon, wat du wullt. Kannst an ’t Finster sitten un utkieken, kannst lesen, kannst knütten, ganz as du Lust hest. – Un wenn du good up ’n Damm büst, un gern noch wat üm de Hand hebben wullt, hebb ick al dacht, – denn kannst du jo ook noch ’n poar Joahr de Glüs kriegen, – warst Slüsenmeister.«
»Süh mol kiek!« segg ick. »Daschoo allerhand! Erst Nachwächter un denn Slüsenmeister, un wat denn noch? Geiht denn noch ’n Stück heuger? – Ne, ne, mien Jung«, segg ick, »behool man dien Bohntjes! Ick blief wat ick bün, un behool mien lütt Hus.
Do kickt he mi an, as wenn he noch lachen will, un mag ’t doch al ne recht mehr doon, un seggt: »Jä, Vadder, dat kann –, dat mütt –, dat is nu man al to lot!«
Ick segg: »To lot? Wat is to lot?«
»Jä«, seggt he, »de Krom is nu al all kloar. Ick hebb dat so utmeten un upteekent, un dat is al allerwegens vörlegt worden, un is allerwegens goodheeten. Un nu –, nu ward dat so mokt!«
»Wat ward so mokt?«

»Dat Hus kummt hier weg, hier kummt de Slüs her!«
»Du kannst mi doch ne eenfach so dat Hus wegnehmen? Mien Hus?« »Ick?« seggt he. »Ick doo dat jo ook ne, dat deit de Hambörger Stot. Un he nimmt di dat jo ook ne eenfach so weg. – He betohlt di dat jo, un betohlt dat sogoar good. Brukst blooß to seggen, wat du hebben wullt. He köfft di dat af.«
»So? – Wenn ick nu ober segg: Ick will 't ne verkäupen!?«
»Denn –? Jä, Vadder, denn geiht 't ook so. Denn ward de Krom taxiert, un ward di wegnohmen.«
»Un wenn ick 't ne hergeben will, –?«
»Denn brek se di dat Hus boben 'n Kopp af, Vadder.«
»So?« segg ick. »Ober ne eehr, as bit ick doot up 'n Footbodden ligg! Dat mark di, mien Jung!« – Un doarmit bün ick rutgohn, un hebb de Dör achter mi toknallt.
Betti stünd buten an 't Rickels, harr doar jo woll al luert un lüstert: »Na, Vadder, wu is 't? Hett Kassen mit di snackt?«
»Mit mi snackt?« segg ick. »Stickst du doar denn ook al mit twüschen? Hest di dat ook mit utklamüstert? – Denn goh man rin no em, un dinkt joo man wat anners ut! Van düt Dings hier, doar ward nix van!«
Un denn hebb ick ehr stohn loten un bün weggohn, – wull erst no de Elf dol, ober all dat ool Sand, un de grooten Griepers, – ick much 't ne mehr seehn. Bün de Stegel dol gohn, un up de Vörwinner langs, ganz achter de Hüs rüm. Un as ick bi Klock söß ut'n wedder an 'n Loden käm, seet Betti alleen in de Kök, un harr dat Obendbroot al up 'n Disch. Un wür rein so fründlich, as wenn nix loos wür. Geef mi noher mien'n Kaffeebuddel un mien Broot, un söcht mi noch 'n Halsdook her, – allns as 't wesen schull.
Ick hebb 'r denn ook nix mehr van seggt. Hebb ober ook goarne mehr no ehrn Kassen frogt.
He is woll afhult as 'n Hund, de den Steert twüschen de Dör hatt hett.
Uns' Hus afbreken? Uns' ool Hus? – Dink di doar blooß mol rin, Matten: Uns' ool Hus!

»Dat hilpt jo ober all nix!« seggt Kassen Korff. »De Krom is nu eenmol so mokt, un is klipp un kloar, – un geiht ook so sien'n Gang: Den ersten Dezember, – dat sünd nu vandog noch grode dree Weken, – denn ward bi de Slüs anfungen. Un dat Hus kummt hier weg!«
Ick hebb em blooß ankeken, un hebb in de Eck speet. Hebb em goarkeen Antwort geben. De Op, de! Wat de sick woll inbilden deit? – Ick mag 't so man ne doon üm Betti, an's harr ick em al lang dreekantig ut 'n Hus rutsmeten.
He hett vanmorgen ook al wedder Larm hatt, hier buten bi 'n Grieper. Ick weet ne, wat 'r loos wesen is, ick hebb man hört: Een'n hett he wegjogt, un söben sünd gohn, – söben Finkwarders. Ick segg: »So schall he 'r man biblieben, denn krigt he sien'n ooln Knol manlef ne kloar.«
An's, – bit nu her hett 't noch bannig afkött hier. De Bagger fritt sick vörwarts, as wenn de Bickbeernpannkooken kreeg, – fritt sick jeden Dag son goode teihn Fohm wieder, – is nu al half ran an'n Diek. Mien Weg ward jeedesmol wat kötter. Bald is 't sowied, denn kann ick van de Husdör to up 'n Bagger pedden. Van de Husdör to –
Is koolt vannacht. Nordlichen Wind. Hebb mien Finster eben al ranteehn müßt, kreeg al rein stiebe Finger bi 't Schrieben.
Ick will mi man noch 'n Ammer vull Kohl rinholn, un will noch 'n beeten noschütten, an's krieg ick de letzten poar Stünden noch 'n Knebelworm.

*

De Pullizei wür vandog wedder bi mi: Ick harr nu al dreemol 'n Breef trückgeben, he schull mi nu mol wedder wat seggen, »dienstlich«: Mien Hus wür up veerdusend Mark taxiert, ober – Sett di dol, Matten! – twölfdusend wulln se mi geben. De stünden van morgen af an för mi up de Spoarkaß, – kunn ick mit moken, wat ick wull.
»Krischon«, segg ick, – »du büst 'n feinen Kirl. Du büst de

beste van den ganzen Hambörger Stot, ober mit dien ool Hoochdütsch, – ick weet 'r nix mit antofangen.«

Twölfdusend Mark, Matten. So vel Gild hebbt wi jo noch manlef ne hatt. Twölfdusend Mark, dat sünd veerdusend Dohler. Ober för veerdusend Dohler verkäup ick noch ne mol 'n Stoohl, – noch ne mol Mudder ehrn Schemel.

*

Wi hebbt vandog den ersten Dezember, Matten.

Ick hebb de ganze Nacht keen Oog dicht hatt, bün rein dummerig in 'n Brägen, van all dat ool Dinken.

Betti is wegloopen, – wull blooß mol eben no Emmo Reimers langs, – un kummt ne wedder. Ick sitt hier un luer. Mien ooln Mackers lot sick nix marken, – wulln hier doch all up 't Rickels sitten un wulln mi bistohn, –? Ick bün al dreemol vör de Dör wesen, – doar is nüms.

*

Ober eben kommt hier dree groote Kirls bi mi an, dree van de Stackers. Schöt mi mit hilpen bi 't Utpacken. Hett Kassen Korff to jem seggt.

Ick segg: »Hier is nix to packen! All wat hier is, is mien!«

»Jo«, seggt de een, »dat wet wi woll, ober dat schall jo all röber no Froo Reimers.« Un fot uns Mudder ehrn Stoohl an, un will 'r mit ut de Dör.

»Lot den Stoohl stohn!« Ick riet 'n em wedder ut de Hand, un spring jem steil vör de Bost: »Rut ut mien Hus! Rut hier!«

Erst wulln se noch ne recht, ober as ick mi ümdreihn dä un greep no mien Flint, – do kunnen se denn doch, – do huln se üm de Eck, as seet jem dat Schroot al in 't Krüz.

Nu hebb ick de Husdör tosloten un toschöbelt.

Un hebb hier 'n halbe Stünden so seten, un hebb wedder luert un keken. Un hebb hin un her grübelt, – ober dat löppt mi jümmer all döreenanner.

Eben kummt de Pullizei wedder an, un seggt, bit Klock twölf hebb ick noch Tied, ober denn mütt ick rut, un mütt de Lüd utpacken un arbeidn loten. Se schöt denn ook al gliek bi't Dack anfangen.
Klock twölf, hett he seggt. Un nu is 't teihn Minuten no elben.
Klaus Bausen un Jan Wulf goht jüst vörbi. Kiekt beid verdwars in de Elf. Sünd dörtig Joahr mien Mackers wesen. –
Matten, stoh mi bi! Hannis un Willem, wonem sünd ji? – Mudder, dien Hand!
Ick weet ne mehr, wat 't recht is oder ne. Ober ick kann ne anners: Uns' Hus, – mien Voder sien Hus, – de erste de 't anfoten deit, de mütt 'r an gläuben! Un wenn 't mi ook an Kopp un Krogen geiht.
Wenn ick wat verkehrt moken doo, Matten, – wes' mi man ne dull, – ick dä 't ook mit üm di.
Gliek mütt de Postdräger hier langs kommen, – ick will den Breef in 'n Ümslag steken, un will 'n em mitgeben. Keen weet, wat ick noher noch schrieben kann, –?
Ick gef di noch gau mol de Hand, Matten.

Dien ool Vadder
Joochen Loop.

Mien leebe Matten-Bruer!

Verjog di man ne, dat ick di nu 'n Breef schrieben doo. Uns' Vadder kann 't ne mehr. Vadder is mitmol van uns af gohn. Freedag Meddag al. Wi hebbt em güstern no 'n Karkhoff bröcht.
Dat käm all so upmol, Matten, un so gau, – ick kann 't noch goarne gläuben, un kann 'r noch goarne recht klook ut warden.
Vadder hett di jo jümmer allerhand groote Breef' hin schickt, –

hett he di dat van uns' Hus ook mit schreben? Uns' Hus schull hier jo weg. Hier kummt 'n groote Slüs dör 'n Diek. Schall Kassen boon. Un achter de Slüs kummt 'n nee Hus hin, een för uns. Schall Kassen ook boon. Geiht all van 'n Hambörger Stot.

Un uns' Vadder wull 'r nix van weten, un wull ook ne ut sien Hus rut. Ober dat müß nu doch wesen. Un Kassen kunn 'r doch ook nix mehr an doon.

Freedag schulln wi utpacken. Vadder wull ne. Un alleen much ick 't ne doon. Ick hebb mien beeten Tüg un Krom öbern Arm nohmen, un bün dör 'n Keller gohn, no Emmo Reimers hin. So bi Klock negen utn al.

Klock twölf kummt Kassen an un seggt, Vadder hett sick insloten un will ne upmoken. Ick schall doch noch mol hingohn un schall noch mol mit em snacken, in 'n Gooden.

Ick goh wedder achter rüm, un goh dör 'n Keller, un goh de Trepp rup. Do steiht Vadder doar in de Kök achter de Eck, un hett sien groot Flint in de Hand. Un böhrt ehr ook al jüst hooch, as wenn he mi dootscheeten will.

»Vadder!« segg ick. »Vadder, wat mokst du?«

He kickt mi groot an, un dreiht sick wedder no de Del hin: »De erste, de mien Hus anfoten deit, –!«

»Vadder!« segg ick. »Üm allns in de Wilt: Legg de Flint weg! Wenn de Lüd nu – –, wenn hier nu een rinkommen deit, –?«

»Is mi puttegol!« segt he. »Ick hebb jem jo lang noog woahrschoot. Wenn se 't ne anners wöllt, –«

Do rummelt ook al jüst wedder een an 'n Drücker. Ick loop no de Del, un kiek mol gau dör 't Finster, – steiht Kassen doar buten, un de Pullizei, un noch son poar.

»Kassen!« roop ick.

»Weg doar van de Dör!« seggt Vadder, un ritt de Flint wedder an de Back.

Do krieg ick dat upmol so, – ick weet ne, wat 't Angst wesen is oder Moot, – ick stell mi pall vör Vadder hin: »Denn scheet, Vadder! Scheet mi toerst doot, wenn du 't kannst!«

He lett sien Geweehr sacken un fot sick no de Kehl.
»Vadder!« segg ick. »Vadder, wes' vernünftig! Komm, stell dat ool Dings weg! Un denn –.«
He steiht un schüert sick öber de Oogen, as wenn he eben erst ut 'n Slop kommen deit, un is noch ganz verbiestert.
»Schall ick de Dör open moken, Vadder?«
»De Dör? – Oogenblick noch!« seggt he. »Ick will blooß, – blooß gau noch, – de Flint wegbringen. Stopp man eben!« Un geiht Foot för Foot öber de Del, un no 'n Böhm rup. Un is man eben erst boben, – do ward dat doar 'n Larm up 'n Böhm, un een Klötern, as wenn he allns kott un kleen haut.
»Vadder!« roop ick. »Wat hest du?«
»De erste, die mien Hus anfoten deit, de – de mütt 'r an gläuben!« Un denn knallt dat mitmol loos, so scharp un so grusig, – un dat bummst doar boben noch mol so swoar, –
Ick will de Trepp rup, un kann 't ne, – hebb keen Macht in de Kneen. Kann blooß noch eben de Dör open schöbeln un kann Kassen roopen, un kann no 'n Böhm rup wiesen.
Un denn kommt se jo ook al rinloopen, De Pullizei, un Kassen un sien Lüd. Un Kassen sust ook gliek de Trepp rup. Un denn – –, denn find he em doar, unsen Vadder, – hett de Flint noch in de Hand hatt, hett sick ober al goarne mehr reugt, – de ganze Schrootlodung so recht in de Dünn rin.
»He hett dat ool Geweehr doar woll wedder hin hangen wullt«, seggt Kassen, »un hett 'r mit gegen 'n Balken stött.«
»Ober worüm hett he denn noch erst allns twei haut?« seggt de Pullizei. »De beiden Dörn, un dat groot Schapp, un dat Spinnrad, – allns in 'n Dutt, –?«
»Jä«, seggt Kassen, »keen weet? Keen weet?« –
Vadder hett noch dree Dog in uns lütt oole Döns stohn. Is nix mehr an reugt worden, an 't Hus. De ganzen dree Dog ne. Kassen wull un wull 't ne hebben. Blooß den Keller hebbt se utpackt, un dat Schuer. Un sünd bi de Wurt anfungen to groben.
Un güstern hebbt wi unsen Vadder nu wegbröcht, un hebbt em

bi uns Mudder an de Siet packt. Wür man jüst son bannig slecht Wetter, – vel Lüd würn ne mit. Un de Pastur hett 'r sick ook 'n beeten gau van af mokt.
Ober de Klocken hebbt scheun Lüd, Matten. Un ick hebb mi eulich satt weent. Un wi hebbt noch fein an unsen Vadder dacht. Kassen seggt ook noch: »Is schod, dat he 'r so upmol van af müßt hett!«

*

Vandog sünd se nu al fix bi 't Hus. Dat Dack is 'r al hindol. Un de Dörn un Finstern sünd nu ook al rut. Wenn 't so wieder geiht, – in dree Dag is 't weg. Deit mi nu doch ok meist 'n beeten weeh. Wenn ick so trückdinken doo. –
Ober in teihn Weken, seggt Kassen jo, – denn is dat nee Hus al wedder kloar. Un denn wöllt wi Hochtied geben un wöllt doar in wohnen. Un wenn du denn mol kommen deist, Matten, denn büst du fein bi uns in uns' eegen Hus an de Slüs. Wohnst boben in de lütt Döns no vörn. Denn kannst du öbern Diek kieken, un kannst all den witten Sand seehn, un de groot Warft, de hier boot ward, – un Kassen sien'n Knol, mit all de lütten Dampers un Lüchters un Schuten.
Kassen seggt ook, schaß man bald mol kommen. He hett noch 'n barg mit di to besnacken, ook mit dat Gild för Vadder sien Hus. Dat möt wi uns nu jo deeln, seggt Kassen. Sünd sößdusend Mark för jeeden. – Uns Patt brukt wi nu jo al furts för Meubel un so. Ober dien lot wi denn erstto up de Spoarkaß stohn, seggt Kassen.
Schrief man mol, wat du doar to meenst, Matten! Un wannehr du mol kommen deist! – Jo? (...)

Jung an'n Diek

Nu stigt mi 't bald to Kupp!
Allns hebb ick duppelt-up:
Twee Schooh, twee Strümp, twee Büxenbeen,
twee Taschen, vull, - kannst sülben seehn, –
twee Kninken un twee witte Müs',
twee Hummerkastens un twee Rüs',
twee Klewgoarn un twee feine Bungen,
twee groote Hek, vanmorgen fungen,
twee lütte Schep, so seiln to loten,
twee Kasbeerbäum, mütt 'k blooß noch poten,
twee Ballers un twee Trümmelband'n,
twee Küsels, loopt sick rein toschand'n, -
de een geiht eulich mit Musik, –
un denn noch Binn'- un Butendiek. –
O, Mann, o, Mann!
Wat bün ick riek!

Dascho allerhand!

(Bi 't Lesen beleft un beluert.)

As ick dat erste mol vörlesen dä, – dat wür noch in 'n Krieg, 1917, vör Verdun. Wi lägen doar mit fief Mann hooch up Utkiek, boben up 'n Barg. Ick wür Kopperol, un stünd bald jümmer den ganzen Dag up son ool Stellog boben in 'n Boom, un beluer den Franzoos. Mien veer Mackers heuln den Droht in de Reeg, un de beiden Klöhnkastens nerden in de lütt Bood, un holn uns unsen Prooberjant un unsen Husstand up 'n Dutt.
Een'n Obend, – wi sitt wedder all bi uns' lütt Lamp un smeukt un doot, – do segg ick to jem: »Ick will Jo mol 'n Geschichte vörlesen, – up Platt!«
»'n Geschichte?« segt Hannis. »Wonem kummt de denn her?«
»De?« segg ick. »De hebb ick sülben mokt, – eben jüst, – de Bleesticken is noch warm.« Un krieg mien Schriefbook her un fang an to lesen: »Besorgen. – Mit nix sünd se anfungen, de Fief, mit rein goarnix, –« Un les so wieder, van de fief Fildgriesen vör Verdun, de sick allns so ran besorgt: Den Disch, de Steuhl, de Finsterschiew, de Footmatt, un allns wat 'r tohört. »– De Kopperol besorg nix mit. As Ünneroffzier, sä he, kunn he dat ne. – He is ook vel to tüffelig doarto, sän de annern.« – Ick kiek mol eben hooch, – keeneen segt wat, all schult se van 't Siet un mokt 'n Gesicht, as wenn se ne bit dree telln könt.
Ick les wieder, van Dieter sien'n ooln Oben mit den Bruchband, un van Hannis un Jörn, de loosgoht un holt 'n neen Oben. Un les so bit to Endn ut. Un bün denn jo kloar mit mien Geschichte un kiek wedder up: Keeneen segt wat, keeneen lacht.

»Na?« segg ick. »Wat meent ji doar van?« De een schüttelt mit 'n Kopp, de anner stickt sick 'n Piep an. Hannis kickt un kleit sick achter de Ohrn: »Dascho allerhand!«Mandus steiht up un brummt wat in 'n Boart.
Ick segg: »Wat meenst du, Mandus?«
»Ah, – nix.«
»Na, nu man loos! Wat hest du eben segt?«
He dreiht sick üm un geiht no de Dör: »Denn gliekt sick dat jo ook wedder ut, hebb ick segt.«
»Wat gliekt sick ut?«
»Jä nu, - besorgen könt wi beter, – ober leegen kann uns' Kopperol beter!« Un drückt sick de Mütz in de Oogen un slarpt no buten.
Un ick kiek em no un krieg dat Lachen. Un krieg mi Papier un Black ut de Kist, un schrief mien lütt Geschichte in 't Reine, un stek ehr in 'n Ümslag, – schall morgen no Hamborg, no de Zeitung. –
Annern Dag nimmt Mandus den Breef mit dol in 't Loger, no de Fildpost, – hett doar doch noch allerhand to beloopen. Un kummt erst gegen Obend wedder rup, un – hett 'n feine Waschschol ünnern Arm, recht son scheune, blanke, breet un deep.
»Minsch, Mandus? – Wat kummst doarbi?«
»Ach«, segt he, »ick hebb mi argert. – De Quarkbütel doar nerden in 't Loger, –! Spelt sick doar up!«
»Wat? – Werkeen?«
»Ach, de ool Sandhos' doar up de Post. Etappenschrieber! Landsturm ohne! Wat weet de van de Front un –«
»Wat hest denn mit em hatt, Mann?«
»Ach, – ick harr falln buten, harr de ganzen Handn vull Slick. Un schall doar wat ünnerschrieben bi em. Ick segg: Denn mütt ick mi ober erst mol de Knoken waschen! Un kiek mi üm: Hest mol 'n beeten Woter? – Jo, segt he, doar an 't Finster, achtern Verslag. – Ick kiek üm de Eck, – jo, is allns doar, Woter un Waschschol, blooß keen Seep. – Ick segg: Lehn mol eben 'n

Stück! – Seep, segt he, ne, – Seep gift 't ne! – Ah wat, stell di ne so an! segg ick. Krigst jo ook gliek wedder. – Ne, ne, segt he, mi is güstern erst 'n Stück wegkommen. Hier müß uppassen as 'n Scheethund! – Ick segg: Ick klau di keen Seep. Dor kannst Gift up nehmen! Ick hebb noch niemols wat klaut! – Jä, wenn ook ne, segt he, Seep gef ick ne wedder! – Junge, ick wür doch so in de Foahrt! Ober wat schull ick moken? Ick hebb mi de Finger wuschen so good as 't güng, – un hebb dat Woter utgoten, – un denn hebb ick em sien'n ooln Zettel ünnerschreben, – un denn bün ick weggohn.«

»Jä, – un de Waschschol?« segt Dieter.

»De Waschschol –? Jä, dat bün ick noher erst gewoahr worden, – de harr ick mi – so ganz in Gedanken jo woll – de harr ick mi so ünnern Mantel up 'n Buk kneupt, – so verdwars över 'n Buk. Na, un hinbringen wull ick ehr ook ne erst wedder. – Hett jo sülben Schuld, de Quarkbütel, de!«

»Dascho allerhand!« segt Hannis wedder. »Feine Schöttel!« segt Dieter. »De könt wi bruken!«

»Jo«, segt Mandus, »un weeß, wat mi am dullsten freit?« Un he schult mi över de Schuller an un grient: »Dat den Kooperol sien groot Breef mit de ool Geschichte al weg is, – an's wür 'r dütt Dings ook woll noch mit rinkommen.«

»Jo«, segg ick. »Un dat würn denn woll ook wedder luder Lögen wesen, wat? – Dascho allerhand!«

*

As de Krieg to Endn wür, un ick wür wedder in 'n Hus, un harr mien »Blinkfüer« ünner Seils, un harr 'r ook al af un an wat ut vörlest, – do hullt mi de ool Hinnik Lanker mol an, bi uns up 'n Diek: »Segg mol, is dat woahr? Ick hebb hört, du harrst de Lüd in de Stadt noletz mol wat vörlest?«

»Jo, Hinnik, dat is woahr.«

»Jä, segg mol, dütt Vörlesen, wat is dat denn eegentlich? Ick kann mi dat goarne dinken. Se hebbt mi vertellt, doar würn so an de Kant 'n dreehunnert Minschen in 'n Sool wesen, –?«

»Jo, – dat kann woll hinkommen.«
»Jä, segg mol, - sitt de doar denn all so in 'n Sool un hebbt 'n Book in de Hand un lest?«
»Ne, Hinnik, lesen doo ick alleen, de annern hört blooß to.«
»So –? Jä, ick weet man goarne, mögst se dat denn hörn?«
»Jä, Hinnik, möt se jo woll, – an's güngen se jo no Hus un kämen ne wedder.«
»Jä, dat meen ick jo jüst, – dat de doar so still sitten blieft, –? Oder mokst du dat woll son beeten mit Allüern?«
»Mit Allüern, Hinnik?«
»Jä, weeß woll, so »mit Betonung« –? Mol ganz hart un mol 'n beeten sinnig, –?«
»Jo, Hinnik, dat doo ick.«
»So –? Jä, süh, – lachst ook mol doarbi?«
»Jo, doo 'k ook mol.«
»Na jä, kiek, – mit Allüern. – Denn kann ick mi dat ook al eehr dinken.«

*

As ick dat hunnerste Mol vörlesen schull, – dat wür in Hamborg, in son groote School. Up 'n Sünndag Nomeddag, Klock fief schull 't loosgohn. Viddel vör fief komm ick hin, – un seeh dat al van wieden: dat steiht buten all vull Lüd, – de ganze Trepp hindol, bit wied up de Strot rup, allns vull Lüd.
Ick segg: »Wat is denn nu loos? Worüm ward de Dör denn noch ne open mokt?«
»Open mokt?« segt doar een. »To mokt hebbt se ehr. Is vull binnen. Schall keeneen mehr rin.«
»Wat, dat is vull, –? Jä, Mann«, segg ick, »ick mütt jo ober noch rin. Lot mi man mol dör!« Un drängel mi bit dicht no de Dör ran un rummel an 'n Drücker: »Open moken!«
De Schooldeener steiht binnen un winkt af: »Geiht ne mehr. Allns verstoppt!«
»Jä nu«, segg ick, »ick mütt ober rin! Ick schall hier doch vörlesen; - Kinau.«

»Ne, ne, – dat stimmt ne!« segt he. »Kinau is al lang' boben.«
»Wat?« segg ick. »De is al boben? Na, denn is 't good, denn goh ick wedder weg.« Do kummt doar binnen jüst een de Trepp dolsusen: »Is Kinau noch ne doar?«
De Schooldeener weet ne mehr, wat loos is. Keeneen kinnt mi. Ick wies mien Beuker hooch. – »Jo, jo, dat is he!« segt de een. – »Na, denn man rin mit em!«
Ick klemm mi so eben dör de Ritz. De Schooldeener will de Dör wedder randrücken. »Na, na!« schreet doar een achter mi. »Ick dött doch woll ook mit rin, –? Ick – ick bün sien Froo!«
Ick kiek mi üm, – jä, – kinnen doo ick ehr ne, ober – is 'n lütte feine Deern, – kickt mi an un lacht. »Jo, jo«, segg ick, »is mien Froo. – Komm man rin!«
»Un ick bün sien Mudder!« segt doar een achterto, – son groote Dicke, tweehunnert Pund, – steiht al verdwars in de Dör, un knippert mit de Oogen. »Jo, jo«, segg ick, »is mien Mudder.« »Un ick –!« segt doar een –
»Ne, ne, stopp!« segg ick. »Nu is 't genoog! An's kummt mien Grooßmudder hier ook noch an!« Un dreih mi üm no 'n Schooldeener: »Verwandte hebb ick 'r wieder ne twüschen. Ober wenn noch welk rin könt, –?«
»Ick kann 't mit 'n besten Willn ne moken«, segt he. Un drückt de Dör wedder to, un schufft den Schöbel vör.

Un denn sünd wi no boben gohn, un ick hebb lest, un wür ook fein toweg. Man blooß: Ick müß as Wetmann un as Weesenkind wedder no Hus. Wat eben noch mien lütt Froo un mien groot fustfaste Mudder wesen würn, – de hebb ick doar all beid verlorn, – de sünd doar jo woll to Grus un Mus drückt worden, –?

*

Mit de Snackeree öber düssen Sool vull Minschen, – doar wür jo woll een mit öber Land gohn bit wied no Mekelnborg rin. Dree Weken loter schull ick no Puchow kommen. Krischon Meier harr mi schreben, – »ganz Puchow luer up mi.«

Nomeddogs Klock fief komm ick doar an. Afholn deit mi nüms, mag ick ook ne hebben. Ick dreutel son beten dör de Stroten un kiek mi de lütt Stadt an, un kiek ook jümmer mol in de Finstern: Bi de Beukerlodens, bi'n Putzbütel, bi'n Zigarrnkirl, – doar hangt allerhand groote Zettels, ober van mien'n plattdütschen Obend keeneen. Ick goh in 'n Kroog un drink 'n Küppen Kaffee, un seuk de ganzen Blöd dör, van vörn bit achtern, – nix twüschen.

Na nu? – Schull ick mi in 'n Dag verkeken hebben? Ick krieg mien'n Breef noch mol wedder rut, – ne, stimmt all: Obends Klock acht in 'n »Tivoli«.

Viddel vör acht goh ick hin. Noch keen Mischn doar. Ick sett mi vör in de Schenk un luer. Kummt een, - geiht in 'n Sool. Kummt noch een, – geiht ook in 'n Sool. Sühst woll, – alle Oogenblick streumt een rin! – Ick schul mol no de Dör: Twee goht wedder weg. – De Klock is fief Minuten vör. Allns is still.

Klock acht kummt Krischon Meier: »Ah, gudn Dag! Na, dat is jo fein, dat Se doar sünd.«

»Jo«, segg ick, »ick bün doar, ober wonem sünd de Lüd, de ick wat vörlesen schall?«

»Aoch, de kommt noch. Klock is jo erst –«

»De Klock is acht.«

»Jo, wenn ook. De kommt hier all 'n beeten loter.« Ick segg: »Wu hebbt Se dat eegentlich bekannt mokt hier? Ick hebb keen »Plakot« seehn, – ick hebb nix in 't Blatt funden, –?«

»Ne, ne, Mann!« segt he. »Wi hebbt dat ne bekannt mokt! Üm Gottswilln ne! Denn wür 't jo vel to vull worden. Ne, wat? Schall un doch ne so gohn as doar in Hamborg, –?«

»Jä, un nu?« segg ick. »Wu schöt de Lüd dat nu gewoahr warden?«

»Ah, – dat snackt sick rüm. Dat geiht hier all van 't sülben.«

Na, dink ick, denn man to.

Halbig negen segg ick: »Wi möt nu ober woll anfangen, an's loopt uns de ersten wedder weg.«

Wi goht in 'n Sool: Acht Mann, – mit 'n Kellner. Krischon

Meier un ick, – sünd teihn. De Köksch un de Froo ut 'n »Tivoli«, – dat Dutz is vull.
Un denn –? Jä, wat schull ick moken? Ick hebb jem 'n poar lütte Geschichten vertellt, un hebb toletz to Krischon Meier segt: »Man good, dat Se dat goarne erst bekannt mokt hebbt. So würn wi nu doch fein 'n beeten alleen. Snacken Se doar nu man ook goarne wieder öber, – ick foahr still wedder weg. Un wenn ick in 'n Hus bün, denn dink ick, ick bün goarne hier wesen. Denn hebb ick doch noch jümmer dat scheune Gefeuhl: »Ganz Puchow luert up mi.«

*

Ick schull no 'n lütt holsteensch Nest kommen. Foahr mit de Klingelbohn hin. Seeten noch mehr Lüd bi mi rüm. Snacken un vertelln all dör eenanner.
An 't Finster seeten twee junge Deerns. »Geihst mit no 't Konzert? – Oder wöllt wi ook mol no 'n Vördrag?«
»Vordräg? – Wat gifft dat doar denn?«
»Oach, – Kinau lest doar Geschichten vör van den Broder van Gorch Fock.«
»Ne, Guste«, sä 'n Jungkirl, »grode ümgekehrt: De Broder van Gorch Fock lest Geschichten van Kinau vör.«
»Verzeihung!« sä son lütten Brillenkieker. »Erstens sagt man nicht Gorch, sondern Tjördsch Fock. Und zweitens ist das ein und derselbe, er heißt Fock, Georg Fock eigentlich, un nennt sich neuerdings: Rudolf Kinau.«

Ick dach ook: Na, dascho allerhand!

*

As ick dat tweehunnerste Mol vörlesen schull, – dat wür ook wedder up 'n Landn, in Ollnborg. Wür 'n lütt fein Dörp, ober man weenig Hüs. Ick dink: Wu di dat hier woll afgeiht, –? Dree Mann ut 'n Vörstand un een'n van 'n Vereen, –?
Ober ne, de lütt Sool is proppenvull. Bit up de Finsterbanken

stoht de Lüd, bit up 'n Rand van de Bühne rup. Blooß de mittelst Gangs is free. – Fein!
Un ick stoh an de Dör un hög mi. Un eben no acht frog ick: »Jä, schall ick anfangen?«
»Oogenblick noch!« segt de Mann an de Kass', un segt denn gliek achteran: »So, nu! – Nu kann 't loosgohn.«
Kiek an! dink ick. De hett hier wat to seggen, un de paßt ook up! – Un goh no vörn, un klapp mien Book up, un will jüst anfangen to lesen, – Knacks! – is dat Licht ut in 'n Sool. Allns düster.
Gotts, wat denn nu? – Do geiht achter de Dör open, kummt Licht üm de Eck, Licht un Kinnerstimmen, – un denn kommt se doar rin: Twindig lütte Deerns un Jungs, mit bunte Papierlampen, un singt: »Lanterne, Lanterne, Sonne, Mond und Sterne –«
Un kommt ganz no vörn, un goht an mien'n Disch langs. Un jeeder mokt 'n lütten Knicks oder 'n lütten Diener, un legt mi doar wat hin bi mien Book: 'n poar Bloomen, 'n lütt Bild, 'n lütt Book, 'n grooten Appel, 'n Stück Schuckelod, 'n poar Bloomen, 'n lütt Bild, –
Un doarbi singt se jümmer hiller un jümmer heuger! »Oolsch mit de Lücht, de de Lüd bedrügt, – –« un goht mit heete Bakken üm mien'n Disch rüm, un goht Foot för Foot wedder no vörn un no buten, – »in dem grünen Walde, wo die Büchse knallde –«
Un all keeken wi achter jem ran, un süngen ook all sinnig mit. – Un denn käm wedder Licht, un ick kunn anfangen to lesen. – Dat wull toerst ober goarne recht gohn, – ick harr jo woll wat in 'n Hals kregen, – Rook oder so, –?

Un as ick noher mien'n Krom inpacken wull, do müß ick mi noch mol wedder ganz dull frein: Harr mi doch een van de Jungs doar 'n lütten Swienssteert twüschen packt, – 'n richtigen Steert, rein un blank, frisch van 't Swien affneden.
Dat wür gewiß sien beste Bloom wesen.

Denn wür ick ook mol wedder an de Woterkant, bi de Mariners. De ganze Sool vull blaue Jungs. De lütt Leutnant will erst noch 'n »Ansprok« hooln, weet ober woll ne recht, wat he seggen schall, un kummt noch gau mol wedder bi mi an, Hand an de Mütz: »Äh, – Verzeihung, was werden Sie uns vorführen?« »Vorführen?« segg ick.
»Ja, ich meine, – äh, – was soll den heute gezeigt werden?«
»Gezeigt werden?« segg ick.
»Ja, ich denke, Sie – äh, – machen Kino-Vorführung? Ich hörte doch von einem Kino-Abend, –?«
»Ne, Mann!« segg ick, un verkloar em dat gau, werkeen ick bün un wat loos is: »– ick schall hier blooß 'n poar lütte plattdütsche Geschichten vertelln.«
»Ah so!« segt he. »Dann brauche ich Sie also nur ganz kurz einzuführen.« Un geiht no vörn un smitt sick in de Bost: »Herhören! Ich bitte mir aus, – äh, – daß während der Darbietungen – äh, tadellose Ruhe herrscht! – Anfangen!«

*

De erste Tied hebb ick richtig vörlest, hebb jümmer mit beid Oogen in 't Book keken, un blooß af un an mol eben gau in 'n Sool, – wat de Lüd ook noch all doar würn, wat ook keeneen weggloppen dä.
Denn käm ober bald de Tied, do wüß ick mien lütten Dinger all butenkopps un nähm al goarkeen Book mehr mit, stell mi eenfach free achtern Stoohl oder an de Wand un vertell so good as ick kunn.
Ober dat wür de Lüd ook wedder ne recht, – up 'n Zettel stünd »vörlesen«, un denn müß ick ook 'n Book bi mi hebben, un müß doar ook rinkieken, – an's kunn ick mi jo een Deel trecht leegen.
Na, ick dä jem den Gefalln, un pack mi nu jümmer wedder 'n Book up 'n Disch. Harr mitünner ober 'n ganz verkehrt bi 'n Wickel, un keek 'r ook bald goarne no hin, – blooß af un an mol so eben an de Näs dol.

Ober doar hebb ick mi mol bannig bi ansmeert: Ick vertell jüst de lütt Geschichte »Up 'n Vörpostenboot« ut dat Book »Strandgoot«: Wat se doar all bi 't Tügwaschen un bi 't Strümpstoppen sünd, all de Mariners. Un ick bün jüst mit Willem Meier kloar, un will nu van Paul Breuhohn vertelln. »He sitt an Deck un drückt sick 'n Patentknoop in de Büx« steiht in 't Book. Ick weet dat ober in de gangen so genau ne mehr, un dink: Wat mokt he man noch? – Un schul an de Näs dol, – hebb 'n poar Handen, kunnst Pannkooken in backen« steiht doar jüst.

Mann, dink ick, dat paßt doar jo goarne hin, wi sünd jo up 'n Vörpostenboot. Blooß ne ut 'n Kurs bringen loten!

Un ick riet mi mit 'n Ruck tohoop, un segg: »Paul Breuhohn sitt an Deck, un drückt sick 'n Pannkooken in de Büx.«

Un wunner mi, dat de Lüd all mitmol so loosprust un so lacht, un weet noch sülben ne, wat ick segt hebb. Un krieg dat erst 'n halbe Stündn loter to weten: Ick hebb mi beus verrappelt.

Van de Tied an legg ick mien Beuker jümmer verkehrt rundrüm up 'n Disch, dat de Bookstoben up 'n Kopp stoht. Wenn ick denn mol wedder – ohn dat ick 't will – an de Näs dolschuln doo, denn verkiek ick mi doch ne wedder in de Reeg.

*

Un eenmol schull ick no Hannoober kommen. Un vör Hannoober harr ick 'n beeten Angst. Ick dink: Dat is 'n hoochdütsche Stadt, – de verstoht di goarne.

Ober dat geiht doch kloar, de Sool is scheun vull, un ick kann ook marken, – de Lüd verstoht mi ganz good. Ick les erst 'n poar ernste Geschichten, un fang denn mit 'n lütte lustige an. Un all de Lüd lacht un freit sick.

Blooß doar so vörn an, doar in de tweete Reeg, – doar sitt een'n son ooln Kirl, – de kickt mi blooß jümmer an, kickt mi stief in de Oogen.

Ick dink: Dat is woll 'n Hoochdütschen, de versteiht woll

nix, –? Ick mok mol 'n lütte »Pause«, – denn kann he jo no Hus gohn. He blifft ober geruhig sitten.
Ick fang wedder an to lesen, lustige Geschichten. All de Lüd freit sick un lacht, – he sitt doar blooß jümmer un kickt mi an. Ick les »Elefanteneier«, – nix to moken. Ick les »Musik«, »Scheeben Wind«, »Besorgen«, – ick seuk mien lustigsten Dinger her, – de ganze Sool is een Lachen un Leben, – he sitt doar blooß un kickt mi stief in de Oogen.
Toletz hebb ick goarkeen Lust mehr. »Kannst ne mol een'n son Kirl mit in de gangen kriegen, –?« Ick klapp mien Beuker to, un goh no buten.
Buten, doar in dat Geweuhl, fot mi mitmol een an'n Arm: »Dat wür 'n feinen Obend!« – Grode düsse ool Kirl.
»Na nu?« segg ick. »Hebbt Se denn wat verstohn?«
»Jä, wat schull ick dat ne verstohn, – ick bün ook 'n Plattdütschen.«
»Na«, segg ick, »denn kann ick 't jo gern seggen: Ick hebb mi richtig argert. All de Lüd hebbt lacht un hebbt sick freit, un Se –? Öberhaupt ne mittokriegen –?« »Jaaa«, segt he, »doar hebb ick mi sülben ook so an argert. Ick kann vandag ne lachen. Ick hebb 'n Geswür in de Näs.«
Na dink ick, – dascho allerhand!

Lütt Hinnik

»'n lütte scheune Schangß, up 'n grooten feinen Damper!« segt de lütt Hinnik Wiehr. »Un sülben besorgt. Keen Unkel, keen Tante, keen Hüerboos, keen nix. Allns alleen mokt!
Vadder segt to mi: »Wenn du no See hin wullt, – mienwegen! Ober: geihst mi ne ohne Schipp!«
Ick rup no 't Kantor, no de Hamborg-Süd; stebens in Dör rin. »Wohin«, segt de een. Ick segg: »No 'n Inspekter!« Do geiht doar jüst son grooten Dicken an uns vörbi, un dreiht sick kotthandig üm: »Inspekter? Dat bün ick. Wat gifft 't?«
»Gifft good Wetter!« segg ick. »Südoosten Wind.«
»Jä, – un?«
»Un ick wull gern no See hin«, segg ick. »As Jung, up een'n van de grooten feinen Hamborg-Süd-Dampers.«
Do kickt he mi an, as wenn he mi upfreten will: »Du büst jo woll –: Keen schickt di denn her?«
»Mien Bruer Hannis«, segg ick, – »dat heet, he weet doar ook wieder nix af, – he foahrt as Lichtmatroos up de »Monte Olivia!«, – un ick dach: Wat de kann, kann ick ook!«
»Du büst jo goarne bang‹!« segt he un krigt dat Lachen. Un nimm mi mit in sien lütt Kantor, un fragt mi ut von vörn bit achtern. Un haut mi up de Schuller: »Morgen geihst an Bord!«
Kloar wür de Käs.
Un nu, nu bün ick up de »Monte Sarmiento« un hebb al een groote Reis' achter mi. Wi sünd vanmorgen wedder an de Stadt kommen. Un ick bün Klock söß an Land gohn, – as 'n richtigen ooln Seemann. Eulich in Uniform. – Jo, dat is mien Uniform, bit up de Büx. De Büx is noch Zewil, dat is mien Konfermandenbüx. Ober de Blus mit den blauen Krogen! Un denn jo ook de Mütz: H. S. D. G.

Ne, Hamborg-Süd heet dat ne. Dat heet: Hinnik spoar dien Gild!

Jo, – dat doo ick ober ook. Hebb al fix wat up 'n Dutt. Hebb mi son lütte Zigarrnkist mokt, Deckel dichtnogelt, boben 'n lütte Ritz, – un nu kummt doar allns rin, wat ick so kriegen doo, mien ganze Hüer un ook –, jo, mitünner ook Drinkgild.

Kajütenjung bün ick! – Ne, an Deck harr ick keen Lust. In 'n Winter is 't so koolt, un in 'n Sommer – kannst den ganzen Dag wieder nix doon as Farw waschen. Un noher, denn müß noch wedder up School un müß Exomen moken. Un denn jümmer boben up de Brück stohn un uppassen –? Sogoar nachts, –? Ne, Mann, goh mi af! – Nachts mütt ick slopen, an's bün ick den annern Dag meud.

To doon? Ach, allerhand. Wi sünd mit söben Jungs so bi de Kommern. Ick hebb fief Stück: Den Oberstuard, den Pumpenmeister un dree Maschinisten. Jeeden Morgen: Teppich rut! Waschwoter rut! Bitten moken! Utfegen! Upkloarn! – Denn bi 'n annern: Teppich rut; Waschwoter rut! – Allns no de Reeg. Klock elben mütt ick mit allns kloar wesen. Halbig zwölf is Musterung, denn ward allns öberholt. Af un an kummt de Käppen ook mol mit dol un kickt allns no. Mitünner sogoar uns' Ellbogens un Ohrn. To den een'n hett he noletz nol segt, wenn he sick ne bald beter waschen dä, denn wull he em Gras in'n Nacken planten. Un to den annern hett he segt: »Teeg mol eben dien Schooh un Strümp ut! Wies mol dien Feut!« Ober de harr jüst Glück, – de harr sick vör 8 Dog erst de Teuhn wuschen, un harr keen Lock up de Hack un nix.

Mi hett he noch wieder nix segt. Blooß eenmol, do harr ick noch ne eulich Stoff wischt, do schüert he so mit 'n Finger up 't Schapp langs, un smeert mi dat mitmol an de Back, un segt: »So, – nu kiek man mol in 't Spiegel!« Ick kiek mol gau so eben üm de Eck un segg blooß: »Ach –?« »Wat ach?« segt he. »Ach«, segg ick, »sitt 'n lütt Farken binnen!« Wenn he nu mol wedder kommen deit, denn kickt he blooß jümmer no 't Schapp: »Na,

– lütt Farken, – allns in de Reeg?« »Jawoll, Herr Kaptein!« Denn segt he mi goarnix mehr.
Annerthalf Joahr noch, meent de Oberstuard, denn kann ick villicht al Klingelboy warden. Denn krieg ick son lütte runde Mütz up, un krieg 'ne ganz enge Jack an mit luder lütte Kneup. Un denn stoh ick bi jeede Mohltiet so an de groot Dör van 'n Spiessool: »Bitte schön! – Danke sehr!« Un denn man jümmer so dat Drinkgild in de Tasch rin.
Ober de Pumpenmeister segt, denn mütt ick ook fix engelsch un portugiesch können.
Engelsch kann ick jo al so vel: »Ließ! – Zänk ju!« Ober dat ool Portugiesch –? Hannis meent jo, ick schall man eenfach de Dör open moken un schall seggen: »Monte Kommrinto!« Un wenn se mi 'n Groschen in de Hand stekt: »Monte Dankito!« Ober ick weet ne, dat kummt mi doch bannig sponsch för. Ick hebb al dacht: de erste Tied segg ick noch goarnix, mok blooß jümmer 'n lütten Diener. Un wenn se mi keen Drinkgild geben doot, denn lot jem, – ick stek doch jeedesmol de Finger so in de Tasch, as wenn ick wat kregen harr, – denn meent de Annern, de achter jem kommt, – se hebbt mi wat geben, – un denn mögt se sick ook ne lumpen loten.
As Klingelboy mütt ick denn noch twee Joahr. Un denn noch een Joahr so as Bessen-Heini, – Disch affegen un Knoken upseuken. Un denn – denn ward ick ook »Herr Schtuard«. Erst in de drütte Klaß, mit 'n witte Putzbüdeljack un 'n blaue Büx. Denn in de tweete, mit 'n Ploten üm de Been un 'n Handdook ünner 'n Arm. Un denn in de »först Kläß« mit Frack un lange Bost. Een Hand up 'n Puckel: Zack!
No teihn Joahr Oberstuard. Hooge Hüer, Drinkgild, kannst di goarne vör bargen! Un denn wieder nix doon, as son beeten rümgröhln: »Wat is dat hier wedder för 'n Swienkrom? Keen hett hier afdeckt? – De Sultkörns van 'n Disch! Wenn de Dinger in 't Rullen kummt, flügt dat ganze Schipp öber Bord!«
Jo, – dat hett he mol segt to den een'n, – un ick komm doar jüst vörbi un krieg dat Lachen, un kiek mi noch mol üm, un hok

mit ’n Foot vör ’t Schott, – un smiet den ganzen Heidutelkrom twei: Woterbuddel un Glas, allns in Stücken.
Wedder betohln müßt? Ick? Ne, wat! Hebb mi eenfach wat ut de drütte Klaß rutholt. Doar stünd ’n ganze Kabin leddig. Wörd doar jo doch ne brukt. Ne, Mann! H. S. D. G. Hinnik, spoar dien Gild!
Doar mütt ick nu noch ’n beeten an fasthooln.
Wenn ick erst Klingelboy oder Stuard bün, – o, very grootsnutig: »Monte Kaputto? Allreiht! – Wat köst de Krom?«

Lootsenleben

»Ne, allemol ne!« Jürgen kloppt sien Piep ut un kickt Alwine an: »Ick hebb dat mol hatt – do komm ick hier nachts op son ooln Frachtdamper rup, – stickendüster, – un ick weet keen'n Nom un nix. De Seeloots' geiht van Bord un geiht an mi vörbi, un schüttelt mit 'n Kopp, segt keen Wort. An 't Fallreep steiht 'n Matroos' un kickt verdwars van 't Siet. Ick segg: »Wat is dat hier för 'n Schipp?« He dreiht sick üm un is weg. – Ick goh no vörn un no boben, – allns balkendüster. Up de Brück stoht twee Mann, – een'n son dicken an 't Ru'er, un een 'n son langen, slatterigen, steiht son beeten an de Siet. – Na, – ick snack un frog denn jo erstmol up Dütsch. Krieg keen Antwort. Ick fang up Engelsch an. Keeneen segt wat. Ick verseuk 't mit Dänsch, – mit Hollandsch. Allns blift still. Ick seuk mien poar Broken Franzeusch her, – Portugisch, – Italjensch. Nüms antert mi. Blooß de groot lange schüttelt egolweg mit 'n Kopp. Ick ward gnadderig: »Verdammi nochmol! Sünd Ji hier all doof? Oder wat fehlt Joo?« Ick krieg noch keen 'n Bescheed. »Dübel un Dreck!« Ick riet mien Taschenlamp ut de Tasch, un lücht den Dicken in 't Gesicht –.«

»Na, un –? Un wat wür?«

»Do hett de Kirl goarkeen Gesicht!«

»O Gott, Herr Hauschildt? Hett keen Gesicht?«

»Is goarkeen Kirl. Is 'n grooten Peilkompaß, – is mit 'n Persennig todeckt.«

»Ach –? Un de anner? De lange?«

»Harr ook keen Gesicht. Wür ook keen 'n echten. Würn 'n poar Signolflaggen, – würn so in 'n Knutt tohoopslogen un bummeln doar an de Lien.«

»Oach, Mann –!«

»Jä, un de Lüd? Un de Käppen?« segt Alwine. »Wür doar denn keeneen up de Brück?«
»Ne, – keeneen. Dat Rad stünd alleen, – un dreih sick ook alleen hin un her.«
»O Gott, Herr Hauschildt? Dat is jo –.«
»Speukig, wat? – Hebb ick ook dacht. Iskoolt is mi 't öber 'n Puckel loopen. Un denn: as son Willn de Trepp hindol.«
»Un denn –?«
»Denn komm ick een Etoj deeper, – un denn is doar noch son Brück, – un doar stoht se denn ook all, de Käppen, de Stüermann, de Matroos' an 't Ru'er.«
Hein lacht: »Oach, denn büst du blooß een Trepp to hooch loopen? No 'n Peilkompaß rup?«
»O Gott«, segt Alwine, »un ick dink al, dat is 'n Geisterschipp wesen. Mi bebert de Kneen –.«
»Jo, de hebbt mi ook bebert«, segt Jürgen, »'n ganze Tied hebbt se mi bebert. Un de ool Käppen de lacht mi denn ook noch wat ut un segt: »Wat denn nu, Loots'? Se kommt van boben? Sünd Se mit 'n Zeppelin kommen?«

Mut in kleinen Dingen

»Und setzet Ihr nicht das Leben ein –«

Ich war wohl so elf oder zwölf Jahre alt, da ging ich mal mit meinem Vater um den Sommerdeich draußen an der Elbe. Und da trafen wir da einen Tagelöhner, der war schon recht alt und hatte ein verkrüppeltes Bein. Der stand da und stützte sich auf seine Schaufel. Und als wir näher kamen, sagte mein Vater leise zu mir: »Da steht Peter Stülken, – den guck dir man mal genau an, – denn das ist ein großer Held.«
Na, ich tat das denn auch, ich guckte ihn mir ordentlich an. Vater sprach noch ein paar Worte mit ihm und fragte ihn nach seinen Hühnern.
Und als wir an ihm vorbei waren und weiter gingen, da kriegte ich das Lachen: »Was sagst du, Vater, –? Das ist ein großer Held?«
»Jo, mien Jung!«
»Danach sieht er mir aber gar nicht aus.«
»Ne –? Was meinst du denn, wie ein Held aussehen muß?«
»Na, – groß und stark, – und auch ganz andere Augen, –.«
»Und eine laute und prahlige Stimme«, meinte Vater, »und einen großen Orden auf der Brust, – wat?«
Ich wurde still und nachdenklich: »Wieso ist er denn ein Held, Vater? Was hat er denn getan? Ist er mit im Krieg gewesen und hat – ?«
»Nein, das nicht, – aber er ist vor zehn Jahren – mit seinem verkrüppelten Bein – ganz allein – auf Händen und Füßen mehr als hundert Meter weit über das junge dünne Eis der Süderelbe gekrochen, und hat zwei Kinder, die beiden Jungen von seinem ärgsten Feind, aus dem Wasser geholt und wieder an den Deich gebracht, – obwohl er selbst

sonst niemals auf dem Eis war, und auch nicht schwimmen kann.«
»Ach, –« sagte ich leise, »und das ist – und darum ist er nun –?«
»Und darum ist er für mich nun ein Held, ein richtiger großer Held, – denn er hat sein Leben eingesetzt, um andere zu retten.«
Wir gingen langsam weiter. Erst nach einer ganzen Zeit fragte ich: »Hättest du denn das nicht auch getan, Vater?« Vater zuckte mit den Schultern: »Ich weiß nicht. – Hinterher möchten wir alle gern, daß wir es getan hätten, aber – ob wir es tun, wenn es plötzlich darauf ankommt, – wer weiß?«
Das Wort ist mir lange nachgegangen: Ob wir es tun, wer weiß?
Und weil ich es auch gerne von mir wissen wollte, wartete ich nun immer auf irgendeine Gelegenheit, um meinen Mut zu prüfen. Aber ich konnte lange Zeit hindurch nichts machen. Es geschah nichts bei uns am Deich, es rief keiner um Hilfe, und es griff mich auch niemand an, daß ich mich hätte wehren müssen.
Und als ich selber losging und kleine Kämpfe und kleine Gefahren suchte, lief mir alles gegen den Strich. Das dünne Brett, das ich mir über den breiten Graben gelegt hatte, brach durch, und ich konnte mich nur mit Mühe wieder herauskrabbeln. Mit unserm kleinen Boot und dem vollen Segel – bei steifer stürmischer Brise – kippte ich um. Aus der jungen Pappel am Deich fiel ich mit dem brechenden Ast kopfüber in den Schlick. – Es lief mir alles »zugegen«. Aber dann eines Tages – gegen Abend – war doch mal eine gute Gelegenheit, sich als Held zu zeigen. Es zog ein Gewitter herauf, es donnerte und blitzte, und es fing auch schon an zu regnen. Und plötzlich waren die Pferde des Müllerwagens durchgegangen, kamen im scharfen Trab und ohne Kutscher den Deich entlang. Und der Deich war schmal und glitschig, und da spielten auch noch ein paar Kinder –.

Ick kam gerade aus der Haustür und sah es. Ich hatte keine Ahnung von wild gewordenen Pferden, und wie man sie am besten zum Stehen bringt, – aber ich dachte an den alten Tagelöhner auf dem Eis und an meinen Vater, – und sprang dem einen Pferd von der Seite her in den Zügel und hielt es fest, – und brachte sie beide zum Stehen. Und hatte im nächsten Augenblick die Peitsche des Müllerknechtes um die Ohren, er hatte hinter dem Kutscherbock unter dem Regenverdeck gesessen, und hatte nur durch einen schmalen Schlitz geschielt, und hatte seine Pferde traben lassen, um schnell nach Hause zu kommen. Und war nun wütend, daß ich ihm in die Zügel gefallen war.

Mit meinem »Held sein« war es wieder nichts.

Erst später - viel später – ist es mir nach und nach aufgegangen, daß man auch in andern, in kleinen unscheinbaren Dingen des Alltags seinen Mut festigen und schärfen kann. Man braucht gar nicht immer auf irgendeine Gefahr oder auf einen Hilferuf zu warten. Es geht auch anders.

Wie ich das meine? Ja, paßt mal auf!

Nehmen wir mal an, du bist in einer kleinen fröhlichen Gesellschaft in guter Stimmung, und plötzlich fängt einer an und erzählt ein paar faule und schmierige Witze, oder singt ein rohes und zweideutiges Lied, – ich denke doch, daß du so etwas nicht hören magst, – dann stehe doch mal auf und sage laut und fest zu dem Erzähler oder Gröhler: »Du solltest dich schämen, solltest du! Und Ihr andern auch, daß Ihr über solchen Dreck noch lachen mögt!« – Es gehört etwas Mut dazu, ja, aber – du hast ja auch Mut, oder möchtest welchen haben.

Oder nehmen wir mal an, du bist zu einer großen Feier eingeladen, und es wird reichlich Alkohol getrunken, und wird auch dir immer und immer wieder angeboten – mit dem alten verlogenen Hinweis, daß du ja überhaupt kein »Kerl« wärst, wenn du das nicht mal vertragen könntest, – ich denke doch, daß du kein großer Freund vom »Alkohol trinken« bist, – reck dich doch mal auf und sage: »Nein, ich trinke das Zeug nicht! Ich trinke nur, wenn ich Durst habe, und dann trinke ich Wasser!« – Es gehört etwas Mut dazu, aber – du hast ja auch Mut oder möchtest welchen haben.

Oder nehmen wir mal an, du bist in einen Kreis hineingeraten, in dem man über Gott und über jede Religion lästert und lacht, – ich denke doch, daß du kein leerer Spötter und Gottesleugner bist, – wirf doch mal den Kopf in den Nacken und sage es ihnen frank und frei ins Gesicht: »Behaltet Eure Weisheit für Euch, und laß mich damit zufrieden! Ich glaube an Gott – so fest wie ich an mich selbst glaube!« – Es gehört etwas Mut dazu, aber – du hast ja auch Mut oder möchtest welchen haben.

Oder nehmen wir mal an, es wird irgendwo von einem albernen Prahlhans und Schwätzer altklug und abfällig und gemein von den Mädchen – von allen Mädchen – gesprochen, – ich denke doch, daß du so etwas nicht liebst, – hau doch mal auf den Tisch, und frage den Angeber und Ehrabschneider, ob er denn nicht auch eine Mutter hätte – oder eine Schwester – und ob er in deren Gegenwart genau so prahlen und lügen würde! – Es gehört etwas Mut dazu, aber – du hast ja auch Mut oder möchtest welchen haben.

Oder nehmen wir mal an –

Nein, – ich brauche wohl nichts mehr zu sagen. Du weißt schon, wie ich es meine: Nicht immer erst hinterher denken: »Ich wollte, ich hätte es getan und hätte so und so gesagt!« Sondern es kurz entschlossen tun und sagen!

Auch das »mutig und tapfer sein« muß man üben und lernen, und man muß – wie in jedem andern Fach – bei kleinen und einfachen Dingen anfangen. Dann – und nur dann – kann man später auch in großen und gefahrvollen Dingen mutig und tapfer sein. Und kann und wird – wenn es mal darauf ankommt – das Höchste tun, was es hier auf Erden zu tun gibt: Sein Leben einsetzen, um andere zu retten!

Befehlen und gehorchen

»Nur wer gehorchen kann,
kann später auch befehlen.«

Ich fuhr nach meiner Schulzeit sieben Jahre in der Fischerei, – machte Steuermannsexamen und meldete mich als Einjährig-Freiwilliger bei der Matrosen-Divison in Kiel. Mit mir am gleichen Tage noch etwa 120 andere Seeleute, – alle mit Steuermannsexamen, darunter viele, die auch schon als Steuermann gefahren und sogar schon Kapitänsexamen hatten.
Wir wurden sofort alle eingekleidet, auf die Stuben verteilt, und standen am nächsten Morgen schon mit reinem Arbeitszeug und schweren Stiefeln auf dem Kasernenhof. Und dann ging das Exerzieren los. – Es fing langsam an, aber es wurde von Tag zu Tag schwerer und ungemütlicher.
Ich war in der zweiten Korporalschaft. Unser Unteroffizier – er war noch sehr jung und war erst vor kurzem von der Infanterie zur Marine gekommen – war nicht zufrieden mit uns. Wir waren ihm viel zu langsam, viel zu steifbeinig, und auch viel zu dickfellig. Er fand immer wieder einen oder zwei unter uns, die sich bewegt, die nachgeklappt, oder die gesprochen hatten. – Er schnauzte und schrie uns an. Er jagte uns hin und her. Wir mußten uns zwanzigmal hinlegen und aufstehen – mitten im dollsten Dreck. Wir wurden gehetzt und getriezt – von morgens bis abends. Und wurden immer dickfelliger und immer verstockter.
Keiner von uns tat, was er tun konnte. Jeder versuchte, sich so viel wie möglich zu drücken, ja sogar sich so viel wie möglich gegen den Unteroffizier aufzulehnen. – Der fühlte den Widerstand und wurde immer schärfer und immer schappiger. – Wir waren abends wie aus dem Wasser gezogen, naß von Dreck und

Schweiß, – und hatten eine Wut im Balg – zum Platzen. Der Unteroffizier genau so, – schnallte sich sein Extrakoppel um, und ging in die Stadt.
Und wir saßen auf den Schemeln – zwischen den Betten und hielten Schiffsrat, – Verschwörung. Wir wollten uns das nicht länger gefallen lassen. Wir nicht! Wir wollten irgendetwas aufstellen! Wir konnten uns nur nicht einig werden – was. – Zwei von uns waren sofort bereit, den Unteroffizier im Dunkeln aufzupassen, und – windelweich zu dreschen, – ganz einerlei, was danach käme! – Drei oder vier waren dafür, daß wir uns am nächsten Tag alle gemeinsam beschweren wollten. –
Hin und her gingen die Vorschläge. »Den möchte ich mal als Leichtmatrose an Bord haben!« sagte einer von uns. »Dem wollte ich das große Maul schon stopfen!« – »Den hätte ich auf der letzten Reise mithaben mögen!« sagte ein anderer. »Bei Kap Horn, oben auf der Rah – im Sturm!«
»Ja, Jungs, – nun nicht so weit abschweifen! Wir müssen uns einig werden, was wir machen wollen! – Was meinst du eigentlich, Hartmann? – Du hast noch gar nichts gesagt!«
Hartmann war wohl der älteste von uns, – ein ruhiger ernster Seemann aus Oldenburg, – seit vier Jahren Steuermann, – seit zwei Jahren – mit Kapitänsexamen. – Hartmann war beim Strümpfestopfen, – Er hing seinen Strumpf über die Bettkante und sah uns alle der Reihe nach an.
»Ich will Euch mal was sagen!« sagte er. »Ich bin früher mal zwei Jahre als Junge auf einem Fischkutter gewesen, auf einem nagelneuen Fahrzeug, – das gehörte zu gleichen Teilen zwei fast ebenso gleichen Brüdern, – sie waren nur im Alter ein Jahr auseinander. Sie hatten beide das Patent zum Schiffer auf kleiner Fahrt. Sie kannten beide ihre Fischerei und die Nordsee inwendig und auswendig. Sie waren beide laut und lebhaft, und wußten ihre Meinung wohl durchzusetzen. Aber – sie waren auch beide bei der Marine gewesen und wußten, was Befehlen und Gehorchen bedeutet. – Sie wußten, daß diese beiden Dinge nicht über- oder untereinander stehen – wie Herr

und Knecht, – sondern auf gleicher Höhe nebeneinander, – wie Ebbe und Flut, wie Tag und Nacht! –
Zwei Schiffer auf einem Fahrzeug – das ging nicht. Also sagte der jüngere zu dem älteren Bruder: »Du übernimmst das Kommando, und ich gehorche!« »Ja«, sagte der ältere. »Aber nicht für immer. Wir wollen es umgehen lassen. Oder – nein, wir wollen losen, – wir wollen jedes Jahr wieder neu auslosen, wer befehlen und wer gehorchen soll!« –
Sie losten. – Das Los ernannte den jüngeren Bruder zum Schiffer, und den älteren zum Knecht. – Sie gaben sich lachend die Hand und hielten es durch, – ein ganzes Jahr! Und fischten und fuhren gut dabei. Der jüngere wußte sein Kommando ruhig und sicher zu geben. Der ältere verstand, schnell und willig zu gehorchen.
Als das Jahr um war, entschied sich das Los für den älteren Bruder. Der jüngere freute sich: »Also – nun bist du der Schiffer!« »Ja«, sagte der ältere, »nun bin ich der Schiffer, und du bist der Knecht! Und du mußt alles tun. was ich dir sage! Und ich befehle dir hiermit, – daß du auch für dieses – für mein Jahr – das Kommando wieder übernimmst!« – Und sie gaben sich wieder lachend die Hand, und hielten es durch!
Und sie halten es heute noch so! Es ist eine Lust, bei ihnen an Bord zu sein – und mit ihnen zu fischen!« – Hartmann schwieg und sah nach der Uhr: »Ich glaube, es wird dann auch Zeit, daß wir in die Betten kommen –!«
»Jo, wir müssen uns aber erst noch einig werden, was mit dem Unteroffizier geschehen soll! – Ich bin doch dafür, daß wir uns morgen gemeinsam beschweren! Was meinst du, Hartmann? – Bist du mit dabei?«
»Ich will Euch mal was sagen!« sagte Hartmann. »Wenn Ihr noch nicht gemerkt habt, wie ich darüber denke, – dann muß ich Euch mal was fragen: Warum sind wir eigentlich hier? – Wir wollen freiwillig unser Jahr bei der Marine abdienen. – Wollen wir nun langsame steifbeinige Seeleute bleiben? Oder wollen wir auch sobald als möglich – frische forsche Mariner

werden? Die ihre Knochen gebrauchen können, und die auch ihren Posten ausfüllen, wenn es mal darauf ankommt –? – Na also, – um das zu können, müssen wir doch gewiß noch sehr viel lernen und üben. Das können wir aber nur, wenn einer befiehlt und die andern gehorchen!«

»Joa nu, Hartmann, – das wissen wir wohl! Aber du mußt doch selbst sagen, daß dieser Kerl – dieser Unteroffizier – der keine Ahnung von der Seefahrt hat, – der überhaupt noch nicht draußen gewesen ist – !«

»Ruhig, Jungs! Laßt mich mal ausreden! – Dieser Kerl, dieser Unteroffizier – hat keine Ahnung von der Seefahrt, nein! Hat vielleicht auch keine Ahnung vom Leben, – mag sein, – er ist vielleicht noch nie draußen gewesen. – Aber das, was er uns hier beibringen soll, – Griffekloppen, Exerzieren, – das kann er! Das versteht er – wie kein anderer! - Keiner von uns könnte so die Kommandos geben! Keiner von uns könnte dies oder das vormachen oder erklären! – Oder meint Ihr, wir müßten hier als Korporalschaftsführer einen alten Segelschiffskapitän haben? Oder einen Navigationslehrer? – Na also, –? Was wollt Ihr denn eigentlich? Warum denn immer so langsam und so dickfellig? – Wir machen doch nur ihm und uns das Leben schwer, und verleiden uns den ganzen Dienst!«

»Ja, aber – Hartmann, – so kann es doch nicht weiter gehen?!«

»Nein«, sagte Hartmann, »so kann es nicht weiter gehen! – Ich will Euch mal was sagen: Laßt uns doch mal morgen – anstatt uns gemeinsam zu beschweren – laßt uns doch mal morgen gemeinsam – unser Bestes tun! Aber wirklich unser Bestes! Scharf aufpassen, und eiserne Disziplin halten – bis zuletzt! Mal sehen, was er dann sagt?! – Wenn er dann auch noch schnauzen und uns schleifen will, – dann ja, – dann bin ich mit dabei, daß wir uns gemeinsam beschweren. – Gute Nacht, Jungs!«

»Gute Nacht, Hartmann!« Wir kletterten still in unsere Betten und lagen noch lange wach.

Als der Unteroffizier uns am nächsten Morgen musterte, fand

er das erste mal – nichts zu mäkeln. Als er eine halbe Stunde mit uns herum exerziert hatte, ließ er uns in Linie zu zwei Gliedern antreten: »Sagt mal, Jungs, – was ist mit Euch los? Warum klappt es denn nun heute alles? Warum nicht auch schon gestern und vorgestern?« – Wir standen alle wie aus Eisen, keiner zuckte mit der Wimper. Aber jeder dachte bei sich: »Weil es uns erst heute Nacht klar geworden ist, was Befehlen und Gehorchen bedeutet!«
Wir wurden in einer Woche die beste Korporalschaft vom ganzen Zug. Wir hatten Freude am Dienst und – wir hatten auch den besten Unteroffizier!

*

Ich habe später – wenn es mal nicht so recht gehen wollte – mit dem Gehorchen, – wenn ich mal meinte, daß der, der vor mir stand und mir was zu sagen hatte, ungerecht oder kurzsichtig wäre, – habe ich immer schnell mal wieder an die beiden Brüder auf dem Fischkutter gedacht – und an meinen Kameraden Hartmann, der vier Jahre Steuermann war, – und der dann wieder freiwillig ein kleiner dummer Rekrut wurde, – und der uns das so schön und so einfach sagen konnte, was Befehlen und Gehorchen ist.
»Nicht über- oder untereinander«, sagte er, »wie Herr und Knecht! Sondern auf gleicher Höhe nebeneinander – wie Ebbe und Flut, – wie Tag und Nacht!«

Der Taucher

Das war am Sonnabend nach Ostern, gegen Abend, zehn Meilen nordwestlich von Fehmarn, Einer unserer kleinen Kreuzer hat stundenlang Schießübungen gemacht auf vorbeigeschleppte Scheiben, und will nun ausscheiden und wieder nach Kiel einlaufen, – und kriegt noch im letzten Augenblick – durch das unvorsichtige Längsseitekommen des Schleppdampfers – kriegt er die Schlepptrosse von den Scheiben – die kriegt er in die Schraube. – Zack! – steht die ganze Kommode still, und geht nicht vor- und nicht rückwärts. – »Jä, wat nu?«
»Kann nicht eben schnell einer runter, und das wieder frei machen?«
Ja, aber – wie? Ein Taucheranzug ist leider nicht an Bord. – Also freihändig! – Aber die Schraube sitzt vier Meter tief, und das Wasser ist noch lausig kalt und auch ziemlich bewegt.- Es muß schon ein sehr guter Schwimmer und ein richtiger Draufgänger sein. »Bootsmann, haben wir – wissen Sie jemand an Bord, der das vielleicht – natürlich freiwillig –?« Der Bootsmann macht Männchen: »Herr Kaptän, ich glaube, da käme nur einer in Frage, und das ist der Matrose Dohrmann aus Blankenese, – der ist lange Zeit bei einem Taucher gewesen, –«
»Dohrmann –?« sagt der Alte. »Wo steckt der? Was hat der für eine Funktion an Bord?«
»Der hat – der ist – der sitzt augenblicklich in Arrest, Herr Kaptän, – vorne im Hellegat, – hat fünf Tage Mittel, wegen Frechheit im Dienst und ungebührlichen Betragens.«
»Ach so, – der ist das – der große blonde. Soll sofort geholt werden, und soll sich bei mir melden!« Zwei Minuten später steht der Matrose Hein Dohrmann in Badehose und Holzpantinen auf dem Achterdeck und übernimmt nach ein paar kurzen Fragen und Ermahnungen die Bergungssache »Draht aus

der Schraube puhlen«. – Er läßt sich eine lange weiche Wurfleine um den Leib legen, steigt auf die Reling und gibt seine letzten Anweisungen: »Also – wenn ick eenmol trecken doo – so langsom weg , – denn heet dat: Mehr Bott geben, mehr loos loten! – Un wenn ick tweemol trecken doo – so ganz kott un scharp, denn heet dat: Holt mi hooch, ick mütt mol wedder Luft hebben!« – Dann springt er mit einem kräftigen Kopfsprung steil hinunter und verschwindet unter dem Heck.

Alles beugt sich weit über Bord und guckt ihm nach. Der Bootsmann hat die Leine lose in der Hand und zählt langsam bis fünfzig – bis sechzig, – und wartet auf das verabredete Zeichen. Aber es kommt kein Zeichen, es kommt überhaupt nicht, nur hin und wieder ein paar Blasen, aber das kann auch vom Seegang sein. Und schließlich wird es dem Bootsmann zu lange, und er zieht die Leine straff, und zieht noch mal, und zieht mehr, und zieht den Matrosen Dohrmann hoch.

Aber kaum hat er den Kopf aus dem Wasser, da wirft er mit einem Ruck das strohgelbe Haar zurück und brüllt nach oben: »Was soll denn das? Macht doch keinen Blödsinn! Wartet doch, bis ich Bescheid gebe!« Und guckt sich noch mal wütend um, und zerrt den Knoten von der Schlinge nach vorne, und macht die Leine los, und holt noch mal tief Luft, und taucht wieder unter – freihändig – ohne.

An Deck ist große Aufregung. Die Offiziere rufen und schreien ihm Befehle nach. Die Maaten halten Rettungsringe bereit. Der Kommandant guckt auf die Uhr und guckt über Bord und schüttelt den Kopf. Und läßt das Boot klar machen. Alles steht und wartet, und keiner weiß, was los ist. Es sind schon beinahe zwei Minuten wieder, –

Da ist er! Da taucht er wieder auf, der Matrose Hein Dohrmann aus Blankenese! Und wirft das Haar zurück und hebt den Arm: »All kloar! Schraube frei!« – Und schwimmt mit ein paar kräftigen Zügen zur Strickleiter und klettert an Deck.

Und steht nun wieder – schweratmend und rot wie ein gekoch-

ter Krebs – vor dem Kommandanten und nimmt eine leidlich militärische Haltung an: »Befehl ausgeführt!«
»Danke!« sagt der Alte, und legt vorschriftsmäßig und fest – und sogar etwas länger als notwendig – die Hand an die Mütze. Dann stützt er sie wieder leicht in die Hüfte: »Warum – habe ich Sie neulich bestraft – ?«
»Weil ich – beim Kutteraussetzen ›Dussel!‹ gesagt habe, Herr Kaptän, und weil der Bootsmann sagt, damit könnte ich nur ihn gemeint haben, – denn er hätte das Tau in der Hand gehabt, – genau wie eben – mit der Leine, Herr Kaptän!«
»Gehen Sie runter, und ziehen Sie sich warm an«, sagt der Alte. »Und lassen sich aus der Messe einen steifen Grog bringen! – Über den ›Dussel‹ sprechen wir später noch!«

Stille Wek

»Mudder, ick goh noch mol eben no'n Sommerdiek dol«, sä Willem Bäk un wull sick sinnig ut de Dör dreihn.

»Noan –?« Sien Mudder keek sick üm un keem to Been: »Stopp mol eben, mien Jung! Wat wullt du mit de Rietsticken?«

»Oach – nix, Mudder – nix.«

»Nix? Worüm stickst du jem denn in de Tasch?«

»Oach, dat hebb ick ganz in Gedanken don, Mudder, hebb ick mi goar nix bi dacht.« Willem packt dat Rietstickennasch wedder up 't Kökenschapp un güng no de Dör.

Ober sien Mudder kreeg em bi'n Arm tofot: »Stopp mol eben, Willem! Ick mütt mol mit di snacken. Goh noch mol'n Oogenblick sitten!«

»Wat schall ick denn?«

»Schaß mi mol ankieken! – Ne, ne, komm – mol liek in de Oogen! – Wat is dat vandog för 'n Dag, mien Jung?«

»Vandog is 't Sünndag – Palmarum – Konfermatschoon.«

»Dien Konfermatschoon, jo! Du büst vandog dat erste Mol to Obendmohl wesen, un güstern to Bicht – hest dat al ganz wedder vergeten?«

»Ne, Mudder– wat schull ick dat vergeten hebben? Dat weet ick noch ganz genau.«

»So? Weeß denn ook, wat dat to bedüten hett? – Jo? – Na, wat denn? Kummst 'r ne up, wat? – Mütt di 't woll noch mol wedder seggen: All wat du bit nu her utfreten un uteuft hest, dat is di nu vergeben, un schall vergohn un vergeten wesen – ober« – sien Mudder heul den Finger piel in de Luft – »du müß nu ook anners warden! Müß doar nu jümmer an dinken, wat du den Pasturn un den leeben Gott vandog tosegt hest!«

»Joa, Mudder, dat – dat doo ick jo ook.«

»Deist du ook –? Wu lang'?«

»Wu lang'?« Willem keek van 't Siet un schul no de Klock.
»Oach – jümmer, Mudder – den ganzen Dag.«
»So – den ganzen Dag? – Blooß vandog? Ne, mien Jung, ick will di mol wat seggen, ewig hullt dat bi di jo doch ne vör, ober – wi wöllt uns doch mol 'n Tied setten, jo? Dat paßt jo grode fein nu – morgen fangt de stille Wek an. – Bit annern Sünndag wöllt wi mol seggen, bit Ostern – jo?«
»Oach, Mudder? Worüm denn nu grode bit Sünndag? Lot uns doch bit Sünnobend seggen, bit Sünnobend Nomeddag! – Kiek mol. Mudder, wi hebbt doch Sünnobend jüst uns groot Oosterfüer in de Butenwisch ...«
»Dat Oosterfüer, mien Jung, dat geiht di dütt Joahr goar nix mehr an. Dat lot nu man de annern moken, de Lütten. Hinnik Wulf un de. Du büst nu ut de School, un ...«
»Oach, Hinnik Wulf? De Bangbüx, de! De krigt jo nix up 'n Dutt! Un de paßt jo ook goar ne up! Lett sick jo allns wedder wegnehmen!«
»Dat hett doar goar nix mit to kriegen. Wenn Hinnik Wulf dat ne kann, denn lot dat 'n annern moken. Du bliffst mi doar dütt Joahr twüschenrut! Du büst nu ut de School ...«
»Oach, Mudder? Ick hebb dat nu doch all mit ranholt, all de ooln Dannbäum van Wihnachten, un all dat Busch, un de dree leddigen Tonns un ...«
»Jo dat weet ick woll, weet ick all, du kannst mienwegen ook geern mit hingohn, Sünnobend obend, wenn dat ansteken ward, un kickst 'n beeten mit to, hebb ick ook nix gegen. Ober du schaß doar düsse Wek ganz twüschenrut blieben, wenigstens düsse een stille Wek!«
»Oach, Mudder? Wat is doar denn nu bi?«
»Wat doar bi is? Doar is jümmer 'n barg Striet un Larm bi. Un dat paßt düsse Dog ne för di. – Ick will doar nix van weten! So, nu weeß Bescheed!«
Dat wür jümmer sien Mudder ehr letzt Wort, dat wüß Willem Bäk, doar käm he ne gegen an. Un doarüm wull he doar nu ook man goar nix mehr to seggen. He hol noch mol deep Luft un

nähm sien Mütz van 'n Stoohl: »Ick goh noch mol eben no 'n Sommerdiek dol.«
»Blief man ne so lang' weg! Wenn mitünner noch Beseuk kommen schull? Klock vier drinkt wi Kaffee.«
»Jo – is good.« Willem klutt ut de Dör. Un stünd up 'n Diek, un wüß goar ne recht, wat he nu eegentlich wull. Vel kunn he jo ook doch ne beschicken mit sien'n stieben Krogen un mit de ool lange Büx, dat seet em jo doch jümmer in de Weg. Un mit de Rietsticken harr sien Mudder em jo fotkregen, an's harr he noch gau mol son paar lütte Hümpels Feek ansteken, an'n Sommerdiek. Nu kunn he jo –.
»Willem! – Du Willem!« De lütt Hinnik Wulf keem in 'n Swiensgalopp üm de Eck susen: »Willem, hör mol eben!«
»Na, Hinnik, wat gift 't? Wat is 'r loos?«
»Hest du mi ne segt, wi schulln Peeter Heidtmann sien'n ooln Arfenbusch hebben?« »Jo, Hinnik, wat denn?«
»Hest du mi ne segt, du harrst em sülben frogt?«
»Jo, hebb ick ook. Wat denn – ? Hett he sick nu doch noch wedder besunnen?«
»Oach, wat, besunnen. – Ne, ick bün eben hin wesen un wull den Busch holn, un do segt he to mi: Den hebbt de Jungs van 't Brack sick vanmorgen al wegholt.«
»De Jungs van 't Brack – de Brackjungs?«
»Jo – Paulus Harms un de.«
»De hebbt woll 'n Vogel, wat?« Willem Bäk käm bannig in de Baß: »De sünd jo woll verrückt worden? Wat könt de woll unsen Busch wegholn? – Wenn Peeter Heidtmann to mi segt, den Busch schöt wi hebben?«
»Jä, Peeter Heidtmann hett meent, wi hörn all tohoop.«
»Oach wat! – Bleudsinn! – Wat schulln wi woll mit de Brackjungs tohoophörn! – Hebbt wi jo goar nix mit to kriegen! – Mit de Buttjers!«
»Jä, Willem, un nu hebbt se unsen Busch …«
»Denn goht wi hin un holt em wedder. Komm man her, Hinnik! Wi wet jo, wonem he ligt!«

»Jo, ober – wenn se doar nu jüst sünd – Paulus Harms un Hannes Eitzen un ...?«
»Un wenn se doar all sünd, un wenn se doar mit söben Mann bi stoht! Is mi doch eendoont! Will doch mien'n Arfenbusch wedderhebben! Dree so'n groote Bund, kannst man eben slepen! Häh, dat kunn jem woll so passen! Banditen de! Richtige Räubers sünd dat, un wieder nix!« He gnurr un gnoster sick jümmer duller in de Foahrt.
De lütt Hinnik Wulf käm bald goar ne to Wort, ducker blooß jümmer so blangen em her: »Wöllt wi jem dat denn nu eenfach wedder wegholn, Willem?«
»Kloar, Mann! Wat denn an's? Jeeder 'n Bund up'n Nacken un denn loos!« Willem Bäk keek an sick dol und füng wedder an to quarken: »Kann mi jo blooß argern, wat ick nu jüst mien nee Tüg an hebb. Schiet dat! Klöterkrom!«
»Mokst di so utseehn, wat?«
»Un Klock vier schall ick wedder in'n Hus' wesen. Un Beseuk schall villicht ook noch kommen.«
»Jä, Willem – oder – wöllt wi leeber teuben bit morgen –?«
»Bit morgen –? Ne. – Morgen hebbt se 'r al wedder wat anners bobenup smeeten. Un morgen kann ick ook ne mehr, morgen fangt de stille Wek an, segt mien Mudder, denn dött ick son Krom ne mehr moken. – Ne, wi möt nu gliek hin!«
»Jo, ober – dien witt Hemd un dien Büx?«
»Ick will di wat seggen, Hinnik – weeß wat wi mokt? Ick goh mit di hin, bit no de groot Pöppel ran, doar blief ick stohn un paß up. Un du geihst ran un holst den Busch, un bringst em no de Pöppel - doar packt wi em hin – un denn goh ick no Paulus Harms un segg em Bescheed: »Dat is nu wedder uns Busch!« Un wegholn deist du em morgen! Denn schall sick blooß mol een ünnerstohn un schall den Busch anfoten!«
»Na jä, is good!« sä de lütt Hinnik. »Denn – denn mokt wi dat so.«
Se würn nu al dicht bi de Pöppel un würn al meist no 't Brack un no den grooten Buschhümpel ran.

»Doar! De dree Bund, dat sünd se!« sä Willem Bäk. »Ick kinn jem an de Lien, nem se mit tohoopbunden sünd, dat is van Peeter Heidtmann sien ool Topseilsfall.«
»Denn schall ick jem hier nu herholn? – Noan, is jo ook jüst keeneen to seehn.« Hinnik keek sick noch mol no all de Kanten üm un güng Foot für Foot no'n Hümpel ran.
Ober knapp, dat he dat erste Bund fot harr un wull doarmit afzotteln, do käm Paulus Harms ansusen: »Wat is hier loos, wat? Wat wöllt ji hier?«
»Wat wi hier wüllt?« Willem Bäk stell sick breetbeenig vör em hin: »Wi wöllt unsen Busch wedderholn, den ji uns drullt hebbt!«
»Joon Busch –? Du hest woll 'n lütten up de Luk, wat?«
Un du hest woll lang' keen an de Ohrn kregen, wat? Hest woll lang' keen Näsbleun hatt?«
Paulus Harms dreih sick üm no Hinnik: »Du läß den Busch doar liggen, jo?«
»Un du läß Hinnik Wulf mitfreden!« bölk Willem Bäk. »Un an's krigst dat mit mi to doon!«
»Oach du –! Du meenst woll, wenn du 'n lange Büx anhest, denn bün ick bang' vör di?«
»Paulus Harms, hool dien Mul!«
»Du meenst woll, ick kreep vör di in 't Muslock, du Peijatz?«
Hinnik Wulf wull van een'n up'n annern kieken, ober so gau kunn he goar ne hin- und herkieken, dat wür doar mit mol een Geweuhl van Arms un Been un Füst un Feut, un denn lägen se beid in de Schiet un trümmeln hin un her, un seeten wedder in de Knee un knalln sick welk in de Oogen, un harrn sick vör de Kehl tofot un kneepen sick een den annern de Luft af, – un as Hinnik Wulf al goar ne mehr wüß, wat he moken schull, weglopen oder üm Hölp roopen, – da würn se upmol wedder ümut, de beiden.
Paulus Harms blött as 'n Swien un brüll as 'n Oß un dreih sick üm un leep in 'n Drow no Hus.

Un Willem Bäk keek em no, un steek sien ’n halben Slips in de Tasch, un schüer sick dat Bloot öber de Back, un blaff sien’n lütten Macker an: »Nu stoh hier doch ne rüm un kiek! Nu loop doch gau hin und hol de annern beiden Bunden ook!« Un denn keek he sien Hand’n an, un sien Hemdsmaun un sien schietige Büx, un dach: Nu is ’t jo doch all egol! »Blief man hier, Hinnik! Komm, loop du al mit dat een Bund loos! Ick bring de annern beiden no.«
Un he leep no den Hümpel ran un sleug sick twee Bund Arfenbusch up’n Nacken, up jeeder Schuller een, un hul doarmit af.
»Willem –? Gotts, Jung!« sä sien Mudder. »Üm allns in de Wilt! Wat sühst du ut? Wat hest du mokt?«
»Ich hebb unsen Arfenbusch wedderholt, Mudder, den harrn de Brackjungs uns wegnohmen.«
»Arfenbusch –?« »För uns Oosterfüer, Mudder. Den harr Peeter Heidtmann uns tosegt.«
»Un doar müß du nu vandog gliek hin? Up’n Sünndag nomeddag? Mit dien best Tüg, mit dien Konfermandenbüx? – Willem – hest du dat denn nu al ganz vergeten, dat du vanmorgen to Obendmohl wesen büst?«
»Ne, Mudder, dat hebb ick ne vergeten, – ober – jüst as wi in de Kark wesen sünd, jüst as ick vör ’t Altar stohn hebb – do hebbt de Brackjungs uns den Busch wegholt. Dat is doch –! De verdammte Paulus Harms, de! Wenn ick den Aas noch mol wedder fotkriegen doo . . .!«
»Willem, Willem –?« sä sien Mudder. »Wat hebb ick di erst seggt, van de stille Wek?«
»Van de stille Wek, Mudder? Jä, du hest doch segt, de füng morgen erst an. Un doarüm wull ick dat vandog jo ook noch geern in de Reeg hebben. Nu lot ick em denn ook bit Oostern mitfreden, wenn he mi ne jüst vör ’n Boog kommen deit.« –

*

Wat dat woll blooß för’n »stille Wek« worden is? Sien Mudder is Oostern tweemol no Kark wesen.

Besuch kommt längsseit

Vier Tage und vier Nächte fischten sie mit frischem Südwind und guter Sicht vor der Mündung der Weser und unter den ostfriesischen Inseln. Und hatten fast immer einen guten Fang.

Am fünften Tag, gleich nach Sonnenaufgang, schlief der Wind allmählich ein. Die Segel schlugen in der leichten Dünung hin und her und wurden müde und schlaff und hatten keine Kraft mehr, das schwere Netz zu schleppen. »Schade!« meinte Hannes.

»Wollen einziehen!« sagte Paulus ärgerlich. Wenn er nicht fischen konnte, war nicht gut umgehen mit ihm.

Sie drehten den Baum hoch und zogen die Kurre heran und schütteten den kleinen Stertbeutel aus. Es waren keine fünfzig Pfund im ganzen, und sie konnten nur ein paar Schollen und Seezungen gebrauchen. Der Rest flog wieder über Bord. Hannes hängte das Netz zum Trocknen über den Baum. Klaus spülte das Deck ab. Paulus guckte nach den Segeln und wartete auf Wind.

Sie warteten den ganzen Tag und die ganze Nacht und den nächsten halben Tag. Nichts rührte sich, kein Wind, keine Wolke, keine Welle. Spiegelglatt und blank war die See, und der Ewer lag baumstill; obgleich er alle Segel stehen hatte, kam er nicht von der Stelle.

»Als wenn die ganze Welt tot ist«, meinte Hannes.

»So leer und leblos habe ich mir die Nordsee überhaupt nicht gedacht«, sagte Klaus. »Ich habe immer gemeint, das wäre hier alles voller Segel und wir könnten kaum aneinander vorbeifinden.«

»Du hast eben nicht gewußt, wie groß die See ist, Klaus.«

»Aber zwei Fahrzeuge sind nun doch zu sehen!« Paulus stand

oben auf dem Ankerspill und deutete nach vorn: »Da ganz im Westen muß irgendwo ein Dampfer sein, denn da steht eine schmale Rauchsäule auf der Kimm. Und hier querab an Steuerbord ist ein kleines braunes Segel in Sicht.«
»Ein braunes Segel?«
»Wird wohl auch ein Fischerewer sein.«
Ein braunes Segel. Immer wieder gingen nun ihre Augen nach »querab an Steuerbord« und suchten den winzigen dunklen Punkt und freuten sich, daß er immer deutlicher wurde und immer höher kam.
»Der muß ja wohl näherkommen«, sagte Hannes. »Man sieht ja schon, daß er zwei Masten hat und ein halbes Toppsegel.«
»Dann will ich einen Besen fressen, wenn das nicht Julus Lüdders ist!« meinte Paulus.
»Der zweite Sieger beim Wettsegeln?«
Langsam und stetig, wie von einer unsichtbaren Hand gezogen, kam der Ewer näher. Nach vier Stunden war er schon so weit heran, daß Klaus die Nummer am Steven sehen konnte: »Ich glaube: Hundertundsiebenundvierzig, oder –?«
»Da brauchst du gar nicht erst zu gucken und zu raten«, sagte Hannes. »Julus Lüdders hat H. F. 149. Das weiß am Deich doch jedes Kind.«
»Und daß er es wirklich ist, darauf kannst du Gift nehmen, Klaus. Denn Julus Lüdders ist der einzige, der auch ohne Wind segeln kann.«
Nach einer guten halben Stunde waren sich die beiden Ewer so nahe, wie wohl ein lauter Ruf bei stiller Luft über ein tiefes Wasser trägt.
»Habt ihr die Reise, Julus?« rief Paulus.
»Was sagst du?« kam es zurück.
»Ich sage: habt ihr die Reise? Wollt ihr nach Hause?«
»Ne, ne, Paulus! Wir warten auf Wind.«
»Ja, das kann ich mir denken. Das tun wir auch.«
Immer näher schob sich der fremde Ewer heran. Immer höher

wurden seine Masten. Bald ließ sich ohne lautes Rufen ein nachbarliches Gespräch führen.
»Wollt ihr bei uns längsseit, Julus?«
»Ne, Paulus, das wollten wir eigentlich nicht, aber ihr kommt uns ja immer näher!«
»Wir euch? Wir liegen schon zwei Tage auf einem Fleck still.«
»Ja, Paulus, das tun wir auch. Bei uns steht schon seit gestern morgen keiner mehr am Ruder.«
»Nanu, und doch lauft ihr solche Fahrt? Was hat denn das zu bedeuten? Kommt das von der Strömung? Oder wollen sich die beiden Ewer mal wieder beschnüffeln?«
»Das kann gut sein«, lachte Julus. »Sie sind ja auch beide von einer Werft und sind wie zwei richtige Brüder.« Er ging nach hinten und drückte sein Ruder etwas nach Backbord.
Nun machte auch Hannes ein paar Schritte nach hinten und riß das Ruder nach Steuerbord. Und obgleich die beiden Ewer bei völliger Windstille keine sichtbare Fahrt durch das Wasser liefen, drehten sie doch beide etwas ab und scherten vorsichtig und sicher beieinander längsseit.
»Wie die beiden Brüder Bescheid wissen!« lachte Paulus. »Man könnte einen Geigenkasten als Fender dazwischen halten, – es würde nicht einmal ›knack‹ sagen.«
Nun wurden vorn und hinten ein paar kräftige Leinen festgemacht, in der Mitte wurden zwei dicke weiche Scheuertaue über Bord gehängt, und dann ging das Fragen und Erzählen los.
Die beiden Schiffer, Paulus Wittorf und Julus Lüdders, standen vorne auf dem »Poseidon« und klönten vom Wetter und vom Fang. Die beiden Knechte, Hannes Gröhn und Wilhelm Hustedt, saßen zusammen auf den Luken des »Nordstern« und erzählten sich ihre letzten Erlebnisse am Deich und auf See. Und die beiden Jungen, Klaus Niebers und Martin Mewes, standen hinten bei den Besanswanten und frischten allerlei kleine Geschichten aus der Schulzeit auf; sie waren beide

vier Jahre hindurch zusammen in der großen Klasse gewesen.

»Weißt du noch, Klaus, als wir uns einmal in der Pause den großen Globus aus dem Schrank geholt hatten? Und Peter Behrens wollte mit einem Streichholz das ewige Eis am Nordpol wegschmelzen? Und wir bekamen den halben Globus in Brand? Und verräuchten das ganze Sibirien?«

»Und weißt du noch, Martin, als wir mal in der Rechenstunde allerhand Rätsel aufgeben durften? Und Heini Loop sagte: ›Ich segle mit Nordwind von Lübeck nach Kopenhagen und habe doch den Wind von hinten. Wie kann das angehen?‹ Und wir sagten alle: ›Tünkram! So was gibt es gar nicht!‹ Und der Schulmeister grübelt und fragt immer hin und her und kann es auch nicht rauskriegen. Und zuletzt sagt Heini Loop: ›Das ist doch ganz einfach! Mein Schiff heißt Nordwind, und ich segle mit diesem Nordwind von Lübeck nach Kopenhagen und habe schönen südlichen Wind – von hinten!‹«

»Ja, und dann kam Heinrich Östmann mit der anderen Frage: ›Ich stehe als Kapitän auf einem großen Dampfer und jage mit voller Fahrt aus der Elbe raus. Plötzlich kommt ganz dicker Nebel auf, und ehe ich überhaupt stoppen kann, habe ich schon einen großen vollbeladenen Frachtewer dicht vor dem Bug. Was mache ich nun?‹ – Und wir raten alle hin und her, und jeder sagt etwas anderes: ›Volle Kraft rückwärts!‹ ›Ruder hart Steuerbord!‹ ›Beide Anker in den Grund!‹ Aber Heinrich Östmann schüttelt immer nur den Kopf und grient: ›Nein, nein, – das hilft alles nichts mehr, kommt alles viel zu spät, der Ewer ist schon direkt vor dem Steven.‹ – Und da wird der Schulmeister zuletzt ärgerlich und fragt: ›Und du, Heinrich Östmann? Wenn du nun selbst der Kapitän wärst? Was machst du?‹ Und Heinrich grient und sagt ganz trocken: ›Ich? Ich mache – große Havarie!‹«

»Und weißt du noch, einmal –?« Aber weiter kam Klaus Niebers nicht mehr. Die beiden Schiffer hatten eine kleine graue Wolke im Süden entdeckt und standen nun beide hoch aufge-

richtet vorne im Steven: »Da kommt wieder Wind angelaufen! Eine schöne südliche Brise!«
Hannes Gröhn reckte den Hals: »Wirklich, Paulus?«
»Ja, wirklich, guck doch, wie der dunkle Strich auf dem Wasser schnell näher kommt! Und hör doch, wie die Möwen schreien!«
Es kommt wieder Wind! Im Nu war jeder wieder auf seinem Ewer. Die Leinen wurden gelöst, die Scheuertaue wurden eingezogen, und die Fahrzeuge wurden wieder durch kräftiges Abstoßen von einander getrennt.
»Das war ja ein kurzer Besuch!«
»Ja, das sag man! Aber die Hauptsache ist, daß wir nun bald wieder fischen können. – Fock hoch! – Djüs, Julus!«
»Djüs, Paulus! Guten Fang weiter!«
Und dann kam der Wind, ein frischer, steifer Südwest. Der legte sich schwer in die Segel und gab den beiden Ewern – zu gleicher Zeit und mit gleicher Kraft – eine flotte Fahrt voraus.
»Gut so!« rief Julus und hob die Hand zum Gruß.
»Ja, fein!« antwortete Paulus. »Wie wär's mal wieder mit einer kleinen Wettfahrt? – Wer zuerst beim Norderneyer Feuerschiff ist!«
Aber Julus Lüdders winkte lachend ab und machte »Reeh« und setzte sein Netz aus.
Zehn Minuten etwa ließ Paulus Wittorf seinen »Poseidon« noch laufen, dann ging auch er über Stag.
»Die Fock backstehen lassen, Paulus?«
»Nein, übergehen lassen!«
»Wollen wir denn nicht auch aussetzen?«
»Ne, Hannes, wollen wir nicht. Ich habe mir das eben anders überlegt. Wir haben volle vier Tage und Nächte gut gefischt und gut gefangen. Nun wollen wir auch für unsere Fische einen guten Preis haben, und den können wir am besten kriegen, wenn wir sobald wie möglich, wenn wir schon morgen früh an den Markt kommen.«

»Du meinst, daß wir später –?«
»Ich meine, daß wir heute nacht und morgen eine ziemlich harte Briese haben werden und daß dann übermorgen auf einen Schlag mehr als dreißig Ewer und Kutter am Markt sind und die Preise fallen wie das Wetterglas vor dem Sturm.«
»Und darum –?«
»Und darum sollst du jetzt die Schoten etwas abfieren und sollst an Deck alles festmachen und selbst das Ruder nehmen! Wenn der Wind so bleibt, können wir bei Dunkelwerden beim Weserfeuerschiff sein und können mit Tagwerden vor Bremerhaven stehen.«
»Nach der Weser, Paulus?«
»Ja, nach der Weser, Hannes! Morgen früh in Geestemünde am Markt! Hohe Preise! Hundert Taler blank auf den Tisch! Und dann: drei Stunden schlafen! Eine richtige doppelte Mittagsstunde! Und dann, morgen abend, wenn der harte Wind vorbei ist, dann wieder raus!«

Dat Hart vull Freid

Bickbeerpannkoken

In de School haarn wi jümmer 'n barg Spoß, un ick harr doar ook bannig feine Mackers.
Hannes Reiher – dat wür een van de besten bi uns in de Klass'. Un Hinnik Tiemann - dat wür een van de slechsten. Ober ick much Hinnik Tiemann doch leeber lieden. Hannes Reiher wür mi to klook un to still, he güng bald jümmer för sick alleen und he sammel sick ook jümmer allerhand Blöd un Bloomen, un de pack he sick denn – all so no de Reeh weg – in sien groot Bibel, so up jeeder Siet een Blatt oder een Bloom. Denn wörden de Dinger jo ganz platt un schier. Un denn leet he jem so dreugen. »Pressen« sä Hannes Reiher doarto.
Nu harrn wi bi uns in de Klass' all uns' Bibeln up der Finsterbank liggen, ünnern Disch wür keen Platz genoog, doar lägen jo all uns' annern Beuker un de Griffelkasten. Noa, – un den een'n Nomeddag – wi sünd man ierst eben wedder in de Klass', – do steiht Hannes Reiher – mit sien groot Bibel in beid Handen – vör bi 'n Schoolmester an 't Pult: »Herr Meier, – de Jungs, – een van de Jungs – hett mi – 'n halben Bickbeerpannkoken in de Bibel preßt!«
»'n halben Bickbeerpannkoken–?« segt uns' Schoolmester. »In de Bibel –?«
»Joa, hier – hier is he!« segt Hannes Reiher un klappt sien Bibel utnanner un wiest em dat Dings: So recht in 't Middel van dat föfte Book Moses – doar backt he so twüschen de Blöd, – seut un saftig as man een, – dat Fett is all no jeeder Siet dör son goode fief Kapittel hindör.
Un uns' Schoolmester weet ne, wat he moken schall. Schall he schilln oder schall he lachen? Dat een geiht noch weeniger as

dat anner. Un dorüm langt he ierstmol mit een Hand ünner ’t Pult un krigt den Reetstock her. Un denn kickt he uns all an, as wenn he uns upfreten will: »Wer hat das getan?«

»Dat hebb ick don!« segt Hinnik Tiemann un steiht langsom up.

»Du –?« segt de Schoolmester. »Wie kommst du dazu?«

»To den Pannkooken?« segt Hinnik. »Den hatten wir über!«

»Wieso – über? Was soll das heißen?«

»Jä«, segt Hinnik, »wi hebbt vanmeddag Bickbeerpannkooken eten, – un do is düsse halbe nobleben. Un do hett Mudder segt, den schull ick man ook noch wegdrücken! Un do hebb ick em mit no School nohmen.«

»Und – warum hast du ihn hier bei Hannes Reiher in die Bibel gelegt?«

»Jä, – Hannes Reiher – de sammelt doch all son Krom.«

»Ober doch keen Pannkooken!« segt Hannes Reiher. »Ick preß mi doch Bloomen un Blöd – un sowat all!«

»Jä«, segt Hinnik, »un ick dach, doar hörn de Bickbeern ook mit to!«

Reken

Oach, ne, dat ool dösige Reken! Wonem dat woll herkommen is –? Uns' Schoolmester hett uns mol vertellt: Doar wür freuher mol 'n grooten Ries' wesen, de harr »Adam« heeten, un de harr sick dat all utdacht. Ober ick weet ne, düsse ool Adam de hett sick doch al gliek dat ierste mol – bi den een'n Appel – den he sick mit Eva deelt hett – ganz bannig verrekent.

Uns' Schoolmester, meen ick, kunn dat beter, de kunn doar bannig mit ümspringen – mit de Talln! Dat Tohooptelln – un dat Molnehmen un dat Dördeeln – dat flutsch man all so bi em. – Blooß bi dat scharbe Nodinken, – doar käm he af un an ook mol bi to Blocks.

Eenmol – weet ick noch – do wull he uns dat Tohooptelln bibringn. Un do seggt he to Julus Beehnk: »Julus, paß mol up! Wenn hier nu dree Eier up 'n Disch liggt, dree Stück, – un ick legg doar noch twee Eier bi, – wuvel sünd dat denn?«

»Oach, Unkel Krüger«, seggt Julus. »Du mokst jo man blooß Spoß! – Du kannst jo goarkeen Eier leggen!«

Un eenmol bi 't Molnehmen – freug he Hannis Roopers: »Hannis, wenn een Ei fief Minuten koken mütt, bit dat goar is – wu lang möt denn woll teihn Eier koken?« Un as Hannis doar up rinfalln dä un sä: »Föftig Minuten!« Do lach de Schoolmester em wat ut. Un denn säh he to uns: wi schulln uns mol sülben sowat utdinken un schulln em ook mol wat frogen. – Un do heul Peter Niemann den Finger hooch un sä: »Wenn de groot Woermanndamper »Windhuk« hunnerttwindig Meeter lang is, un dörtig Meeter breet, un geiht söben Meeter deep, – wu oolt is denn de tweete Stüermann an Bord?« Un do lach de Schoolmester, un meen: dat leet sick ne utreken, un dat kunn jo ook nüms weten. – Un do seggt Peter: »Doch, dat lett sick licht utreken: De 2. Stüermann is 42 Joahr, und heet Paul Niemann – un dat is mien Vadder!«

Un denn hullt Klaus Külper den Finger hooch un seggt: »Wenn dat in Cuxhoben Floot is, un dat Woter stigt in een Stünden – fief Foot, – wu hooch stigt dat denn in teihn Stünden?« – Ober doar wull de Schoolmester ne up bieten, – teihn Stünden Floot – in een Tur – dat geef dat ne.

Un denn käm Jochen Lanker mit sien'n Arm toheucht: »Wenn 'n Pund Botter in de Stadt dree Mark köst, – wat krigt de Buer up de Geest denn woll vör 'n grooten Wogen vull Steckreuben?« – Un do lach de Schoolmester wedder un meen, dat leet sick ook ne utreken. »Ober ick weet 't«, seggt Joochen. »Ick hebb dat al 'n poar mol seehn, wat he vör son Wogen vull Reuben krigt! Twee Peerd krigt he doarvör, – an's kummt he jo ne wieder!«

Un denn wüß Hinnik Meier noch wedder wat: »Wenn de een Klock fief Minuten to frooh geiht, un de anner geiht teihn Minuten to lot, – wannihr sleit denn woll de richtige Klock söben?« – Ober dat harr de lütt Willi Mees denn gliek rut un reep: »Genau Klock söben sleit de richtige Klock söben!«

Un denn füng de Schoolmester wedder an, un wull de grooten Jungs dat Deeln un dat Bruchreken bibringen. Un do seggt he to Jonni Rübck: »Jonni, wenn du'n Wust, 'n scheune lange Mettwust – veermol dörsnieden deist, – wu vel Deel hest du denn?« –

»Denn hebb ick fief Deel!« seggt Jonni Rübck.

»Nee, Jonni«, seggt de Schoolmester, »hör doch mol richtig to! Wenn du 'n Mettwurst veermol dörsnieden deist, –?«

»Denn hebb ick fief Stücken!« seggt Jonni. – »Denn – de letzte Tampen is doch ook noch 'n Stück!«

»Jo, wahrhaftig!« seggt de Schoolmester. »Jonni hett recht! – Noa, denn lot de ool Wust! – Denn nehmt wi mol wat anners! – Denn nehmt wi mol – ?«

»'n Pannkooken!« seggt Jonni, – de much he so bannig giern.

»Good«, seggt de Schoolmester. »Dink di mol 'n Pannkooken

– ’n feinen heeten Pannkooken – de ligt doar so vör di up ’n Disch up ’n Tüller. Kannst du di dat dinken?« – »Jo, kann ick mi good dinken«, seggt Jonni un lickt sick al mol üm ’n Boart.

»Noa jä«, seggt de Schoolmester, »un nu paß up! Nu nimmst du ’n groot Mest, un snittst den Pannkooken so verdwaß dör. Wat hest du denn?«

»Denn hebb ick twee halbe Pannkooken«, seggt Jonni, un sluckt al mol leddig dol.

»Fein!« seggt de Schoolmester. »Un nu snittst du de beiden Halben noch mol wedder so verdwaß dör, ganz över ’n Tüller weg. – Wat hest du denn?« –

»Denn hebb ick vier Viddel?« seggt Jonni, – un langt in Gedanken al no de Gobel.

»Good! Jo! – Un nu paß up! Nu snittst du jedes Viddel noch mol dör! – Wat ward denn?« – »Denn«, seggt Jonni, »denn ward dat ober ook bald Tied, dat ick an to eten fangen do, – an’s ward mi jo de ganze Pannkooken koolt!«

mit 'n Kupp: »Ne, so wied hebb ick dat noch ne bröcht« – Un wieder segg ick doar goarnix to.
Ober dinken – dinken doo ick: »Oach, – Ji schulln dat man weten! – Mien'n Wogen harr ick al, as ick noch goarne mol mien eegen Büx harr, – as ick noch goarne mol loopen un kreepen kunn. Do läg ick al Dag för Dag in mien'n eegen Wogen.
Dat wür keen'n »Opel« un keen'n »Merzedes Benz«, – ne, – dat wür man 'n ganz geweuhnlichen »UKW«, – dat wür »uns' Kinner-Wogen«. – He wür bannig hochbeenig, jo. Un he harr ook keen Sprungfeddern un keen Gummi. He harr blooß vier hooge Röd, un twüschen de Röd 'n poar son isern Stangen, un up de Stangen denn son grooten vierkantigen Korf, mit 'n breeden Rand, un mit son hölten Griff – to 'n Anfoten un to 'n Schuben.
Uns' Kinnerwogen. Den harr uns' Mudder – bald no ehr Hochtied – mol so eenerwegens für oolt köfft, un harr em sick – mit 'n beeten Tüll un mit 'n poar gehäkelte Spitzen fein in de Reeh mokt. – Un denn harr uns' Jann doar noher in legen, un harr spaddelt un schreet, un lacht un kreiht, un sloken un slopen – so good as he 't kunn.
Un as uns' Jann sowiet wür, dat he stohn kunn, un kunn al 'n poar Träd achter den Wogen ran tapsen, – do läg uns' Greta doar binnen, un spel mit ehr lütten nokten Feut un mit ehr bunte Klöterbüß, – un dreih sick van een Siet up de anner.
Un as Greta man eben ierst ut den Wogen rut wür un liehr sick – dicht achter 't Heck ünner den hoogen Griff – dat Loopen, –

da läg uns' Heiner al wedder in 'n Wogen, – un mok för dusend Doler Larm, wenn he ne to rechten Tied sien Futter kriegen dä, oder wenn em dat Küssen ünnern Puckel ne dreug genoog wür.

Un as uns' Heiner sowiet wür, dat he een Been vör 't anner setten kunn, ohne ümtokippen, – do läg uns' Jakob al wedder in 'n Wogen, un luer, dat em mol een schuben oder schütteln schull, – oder leet em mol ober 'n Rand kieken, wat doar denn eegentlich all loos wür – in de Wilt.

Jä, – un as uns' Jakob sien Foahrtied vull harr un kunn al sülben utstiegen un den Wogen schuben, – do pack uns' Mudder mi doar rin, un sä: »So, nu ligg man scheun still, – un hol man jümmer ganz deep Luft! Un wenn du Hunger hest, oder wenn du mol – wat anners beschicken wullt, – denn segg mi man Bescheed! Un wenn de richtigen Wört noch ne finden kannst, denn brukst ook blooß to roopen oder to stöhnen, – denn hört dat jo woll een van uns!«

Een ganz Joahr – un woll ook noch 'n poar Weken mihr – wohn ick in mien'n eegen Wogen, – leet mi van morgens bit obends hin- und herschuben, un stünd nachts – up vier hooge Röd – bi uns in de Slopkommer, bi Mudder vör 'n Bitt. – Denn steeg ick so bilütten ook ut, – un ducker nu sülben achter mien'n Wogen ran.

Ober nu läg doar noch nüms wedder binnen, keen Bru'er un ook keen Süster, – blooß 'n poar oole Küssen un allerhand Spelkrom packen se mi doar jümmer rin, – un wenn ick doar wat van hebben wull, denn müß ick den ganzen Wogen ümkippen, an's kunn ick doar ne ran.

Un so scheuf ick nu den ganzen Sommer mit den Wogen up 'n Diek hin un her, – un keek jümmer no de grooten Vogels – mit de langen Been un mit de langen Snobel. – Ober wenn Jakob jem roopen dä, un sä, se schulln uns doch noch 'n lütten Bru'er bringen, denn sä Mudder: »Joa, nu wes man still! Nu lot jem man tofreden! Anner Lüd wöllt jo ook wat hebben!« Twee Joahr bleef uns' Kinnerwogen noch jümmer dicht bi Hus, un stünd jeede Nacht up de Del, un wür fein in de Reeh. – Dat drütte Joahr scheuf Mudder em achtern Hus in 't Schuer, un puhl den Tüll un de Spitzen doar hindol, un nähm de Küssen mit in de Kök up de Bank.

Nu käm uns' feine »UKW« blooß noch jeeden Freedag an de Luft. Denn schreef Mudder uns allns up 'n Zettel, wat wi holn schulln. Un denn müssen wir all fief – mit den Wogen langs 'n Diek, un müssen inkäupen – allns, wat wi so för de ganze Wek bruken dän.

Ick harr dat jeedesmol bannig hild – mit düsse groote Utfoahrt langs den Diek. Ober uns' Jann much dat al goarne mihr. De güng al jümmer twindig Träd vörut oder föftig Träd achteran, – as wenn he doar goarne mit tohörn dä. – Dat vierte Joahr bleeben ook al Greta un Heiner oberstüer, un Jakob un ick müssen alleen schuben. – Un dat föfte Joahr harr Jakob ook keen Lust mihr, un ick harr mien'n Wogen nu – langs 'n Diek – ganz för mi. De anner hölpen mi blooß bi 't Inkäupen un bi 't Utpacken. Schuben müß ick den Krom alleen. Un ick wür doar ook bannig stulz up.

Ober do dat anner – dat sößte Joahr – as ick nu ook bald no School hin schull, – do markt ick dat mitmol ook: Dat de Lüd an 'n Diek jümmer all so kieken un so koomisch lachen dän, wenn ick mit mien'n grooten hoogen Kinnerwogen ankäm. – Un as ick dat denn mol to mien Brü'er seggen dä, do würn de sick ook gliek eenig: De Wogen mütt weg!

»Dat beste is: Tweihaun!« segt Jakob.

»Mol ut Verseehn in 'n Groben susen loten!« segt Heiner.

»Eenfach utnanner schruben!« segt Jann. »Un denn den Korf to Oostern mit in 't Füer steken, – un dat Isen an 'n Plünnkirl verkäupen!«

Ick wull doar nix mit to don hebben. Ick much dat för Mudder ne doon. Ober de anner dree gäben dat Dibbern jo ne up: »In 't Füer steken!« »Tweihaun!« »Vull Steen packen, un denn in 'n Groben!« – Hein will al gliek loos un will Steen seuken. Jakob will dat Biel holn. Jann kickt no de Schruben.

Do kummt uns' Mudder ut de Dör un kickt uns an: »Jungs, wat mokt Ji? Wat wöllt Ji beschicken?«
»Oach nix!« »Wi kiekt uns dat all mol an!« »Wi spelt blooß 'n beeten!«
»Geft dat Speln mit den Wogen nu up!« segt Mudder. »Fegt em scheun af, un mokt de Röd 'n beeten rein, un denn schuft em wedder up de Del – achter de Husdör!«
»Worüm dat denn Mudder?« »Nu gliek –?«
»Jo, – ick – ick will doar düsse Dog bi, un will em wedder in de Reeh moken.«
Nu käm uns' »UKW« wedder up de Del, un kreeg wedder Tüll un Spitzen, – un de Korf wörd düstergrau anmolt, un de Röd swatt anlackt.
»Wat dat nu woll wedder to bedüden hett –?« segt Jakob. »Den schall gewiß een van uns to Wihnachen hebben –?«
»Ick nehm em ober ne!« segt Heiner.
Greta un Jann sän doar nu nix mihr to, – de keeken sick an un grienen – as wenn se wunner wat wüssen.
Jä, – un as de Winder wedder neuger käm – vierteihn Dog vör Wihnachen, – do kreegen wi mitmol – uns lütte feine Süster Katrien. Un do käm de doar so van boben rin – in den grooten »UKW« – in unsen feinen ooln Kinnerwogen.
Un denn müß ick den annern Sommer doch wedder mit em langs 'n Diek schuben. Ober nu dä ick dat ook giern, denn nu harr ick doar jo vel wat beteres binnen, as all de ooln Tüten un Bütels un Buddels.

Piepenlock

»Dat verstoh ick jo ne, Willem, – büst an's noch son schiern Kirl, feine Klüer un allns, – ober wenn du den Mund open deist, – mit dien ool Lock doar vör, – worüm lettst du di doar keen Tähn wedder insetten? – Süht doch ne scheun ut so?«
»Ne«, segt Willem Wulf, »scheun utseehn deit 't ne, dat weet ick woll, dat hebbt mi ook al mehr Lüd segt. Ober ick hebbt dat ool Lock doar nu al 'n goode föftig Joahr sitten, – nu lot 't man so. Kummt mi jo ook up een Oart wedder good topaß: Kann 'k de Piep so fein mit hooln. De klemmt sick doar jüst so eben twüschen.
Müß doar nu ne jümmer hinkieken! – Dat hebb ick freuher ook al jümmer segt, as ick de Tähn doar noch harr. »Kiekt mi doch in de Oogen!« hebb ick so mannigmol segt. Ober doar hör jo keeneen no hin. All keeken so no mien 'n grooten Hauer. Un jümmer wedder an 't Snacken un an 't Frogen: »Jung, wat hest du doar för 'n allmächtige Tähn? De is jo 'n ganz Stück länger as de annern. – Kannst doar denn goarnix geegen doon? – De waßt di jo ganz in de anner Lipp rin. – Jä, Junge, dat is nix ton lachen, du – in Oolland is ook mol 'n Deern wesen, de hett dat jüst so hatt: De Tähn is jümmer grötter worden un is ehr so öbern Mund weg gohn, – de Deern is toletz verhungert, regelrecht verhungert.« – »Müß 'r mol fix up bieten«, sä de een, »villicht dat se denn noch 'n Stück wieder ringeiht in 't Gobels. Süht jo meist ut, as wenn se doar ne recht mit twüschen kunnt hett.«
Ick much 't toletz al goarne mehr hörn, much mi kum noch seehn loten. Jeeden Morgen keek ick in 't Spiegel, un – wür jo villicht blooß Inbildung, ober ick weet ne, dat Beest käm mi würklich jümmer grötter vör, stünd al son halbe Miel öber de annern weg.

Do wörd ick 'r toletz doch bang bi. Do nähm ick mol 'n groot Stück Holt verdwars in 'n Mund un beet 'r de Tähn so fast rin, dat mi de Tronen över de Backen leepen – hölp nix. De groot Hauer bleef so as he wür. He ripp un reug sick ne.
Ick versöcht 't noch mol mit 'n Steen, mit son lütten runden Filsen, – de fleug mi verdwars in 't Mul, un ick beet mi up de Tungen. Kunn den ganzen Dag ne eulich snacken.
Annern Morgen nähm ick mol 'n groot Stück Isen, – un beet mi rein de Hängen toschanden. Dat gnoster mi bit achter de Ohrn. –
»Bieten nützt nix«, segt Joochen Mees. – Mien lütten Mackers stünden jümmer beid bi mi rüm un wulln mi hilpen. – »Dat Bieten nützt nix. Schulln wi ehr ne rinkloppen können? Mit son Homer, doar sitt jo vel mehr Kraft achter. Lot uns dat doch mol verseuken.«
Un Joochen Mees löppt no Hus un holt 'n Homer. Sien Vadder wür Timmermann, harr jo allns bi de Hand. Un denn besnackt wi uns dat noch all, un denn geiht 't jo loos. Ick mütt mi erstmol platt an Deck in 't Gras leggen. Hein Fink sett sick up mien'n Buk un hullt mi de Arms. Un Joochen Mees sett sick achter mien Schullern. Un hullt mi mit de een Hand de Oogen dicht, in de anner Hand hett he den Homer: »Hest doch keen Angst?«
»Ne«, segg ick. »Angst hebb ick ne. Hau man mol sinnig up, ober ne gliek so dull.« Un ick mok dat Mul jo sparrwiet open un krall de Finger in 't Gras.
He kloppt erst 'n poarmol so ganz sudje, man eben to feuhln.
»Dat nützt noch nix«, segg ick, »'n beeten duller kannst noch gern.«
»Na jä«, segt he, »wenn du dat meenst, wenn du dat uthooln kannst, –« un sett sick noch mol eulich pall, un – »Stopp mol eben!« will ick noch seggen, – do haut he ook al to, un haut mi mit den grotten Homer up de Lipp, dat ick dink, ick biet mi sülben de Näs af. Ick: mit een'n Ruck de Arms loos, un de Been free, un knall Joochen Mees een'n in de Klüsen, dat he dreemol

koppheister flügt. Un denn ick jo as son dull Deert hindol no de Elf, un gliek de ganze Snut to Woter.
Dree Dog kunn ick ne lachen un ne fleiten. Dree Dog leep ick mit so 'n Flapp rüm, – kunnst bang vör warden. Denn so bilütten wörd de Lipp wedder dünner. – Ober de groot Tähn seet noch jüst so as vörher.
Un de Lüd würn ook noch jümmer an 't Tühnen: »Mi düch meist, se is noch wedder 'n Stück wieder rut kommen. – Doar hest du noch wat mit, – schaß man seehn!«
Mit Joochen Mees harr 'k mi vertürnt. Ne üm den ooln dwatschen Slag, – ne, he harr dat noheer allerwegens vertellt, doarüm. Ick wür nu jümmer blooß noch bi Hein Fink.
Wi heuln uns ganz alleen. Wi würn ook beid liek oolt, güngen beid dat drütte Joahr no School.
Un een'n Dag seeten wi ook wedder bi jem up'n Böhn to klütern. Hein harr Geburtstag hatt un harr mol ganz wat Nees kregen, son Dings harr an 's noch keeneen. Wür son Griff mit 'n grooten isern Bögel un mit son ganz dünne Sog in. »Laubsäge« sä Hein Fink doarto, un he kunn doar al fix mit rümhantieren, – allns wat he fotkriegen dä, dat sog he kott un kleen.
Un – mag de Dübel weten, wu he doar up kommen is, – mitmol steiht Hein vör mi: »Ah, – nu weet ick noch wat! Dien groot Tähn! De sog ick di af. Komm man her, dat is 'n Oogenblick Sok. Un weehdoon kann 't jo ne, is jo blooß 'n Knoken.«
Wi snackt noch hin un her. Un schöbelt de Dör to, dat uns keeneen beluern kann. Un denn goht wi 'r jo up dol. »Ober ne tovel wegsnieden!« segg ick noch. »Ah wat, joone!« segt Hein. »Blooß dat lütt Stück, wat öber de annern wegsteiht.«
Ick sett mi up 'n Schemel un legg den Kopp öberstüer up 'n Disch. Un Hein fangt an to sogen. »Deit 't weeh?«
»Ne wat!« segg ick. »Dat rummelt blooß 'n beeten. Wu wied büst al?«
»Bün gliek up 't halbe«, segt Hein. »Hool man still!« Un fangt wedder an to fiedeln, – dat keddelt mi bit in 'n grooten Teuhn. Ober mit mol ritt mi dat dör 'n Kopp, – so ganz no boben rup,

as wenn mi een mit 'n Mest dör de Backen stickt. Ick fleeg hooch un hau em sien ool »Laubsäge« ut de Hand, un sus denn jo man jümmer so van een Eck in de anner, – son Weehdog!
Un Hein Fink steiht doar ganz bedibbert rüm un segt: »Is doch man blooß – kann 'k mi doarne dinken.«
Jä, dinken kunn ick mi dat ook ne, ober ick kunn 't feuhln. Acht Dog hebb ick de Engels in 'n Himmel singen hört. Den negten Dag güng mien Mudder mit mi no 'n Putzbütel. Un de hol sich 'n groote Tang' un breuk mi dat Aas rut. – Weg wür 't! Un nu hebb ick doar dat ool Look. Un all de Lüd kiekt mi an: »Wo kummst doar bi?« –
Kannst jo verrückt bi warden! Wenn mi nu noch wedder een fragt, denn segg ick: »Extro moken loten. Blooß för mien Piep!«

Musik

Eenmol, up'n Sünndagnomeddag, stünd de lütt Jann Wulf in de Döns vör't Spiegel un smeet sick in Patiß.
Dat Witthemd harr he noch rutbummeln, de plättde Bost stünd piel vörrut – kunst up freuhstücken. De Dragbanden hüngen em in de Kneekehl, un de blanke Konfermandenbüx smeet dree groote Fooln up de swatten Turnschooh.
Un Jann reet sick af un sweet un schafuder: He kunn den ooln Krogen ne fastkriegen, dat wür jo all' so stief as Blick. Jeedesmol, wenn he meen, he harr em rup up den Knoop, denn güng de Knoop wedder öberstüer un drück em in de Göddel. Mol wür he em ook al utneiht, de Knoop, wür binnen dör rüscht un ut't Büxenbeen weder rutkommen, un Jann harr em ne wedderfinden kunnt, – he müß jo allns feuhln, kunn jo ne vördol kieken vör den ooln Gipsverband. Toletz harr he em achter 't Speenapp rutgrabbelt, un denn wür he 'r gliek wedder up dol gohn.
Ober dat wull un wull ne glücken. Poarmol harr he em dör, ganz dör, ober jümmer wenn he em ümknipsen wull, denn wür he wedder weg. Kunnst verrückt bi warden!
Un em brenn de Sted ünner de Feut. Jeeden Sünndag würn se up See wesen, sogoar Pingsten, un nu, – nu harr he würklich mol'n Sünndag fotkregen un wull mol recht up'n Käs hauen, – nu güng 't em so, nu kunn he ne kloar wardn. Snarrkrom dat!
»Mudder! – Mudder, komm doch mol rin un help mi mol! Dreemol sünd mi de Arms al slapp an 'n Liev dolfalln, ick bün al ganz benaut!«
»Meine Güte noch mol to!« sä Greeten un schüer sick de Handn in 'n Ploten af, – se harr jüst de Swien fuddert. »Mol seehn, wat ligt doar denn an?«

Greeten wüß Rot, de Muddersen wet jümmer Rot, alltohoopen. Greeten mussel sick 'n Bleesticken ut de groot Vörbinnertasch un boahr de Kneuplöcker in'n Krogen wied un rund. Un mitmol kreeg se Jann vör de Kehl tofoten, un as he de Oogen in 'n Kopp verdreihn dä un wull jüst üm Hölp roopen, – do seet he, de Krogen. Un Jann seet ook, – un japp no Luft.

»Junge, Junge«, sä he, »doar harr 'k bald bi wegbleben! – Is dat nu so kloar, Mudder? Sitt dat ook all' eulich fast, dat ick doar ne wedder mit stranden doo as Oostern?«

Greeten bünd em al den Slips üm: »Ne, sitt all' good fast, ober du hest den Krogen al ganz swatt grabbelt, kannst all' teihn Finger an seehn.«

»Oach, dat mokt nix, – wenn he man sitt, dat ick doar keen Hoveree mit hebb. Kann de Knoop achter ook ne hoochklappen?«

»Ne, Junge, kann he ne. Den hullt de Slips doch dol!«

»Non, dat schall mi mol verlangen!« Un Jann teug de Büx hooch bit ünner de Arms, un denn teug he de West an un de Jack, un sett sien'n neen'n Stroohoot up, un feuhl no, wat he sien Knipptasch ook harr, un denn reepen sien lütten Mackers ook jüst up 'n Diek.

»Non, ick goh denn loos, Mudder!«

»Sup di man ne duhn un komm man ne so lot no Hus!«

»Man keen Angst!«

*

Junge, wat sneuft 'r heer bi Willi Harms! Wat'n Leben, wat'n Lachen, wat'n Juchen! Dree Reegen Deerns den ganzen Sol langs, meist all' in Witt. Un soveel Junggäst, – bald all' de Dischen besett, un vör de Schenk stünd 't ook noch brekenvoll. De meisten harrn al de Jack ut un harrn bi 't Danzen den Hoot ganz in 'n Nacken, – an's wür 't ook rein to warm. Blooß van 't Tokieken wör 'n jo al sweeten.

De lütt Jann Wulf un sien beiden Knuten harrn noch 'n feinen Platz kregen, dicht vör 't Manchester, kunn 'n den ganzen

Krom öberkieken. Un doar seeten se nu, un snacken van de Fischeree un van de Foahrt un van de Schooltied un van de lütten Deerns, de mit jem ut de School kommen würn, Oostern.

Dree Glas Beer harrn se al ut, jeder dree, rein utdrunken. Nu schull dat Danzen loosgohn. Korl Joonas wür al tweemol rümknokt un harr nu ook al de Jack rafreten. He sä, dat Danzen güng nu am besten, kunnst nu noch fein afsetten, de Sol wür noch ne so glatt, un falln kunnst ook so licht ne, sä he, – doar wür't vel to vollhandig to.

»Denn will ick ook bald mol loosblöschen!« sä Hinnik Lanker. »Steut mi mol an, wenn 't 'n Runden is.«

»Tjä, dat weet ick ook ne«, anter Korl. »Ick richt mi doarno, wenn die groot Paulus Fock losgeiht, de danzt blooß Runde.«

Se keeken nu jümmer no Paulus Fock. De stünd mit sien Seidel vör de Schenk, ook in Hemdsmaun un schul jümmer so van de half no de Muskanten, – he harr sick dat besnackt mit den Zigarrendreiher, – de heul jeedesmol dat Blosdings hooch, wenn'n Runden kommen dä.

Nu käm wedder een. Un Paulus Fock drück sien'n grooten Negenmarkshoot fast up 'n Achterkopp un dümpel rin in dat Geweuhl. Un Korl Joonas un Hinnik Lanker moken 't jüst so, ohn sick lang' to besinnen, eenfach doartwüschen.

Hinnik harr de groot Lene Mees fotkregen, un de swunk em rüm un sus' mit em in de Ecken rin, dat he goarkeen Been an Grund kreeg. Un Korl Joonas harr sick de lütt Trine Feldmann holt, de kunn 't ober ook noch ne eulich. – Se jumpen jümmer een geegen 'n annern up, as son poar junge Hohns. Ober vörwarts kämen se doch, un Spoß mok dat ook.

Jeedesmol wenn se rüm würn, un se kämen wedder bi Jann Wulf vorbi, denn reepen se: »Höh! So geiht he good!« Un in'n halben Danz, as de Putzbüdel sammeln dä, kämen se all' veer bi em an: »Jann, goh doch ook mol los! Wat geiht dat fein!«

»Ick kann dat man ne«, sä Jann, »un ick bün ook bang', wat ick 't ne doon mag!«
Do keek de lütt Trine Feldmann em an un lach: »Hol mi man, Jann, – ick will di 't woll bibringen.« Un kreeg 'n ganz rooden Kopp dorbi.
Do harr Jann ook keen Gedüer mehr.
Fief, söß Dänz teuf he noch un keek sick dat an, wu se all' de Feut setten dän un wat se sick anfoten. Un as do Paulus Fock mol weder loos güng, un Hinnik un Korl ook, do keek Jann no de Deernssiet röber un söcht Trine Feldmann, un fünd ehr ook, – se nickköpp un lach em to. Do sett he sien'n Stroohoot fast up 'n Kopp un stüer recht up ehr loos.
He käm ook röber no de anner Siet, ober he wür ganz verdwars wegdreben, – doar güng 'n barg Stroom, un gegenan kunn he ne. Dä ook ne neudig, – Trine harr em al seehn un harr sick mit 'n Stroom drieben loten un stünd nu mitmol vör em.
Jann wull noch gau 'n lütten Diener moken, ober do danzen al wedder welk gegen em an, un he müß sick gliek an Trine fasthooln. Un nu kämen se ook in de gangen, de beiden.
Junge, wat snurr dat rüm! Dat güng jümmer umschichtig: denn stünd Jann still un swung Trine rüm, un denn stünd Trine still und swung Jann rüm. Un wu swunk se em rüm! He kunn goarne so gau de Been mitkriegen. Hoh! Wat güngt 'r langs!
Poarmol harr he al wat ünner 'n Foot hatt, ober dat harr sich jümmer van sülbst wedder ünnerrut reten. Un em harrn se ook al fix bufft un up de Teuhn pett, ober dat mok nix. Hauptsok wür, dat he ne falln dä. Oach wat! Man goarne an denken, man jümmer rüm! Wu wied se eegendlich würn, dat wüß he sülbst ne, Jann, – dat dreiht sick jo all in'n Küsel rüm, leep all döreenanner. Blooß wenn em de Muskanten ganz hatt in de Ohrn tuten dän, denn dach he: »Nu bün 'k wedder bi 't Manchester!«
Tolezt kunn he ne mehr. »Lot uns mol 'n Oogenblick loopen, Trine, – ick ward so düselig.«
Ober dat Loopen güng erst recht ne. He wür rein seekrank,

kunn sick goarne up de Been hooln. Un upmol knok de groot Hannis Bohd em in 'n Puckel, dat he meist in de Knee sack, de lütt Jann, eben dat he Trine noch bi'n Arm tofoten kreeg. Sien Stroohoot käm in de Grabbel, un eehr he em bargen kunn in dat Geweuhl, harr de lange Hinnik Rüsch, de jümmer so scheun mit »Trapp-trapp-trapp« de Ecken woahrnähm, em al in 'n Dutt pett. Nu wür 't keen Stroohoot mehr, up de een Siet wür 't 'n Harmooniko un up de anner wür 't 'n Pannkooken. Man een Glück, dat jüst de Musik all wür, dat de Krom erstmol to'n stoppen käm, an's harr Jann noch ganz to Malör kommen.

Nu stünden se doar, de beiden lütten Gäst. Jann harr den Hoot in de Hand un wull em noch wedder trechtbeugen, ober dat güng ne, de Rand wür afbroken.

»Hebb em güstern obend erst holt«, sä he sinnig, »hett twölf Groschen köst, un Paul Horstmann hett segt, den kunn ick teihn Joahr drägen.« Un de Tronen stünden em in de Oogen.

»Ach, is jo ook rein wat do doll!« sä Trine. »De scheune Hoot!« Un se much ook goarne lachen. Ober as se Jann mol wedder ankeek, do füng se doch an to gucheln, do kunn se ne anners: »Ochott, Junge, dien Krogen geiht jo ook ganz loos!«

»Mien Krogen?« He feuhl no de Kehl, – jo, de Slipp seet ganz up de Stüerbordsiet, un de Vodermörder hok em ünner de Ohrn, – de Knoop wür utreten achter.

»Hebb ick dat ne gliek segt? Dat oole Klöterkrom!« Un rumps reet he dat ganze Gedrief vörweg, dat de vörste Krogenknoop bit no de Schenk fleug un stopp allns in de Jackentasch.

Do stünd de Putzbütel vör em: »Na, Jann, sweets ook al?« Un he heul de Hand up: »Halben Groschen! Hest doch ook danzt?« Un as de lütt Jann sien letzten Reismark ut de Knipptasch söcht harr un harr em den hinlangt, do keek de Putzbütel em van de Siet an: »Wullt abbonnieren? Stimmt so!«

»Bün doch ne verrückt!« Jann wörd eulich grandessig: »Gef mi man negen un halben Groschen wedder!« Un to Trine Feld-

mann sä he sinnig: »Ick hebb keen Lust mehr to de Huppseree, ick will no Hus, – mi löppt doch allns verdwars.« Un he leet ehr stohn un steek sien'n tweien Hoot ünner de Jack un güng ut de Dör. –
Un de Danz wür doch man eerst half toendn, un dat wür doch so scheun up Musik!

Tweeuntwindig Penn

Dat geiht bi mi jümmer son beeten up un dol – mit dat Verdeenen. Dat een Joahr kann ick mi för luder Geld ne bargen, un dat anner Joar hebb ick keen'n Groschen to Lus'salw.

Dat heuchste, wat ick mol in een Joahr verdeent hebb, dat sünd achteihn Billionen un söbenhunnertunfiefachtzig Milliarden wesen. Dat wür 1923, as 'n half Pund Botter toletz föftig Milljarden Mark kösten dä.

Un dat weenigste, wat ick mol in een Joahr – in een ganz Joahr – kregen hebb, dat sünd tweeuntwintig Penn wesen. Twee Groschen un twee Penn, – un doar hebb ick ook noch bannig för sweeten müßt. Dat wür van 'n 1. Juli 1908 bit ton 30. Juni 1909 – bi de Kaiserliche Marine in Kiel.

Ick harr jüst mien Stüermannsexomen mokt, un bruk doarüm bloß een Joahr to deenen. Un wi Eenjährigen kreegen ook – as all de annern Mariners – jeeden Dag 22 Penn »Löhnung«. Ober de wörden uns ne utbetohlt, – de wörden bi uns as Kleedergeld mit verrekent. Denn käm dat grode so hin: Wenn dat Joahr rüm wür, denn harrn wi jüst uns' Tüg un Stebeln wedder afverdeent un trückbetohlt, un kunnen dat as uns' eegen mit no Hus nehmen. Un dat wür jo 'n feine Sok für uns, denn harrn wi doch gliek wat ober 'n Liew, wenn wi wedder ünner Seils wulln.

Nu weet ick sülben ne, wat dat kommen is, un werkeen sick doar verseehn oder verkeken hett: As ick mit mien Rekrutentied an Land kloar wür, un schull nu as »Hilfssignalgast« up de Panzerkrüzer »Prinz Adalbert«, un stünd al mit Sack un Pack up 'n Kasernenhoff, – do müß ick noch eben mol wedder no de »Schriefstuw« kommen – un do kreeg ick doar – geegen Quittung – för düssen een'n Dag – 22 Penn utbetohlt, – twee inkelte Groschens un twee inkelte Penns.

Mann, wat hebb ick för Oogen mokt! Un wat hebb ick mi freit!

– Dat wür nö söben Mond Stüermannsschool un no söben Weken Utbildung – wür dat endlich wedder »dat ierste sülbstverdeente Gild«.
»Aber nicht gleich alles verjubeln!« segt uns' Spieß.
»Nein, Herr Feldwebel, das kommt sofort auf die hohe Kante!« Un denn ick jo rut, un an Bord. Un pack dat Gild ook gliek fein in mien Spind. Un doar ligt dat vier Weken.
Un denn krieg ick endlich ook mol »Garnisonsurlaub«, un wi goht mit fief Mann hooch an Land, – un goht gliek no de ierste Wustbood ran, un haut de ganzen 22 Penn up 'n Kupp: Jeder krigt twee Knachwüst un 'n halben Rundstück mit Botter. – Ick komm mit mien 22 Penn jo lang ne ut, ober – den Rest betohlt jeeder ut sien eegen Tasch.
Un denn buttjert wi noch 'n paar Stünden so wat rüm, un bekiekt uns Kiel van all de Kanten, un sünd bannig fein toweg. Un snackt noch jümmer van de 22 Penn: Wat wi för 'n fein Leben hebben kunnen, wenn wi de jeeden Dag kriegen dän –!
Noa, un denn foahrt wi wedder an Bord, un spelt wedder Mariner. Negen Mond mütt ick noch deenen. Denn hebb ick mien Joahr rüm, un seil mit »Parole Heimat« un mit twee lange Mützenbanden wedder no Hus.
Un krieg vierteihn Dog loter 'n grooten Breef van 't »Reichsmarineamt in Berlin«. – Ick dink: Wat is denn nu loos? Schall ick noch mol wedder een Joahr deenen –?
Ne, schall ick ne. Ober – ick hebb den 27. August 1908 in de tweete Kompanie van de Matroosendivision in Kiel – ut Verseehn 22 Penn utbetohlt kreegen, – un de schall ick nu »umgehend und sofort, spätestens binnen zehn Tagen« wedder trückschicken, an die »Hauptrechnungsstelle im Reichsmarineamt in Berlin«.
Gotts, Knep un Pannkooken! Wat nu? Mien vier Mackers, de mien Knackwüst mit vermeubelt hebbt, sünd al all vier wedder up groote Foahrt. Un nu – sitt ick ganz elleen vör den Rest, un weet jo ook goarne, wat ick dat moken schall: 22 Penn no Berlin hin schicken –?

Man good, wat mien lütt Mudder noch leben deit. Mudder weet Rot – as jümmer. Mudder neiht mi gau son lütten platten Bütel ut stief Linnen, un denn stekt wi doar de twee Groschen un de beiden Penns rin, un stekt den Bütel in 'n Breefumslag, un schrieft doar de groote lange Adreß up – un denn mütt ick den Breef gliek no de Post langs bringen un mütt doar 'n poar Freemarken up backen un mütt em in 'n Kasten steken.
»Wenn uns' Kaiser goarkeen Gild mihr in 'n Hus hett«, segt Mudder, »dat kann jo gewiß ne gohn!«
Ober uns' Breef mütt woll doch eben to lot kommen wesen, – den annern Dag stünd bi uns in't Blatt: De Kaiser harr sien Sommerreis' no Norwegen afsegt, – he wull dütt Joahr doch leeber in Berlin blieben.
»Deit mi jo leed«, segt Mudder, »ober – denn harr he jo man ook 'n lütt beeten ihrer schrieben kunnt!«

Ne so vel frogen!

»Oach, wat schall ick doar vel van vertelln?« segt Hinnik Sietas. »Dat is jo eegentlich goarkeen Geschichte, – dat is jo man blooß son beeten ›hin und her snacken‹ wesen – buten up See.« – Un denn sett he sien Piep wedder in de Brand, un verkloart uns dat mol eben:

»Dat is nu jo al 'n Joahrer twindig her. Ick foahr as Stüermann up Käppen Köser sien'n ›Herold‹, son lütten Slüsenkreeper mit Motor, – dreehunnert un föftig Tunnen.

Dat wür in 'n Sommer un wür fein Wedder. Wi würn up de Reis' van Gotenburg no Hamborg. – Eben no 'n Meddag – wi harrn de Südspitz van Langeland al 'n ganz Stück achter uns – gift Käppen Köser mi de Wach un segt: »Wi möt man jümmer so Südwest to 'n Süden wieder stüern, – bit wi dat Kieler Füerschipp in Sicht kriegt.« »Südwest ton Süden, up dat Kieler Füerschipp loos! – Un denn –?« segg ick. »Wenn ick dat Füerschipp in Sicht hebb –? Schall ick denn Bescheed seggen? Oder schall ick gliek so bit Holtenau dör –?«

»Sietas, Se schöt ne so vel frogen!« segt de Ool, un kickt mi so richtig gnatzig van de Siet an: »Hebb ick al söbenmol segt! Se schöt sülben dinken! Un schöt Ehr Oogen beter bruken! – Een Stüermann, de so vel frogen deit as Se, dat ward manlef keen'n richtigen Kaptein!«

Süh, dink ick, dat hett he di mol wedder good geben. – Ober denn kann ick mien'n Jipp jo ook ne hooln: »Un wenn ick ne frogen doo, Käppen Köser, – un doar geiht wat verkiehrt –?«

»Denn hebbt Se natürlich de Schuld!« segt de Ool. »Dat is doch mol kloar. – Bi 'n gooden Stüermann dött eben nix verkiehrt gohn! – Wenn een sien fief Swien up 'n Dutt hett, un kickt mit beide Oogen togliek, – wat schull doar denn woll ook passieren?«

Un doarmit dreiht de Ool sick ook al üm un will van de Brück hindol ünner Deck.
Ober nu schütt mi mitmol wat dör 'n Kupp, wat ick al lang mol vörbringen wull. »Käppen Köser –?« segg ick. »Hebbt Se woll noch 'n poar Minuten Tied?«
He kickt sick kotthannig üm: »Wat denn nu noch? – Al wedder mol wat frogen?«
»Ne, Käppen Köser«, segg ick, »blooß noch mol eben wat seggen, oder wat – ansnieden.« –
»Wat ansnieden? Bi mi?«
»Jo, – de anner Reis', wenn wi van Rotterdam wedder trück sünd, un schöt van Lübeck ut no Finnland rup, – denn much ick woll ook giern mol – Beseuk mitnehmen.«
»Beseuk mitnehmen –?« De Ool kickt mi an, as wenn he mi vandog dat ierste mol süht: »Hier an Bord? Beseuk mitnehmen? Wat denn? 'n Hund? Oder 'n Katt? – Oder 'n Papagei?«
»Ne«, segg ick, »ick harr dacht – 'n Minschen, – 'n richtigen Minschen, – 'n groote feine Diern sogoar!«
»'n groote feine Diern?« De Ool mokt Oogen as son Kattuhl in 'n Düstern: »Hier up mien Foahrtüg? Un denn mit no See, un mit no Finnland rup?«
»Harr ick mi so dacht, jo.« Un ick kiek em son beeten swienplietsch an: »Se hebbt jo vörigen Sommer ook mol so een mit hatt, –!« Ober nu kummt mien Ool in de Baß: »Ick hebb ook so een mit hatt? Wat fallt Se in, Sietas? Sünd Se verrückt worden? Oder hebbt Se Rotten up 'n Böhm? – Se wet doch ganz good, dat dat mien eegen Diern wesen is! Oder hebbt Se dat villicht ne markt – un ook ne gläuft?«
»Doch, Käppen Köser, – dat hebb ick gläuft, – dat hebbt Se mi jo ook sülben segt. Ober – ick bün nu doch ook al achtuntwindig, – un foahr al fief Joahr as Stüermann, – un hebb al twee Joahr mien Schipperpatent, –!«
»Doarmit sünd Se ober noch lang keen Kaptein – up Ehr eegen Schipp!«

»Ne, Käppen Köser, – dat weet ick woll. Ober ick dach – weenigstens in düsse Sok: Wat den een'n recht is –!«
»Dat is för den annern noch lang ne billig!« segt de Ool. »Oder wöllt Se mi vertelln, dat Se ook blooß Ehr eegen Diern mit no See nehmen muchen –?«
Ick segg: »Jo, dat much ick, – mien eegen Diern, un wieder nüms.« De Ool schüttelt mit 'n Kupp un krigt dat Grienen: »Oach, Se Kiekindewilt! – Loten Se sick doch nix utlachen! Se hebbt jo noch ne mol 'n Froo!«
»Ne«, segg ick, »noch ne, ober – dat kann se denn noher jo villicht ook noch mol warden.«
Un nu markt de Ool jo woll Müs: »Oach so«, segt he, »dat schall – villicht – noheer noch mol – Ehr Froo warden? Un nu wulln Se hier an Bord al mol – so vörweg un so to Proow – son lütte Hochtiedsreis' mit ehr moken?«
»'n Hochtiedsries'«, segg ick, »brukt dat jo ne gliek to wesen. – Villicht blooß mol son lütte Ferienreis' –?«
»Ferienreis'?« segt de Ool. »Wat meent Se dat? Wöllt Se denn Urlaub nehmen, – un wöllt blooß so – as Passaschier mitfoahrn? – Mit duppelte Hüer villicht, un allns an Bord free –?«
»Ne, Käppen Köser, dat harr ick ne dacht. Ick wull giern as Stüermann an Bord blieben, un wull mien'n Deenst ook so wieder moken, – doar schull gewiß nix an fehlen.«
De Ool steiht un slackert mit de Ohrn: »Se hebbt jo koomische Grappen, Sietas?! Wat kummt Se doar blooß up, sick sowat uttodinken? – Wonem schull de Diern denn woll slopen – hier an Bord?«
»Slopen –?« segg ick. »Oach, ich dach, doar – nem Ehr Beseuk vörigen Sommer ook sloopen hett.«
Un nu is de Ool jo ganz un goar verbost: »Wat –? Bi mi in de Kajüt? Bi mi up 'n Soofo? – Seggen Se mol, Sietas, – sünd Se krank? Oder sind Se ne recht bi Groschen?«
Ick segg: »Doar hebb ick noch nix markt, Käppen Köser.«
He stellt sich breetbeenig hin und sett beid Handen in de Siet:

»Se meen'n – Se muchen, dat Ehr groot Diern – dat Ehr Brut – bi mi in de Kajüt slopen dä –?«
»Jo«, segg ick, »ick harr doar wieder nix geegen. Un för mien groot Diern wür dat doch woll beter, – an's kunn dat noheer doch licht – Snackeree geben.«
»Dübel un Dreekant!« segt de Ool. »Sietas –? Bedinkt Se dat denn goarne, dat ick ook ierst tweeunföftig Joahr bün?«
»Doch, – jo, dat weet ick woll. Un mien groot Diern weet dat ook. Ober dat is doch –«
»De weet dat ook –?«
»Jo, Käppen Köser.« Un nu krieg ick dat Grienen: »De weet dat noch beter as ick.«
»Noch beter as Se –? Kinnt Ehr Brut mi denn?«
»Jo, –« segg ick, »son beeten woll. Doch, jo.«
De Ool ward kribbelig: »Wonem heer? Ut Kiel? Ut Bremen? Ut Hamborg?«
Ick segg: »Joa, – woll allerwegens heer, – al 'n ganze Tied.«
»Un wonem un wannihr – hebbt Se ehr kinnen liehrt?«
»Oach«, segg ick, »ick harr ehr an Land un bihus ook al 'n poarmol seehn, – ober am besten hebb ick ehr kinnen liehrt – vörigen Sommer, – hier an Bord, – as se mit uns no Finnland rup wür.« Un nu blift den Ooln jo woll rein de Luft weg: »Wat –? Mien – mien eegen – uns' Diern – uns' Gertrud –? Dat is – dat schull Ehr – Ehr Brut wesen –?«
»Dat schull se ne blooß, Käppen Köser, – da is se ook al. Dat heet, wenn Se nix doargeegen hebbt –?!«
De Ool is noch jümmer ganz bestött: »Un dat – dat seggt Se mi eenfach so – so pall an 'n Kupp? Medden in de Foahrt, un buten up See?«
Ick segg: »Jä, Käppen Köser, dat is mi – eegentlich hebb ick dat ne wullt, – eegentlich wull ick dat ierst seggen, wenn wi wedder mol bihus sünd, – un denn wull ick ook richtig frogen, so as sick dat gehört. – Ober Se hebbt mi nu vandog al 'n poarmol segt, ick schall ne so vel frogen, – ick schall sülben dinken! – Un do hebb ick eben dacht: Nu is 't Tied! Nu segst

em dat, – dat sien – dat mien – dat uns' groot Gertrud düssen Sommer ook wedder so bannig giern – mit uns no Finnland rup will.«

De Ool fot sick mit 'n Finger in 'n Krogen: »So –? Se will –? Uns' Gertrud –? Un nu –? Nu schall ick doar man eenfach gliek so ›jo un Amen‹ to seggen –?«

Ick schüttel mit 'n Kupp un grien: »Ne, Käppen Köser, – Se brukt nu noch goarnix to seggen. Ober – wenn Se wedder no Hus kommt, denn frogen Se man Ehr groot Diern – un ook Ehr Froo, – un denn –«

»Wat –?« De Ool schüert sich mit de Hand öber de Näs. »Mien Froo weet dat ook al –?«

»Un denn, Käppen Köser, – denn ward de beiden woll seggen: »Vadder, – du müß ne so vel frogen! Müß sülben dinken! Un müß dien Oogen beter bruken!«

»Sietas –?!« segt de Ool. Ober denn dreiht he sick kotthannig üm, un mokt, dat he ünner Deck kummt.

Un nu mol de drütte Schuf!

– Dreemol söben is –

Doar is al wedder een son Ümslag. Un wat steiht doar up? »1908. – Vadder hett sien'n grooten feinen Eeber – mit all den Krom an Bord – för dusend Mark – an 'n Plünnkirl verköfft, – verkäupen müßt, – un is nu as Arbeitsmann, as Schutenschipper, bi 'n Hambörger Stoot anfungen. – Mudder hett sick – so ünner de Hand un för oolt – 'n Neihmaschien köfft un sitt nu jümmer de halben Nachen un neiht Ploten un Büscherümp – för son lütten Tügloden bi uns an 'n Diek. – Jann is as »Buchhalter« bi de »Pakeetfoahrt« in Hamborg, hett vel to schrieben un to reken, un hett doch noch Tied för allerhand annern Krom. He hett af un an mol lütte feine hoochdütsche un plattdütsche Geschichten in 't Blatt hatt, un hett nu ook al 'n poar scheune Beuker kloarmokt. Ober he schrift dat all ünner den Nom »Gorch Fock«, – he is woll bang', dat de Lüd em an's wat utlacht. – Greta hett 'n lütten Jungen, 'n lütten Heiner kregen, – de mütt nu ober ook al bald no School. – Jakob hett sien Marinetied achter sick un is nu as Barkassenschipper bi 'n Hambörger Tull anfungen. – Katrin is dat ierste Joahr ut de School, un deent as Lüttdiern bi 'n Buern.

Un ick –? Ick bün twee Joahr as »Mot« bi 'n Lüttfischer wesen, un fief Joahr as »Jung« un as Knecht bi mien'n Vadder up'n Eeber. Un denn bün ick söben Mond in Altno up School wesen un hebb Stüermannsexomen mokt.«

Dat steiht all up den grooten geln Ümslag. Un nu kummt dat Bild:

Wi sünd mit fief Mann hooch – dree van Finkwarder un twee ut de Stadt – sünd wi mit de Bohn no Kiel hin foahrn. Hebbt all fief uns' Stüermannspatent in de Tasch, un wöt uns nu – as

Eenjährig-Freewillig – bi de »K. M.«, bi de Kaiserliche Marine melln.
In de Isenbohn, un eben to Foot an 'n Hoben langs, hebbt wi all noch 'n groot Wurt an 'n Kupp hatt: »Hödihö! Nu is 't sowied! Nu ward wi blaue Jungs! – Mit blanke Kneup, un mit nokte Bost! – Ho, – wat schöt de grooten Dierns kieken!«
Ober nu kommt wi bi de Korl-Strot üm de Eck, un doar is nu mitmol dat groote isern Schütt, un dat lütt Schillerhus, mit den Posten doarvör. – Un doar achter ligt de groot kohle Platz. Un up den Platz steiht de ool graue Kasern, – fief son groote Gebels mit hunnert Finstern, un all de Finstern ohne Bloomenpütt un ohne Gadienen. Dat is grode in 'n besten Sommer, un is 'n ganz heeten Dag, – is jüst in de Meddagstünden, so bi halbig een rüm.
Un wi stoht noch son beeten an de Siet in 'n Schatten un kiekt. Un mitmol segt Hermann Rulf: »Oh – doar? Wat sünd dat doar för welk? – Wat mokt de doar? Wat schall dat?«
Un nu seeht wi dat ook: Dree Mariners – in witte Büx un witte Blus, mit 'n swatten Ledderreemen üm 'n Liew un mit 'n Geweehr in de Hand, – smiet sick all dree togliek – platt in den heeten swatten Stoff up den grooten Platz, – un holt eenmol Luft, un stoht wedder up, – un smiet sick wedder dol, – jümmer so in eene Tur wieder, – un kommt uns bi jeedesmal upstohn een'n halben Schritt neuger. – Un een anner Mariner – in blau Tüg, un dat Käsmest an de Siet – geiht so langsam Foot för Foot blangen jem her un segt blooß jümmer: »Hinlegen! – Auf! – Hinlegen! – Auf! Hinlegen! Auf!«
»Oah Mann –?!« seggt wi all fief. »Kinners, ne?!« »Sowat ober ook?!« »Junge, Junge!« »Un doar schöt wi nu rin? – Un schöt dat ook mitmoken? – Een ganz Joahr? Freewillig?«
»Bün doch ne verrückt?!« segt Korl Silk, – un dreiht sick kotthannig üm, un geiht weg. Un Odje Matthießen mokt dat jüst so. Un wi dree Finkwarders slarrpt achter jem ran, wedder trück in de Stadt, un wedder dol no 'n Hoben. Un doar gliek in de ierste beste Wirtschaft rin.

»So, nun man ierstmol de Jack ut! Un Slips un Krogen af!«
»Mann, ick sweet mi doot, alleen al van 't Luft holn!«
Un denn: »Wat to drinken her!« Un denn: »Wat wöt wi nu moken? Wat meenst du?«
»Doar wedder hin –? Up keen'n Boog!« segt Odje Matthießen. »Ick kann noch twee Joahr Utstand kriegen, un ick hebb jüst son lütte feine Schangs up 'n Kieker, – as vierte Stüermann up de »Irmgard Bolten«, – ick goh wedder no See!«
»Ick ook!« segt Korl Silk. »Un wenn ick ook wedder as Matroos loos schall, – is mi all egol! – Teihnmol leeber buten up See Farw waschen, – as hier an Land up 'n Buk dör de Slacken kreepen!«
Ick schul van 't Siet no mien beiden Finkwarders: »Un wi, Hermann un Hinnik? Wat mokt wi?«
»Jä«, segt Hermann Rulf, »nu eenfach gliek wedder no Hus hinfoahrn, – dat mag ick ne so giern. As Stüermann ward dat för 't ierst woll doch nix mit mi. Un Vadder un Mudder up de Tasch liggen –?«
»Ne, dat mag ick ook ne«, segt Hinnik Tiedemann. – »Un as Matroos up 'n Smeukeeber –?«
Ick segg: »Uns' een Joahr afdeenen – möt wi jo doch mol. Un – so vel länger as wi doarmit teuft, so vel surer ward uns dat –!«
»Lot uns man gliek noch mol wedder hingohn!« »Jo, man loos! Je ihr doar ran, je ihr doarvan!« – »Noa jä, mienwegen!«
Un doar ward wi uns denn ook bi eenig, – ober ne mit Korl un Odje: Twee Mann goht no 'n Bohnhoff un foahrt wedder no Hamborg, – und dree Mann goht wedder no de Kasern.
De Posten vör dat lütt Schillerhus kickt uns groot an: »Hallooh! Dree Finkwarder Jungs! – Wat seukt Ji denn in Kiel?«
»Mann –? Joochen Biehrns –? Joochen –? – Wat beschickst du hier?«
»Ick –?« segt Joochen. »Oach, ick stoh hier blooß 'n beeten, un paß up, dat uns nüms de Kasern wegholt, un dat de Kieler Dierns uns keen' Mariner klaut!«
Oach, un nu geiht dat Frogen un Wunnern jo loos. Un denn

vertellt wi em, dat wi vör 'n goode Stünden al mol hier wesen sünd, un hebbt de dree Mariners hier rümkreepen seehn, un hebbt dat »Hinlegen! Auf!« hört, un hebbt dat mit de Angst kregen un sünd wedder weggohn.
Joochen Biehrns schüttelt mit 'n Kupp un grient: »Oach wat –! Dat is all ne so slimm as dat utsüht. De dree hebbt blooß mol wedder een Stünden Strofexerzieren hatt, – de könt jo dat Mul ne hooln, wenn jem een mol 'n beeten anblaffen deit!«
»Denn meenst du, wi könt giern –?«
»Wenn ji joon Tied bi de Marine doch afdeenen oder afrieten wöt, denn kommt man getroost rin. Bi uns gift dat good wat to futtern, un gift ook jeeden Dag allerhand Spoß!« un doarmit drückt Joochen Biehrns ook al up den lütten witten Knoop an 't Schütt. – Un denn kummt doar ook al son stebigen Obermatroos – mit 'n geln Winkel up 'n Arm – van de Kasern heer, un holt uns rin, un bringt uns no 'n Feldwebel.
Un denn –? Denn seggt wi meist goarnix mihr, – seggt blooß mol »jo« un »ne«, – un dinkt jümmer an dat Strofexerzieren un – hoolt uns' Mul.

*

Dree Dog loter stoht wi mit twindig Mann blangen de Kasern vör son groote blanke isern Stangen. De stickt twüschen twee starke Pöhls in dat drüttböbelste Lock, un ligt noch 'n Handbreet heuger, as ick so in 'n Stohn mit de Hand recken kann.
Uns' Ünneroffizier, uns' Bootsmot, steiht an 'n Pohl un grient. Wi schöt em nu mol wat vörturnen, – jeeder van uns schall mol wiesen, wat he kann, – dat he – as Korporol – so ungefihr weet, wu stief oder wu leifig un smiedig wi noch sünd.
Noa, un nu geiht dat denn jo loos. – Uns' rechte Flügelsmann Hennigmeier is de ierste. De jumpt gliek mit 'n Tofoahrt an de Stangen ran, slunkert 'n poarmol mit de Been hin un her, un – bumms! – hett he de een Knee ober de Stangen weg, – un hampelt sick nu so bilütten hooch, un kickt. Un swunkt dat Been wedder trück, un jumpt wedder in 'n Sand.

»Junge, Junge!« dink ick. »De kann 't ober! De is woll lange Joahren in 'n Zirkus wesen!«
»Für den Anfang gar nicht schlecht!« segt uns' Bootsmot. »Der nächste!«
De tweete is Hermann Rulf. De tüht sick langsom mit beid Arms hooch, bit he – meist – mit de Näs' an de Stangen stött. Un denn hangt he doar 'n Oogenblick un wackelt hin un her, un lett sick wedder dolfalln.
»Noa jä«, segt uns' Korporal. »Dat beeten, wat doar noch an fehlt, – dat kriegt wi denn woll ook noch togangen. – Der nächste!«
Un nu kummt Hinnik Tiedemann. Un de hett Glück. De kriegt gliek bi 'n iersten Swung – kriegt he sien beiden grooten Teuhn – so van vörn her – up de Stangen rup, – un lett de een Hand loos, – un kann sick mit de anner ne mihr hooln, – un trümmelt so van 't Siet van boben in 'n Sand, un haut mit beid Hacken geegen den Pohl, dat 't man so knallt.
»Meine Herren –?!« segt de Bootsmot blooß. »Der nächste!«
Un nu kummt Hein Schoof. Hein hett sick al dreemol Utstand nohmen un hett al twee Joahr as Stüermann un een Joahr as Kaptein foahrn. Un hett sick ook al son richtigen lütten Börgermeisterbuk tolegt. An den »Reck« kann Hein ne ranrecken, sien Arms un Been sünd to kott. Un hochjumpen kann he ierstrecht ne. Mit dree Mann möt wi em hoochböhrn, dat he de Stangen fotkriegen deit. Un nu hangt uns' goode Hein Schoof doar – as son Schinken in de Rookkommer, as 'n Sack vull Mehl ünnern Balken.
»Also los!« segt uns' Bootsmot. »Zeigen Sie mal was Sie können!«
Hein verdreiht de Oogen in 'n Kupp, un pust as 'n fett Swien, ober wieder mokt he ook nix.
»Irgend eine kleine Übung!« segt uns' Korporol. »Aufschwung, oder Kniewelle, oder ein paar Klemmzüge – oder was am besten geht!«
Wat am besten geiht, – jä, dat is man, – Hein will jo giern, ober

bi Hein geiht eben goarnix. He kann sick jo man kum noch hooln. Hunnertuntachentig Pund lebend Gewicht, un denn noch de swoarn Stebeln doarbi, – un wenn denn noch son twindig Mann bi di rümstoht un grient –?
»Na, nu los doch!« segt uns' Bootsmot wedder. »Sie wollen doch nicht einfach so hängen bleiben? – Können Sie denn überhaupt nichts bewegen?«
»Den Kopf!« segt Hein. Un dat kummt doar so drang' rut, as wenn dat nu würklich mit em up 'n Rest geiht. Ober he dreiht den Kupp doch son lütt beeten hin un her, un schult mit beid Oogen no nerden: »Und die Füße!«
»De Feut –?« dinkt wi all. – Jo, woahrhaftig, – Hein hett sien Feut – een bi 'n annern – langsiet hatt, un nu klappt he de beiden Teuhnspitzen utnanner, un wedder tohoop, – un noch mol wedder utnanner, un tohoop. Un denn lett he de blanke Stangen boben sick loos, un fallt as son Klumpen Unglück in 'n Sand, un kippt no achtern üm.
Wi möt em mit dree Mann hoochhilpen un up de Been stelln, dat he man wedder heel un ohne Hoberee an sien'n Platz kommen deit.
Un nu stoht wi all un lacht. Un uns' Bootsmot kleit sick achter de Uhrn un schüttelt mit 'n Kupp: »Und aus dieser Horde – ich meine: Aus diesem vorzüglichen Menschenmaterial – soll ich nun in sechs Wochen eine erstklassige Korporalschaft machen –? Mein Schöpfer steh mir bei! – Das wird ja noch manchen Tropfen Schweiß kosten!«
Un he will jüst seggen: »Der nächste!« Un dat wür ick denn wesen. Ober nu kickt he sick um, un süht, dat uns' Feldwebel kommen deit. Un nu reckt uns' Bootsmot sick mitmol up un brüllt uns an: »In Linie zu zwei Gliedern – der Größe nach – antreten!«
Un nu –? Nu hebbt wi goarnix mihr to lachen. Nu möt wi wedder – as de Wind – hin un her flitzen, un – möt' uns' Mul hooln, – denn wi sünd Rekruten.

Mien Mudder meen

Mien Mudder – kunn mi, as ick groot wür, glatt ünner 'n Arm dörloopen. Ick gläuf, se wür de lüttste Froo van ganz Finkwarder. Un se käm ut Oolland, up de anner Siet van de Lünbörger Elw, so liekober van Blanknes. Doar ligt dat Land jo ook all ganz deep un ganz platt achtern Diek. Vör stoht all de Appelun Plummen- un Kasbeerbäum, un achterto ligt dat Moor. Un in dütt Moor wür mien Großvadder Dagleuhner bi 'n Buern wesen. Un Mudder harr as Kind ook al jümmer vel mit hilpen müßt – bi 'n Buern – Kantüffeln planten un Kantüffeln upseuken.

Denn wür Mudder ut de School kommen, un wür as Lüttdiern bi 'n Buern bleben, un harr denn ook wieder Kantüffeln plant un Kantüffeln upsöcht. Un denn wür se no Finkwarder kommen, ook wedder as Lüttdiern bi'n Buern. Appelun Beerbäum geef 't noch ne vel in Finkwarder, – jä, denn harr Mudder in Finkwarder ook wedder Kantüffeln plant un Kantüffeln upsöcht. Un se wür goarne ut Finkwarder un ut Oolland rut kommen. Un as se son goode sößtig Joahr oolt wür, do wür mien jüngste Süster – in 'n Sommer in de Ferien – mol no Süddütschland wesen, harr doar in de Bargens rümkrabbelt, un bröcht nu allerhand feine Biller mit – van de Alpen.

Un nu seeten wi all bi uns' lütt Mudder an 'n Disch, un mien Süster wies Mudder de Biller: »Mudder, – kiek mol dütt hier! Dat is so van boben knippst, – kiek mol, – jümmer so up un dol, een Barg achter den annern! – Un kiek mol hier, Mudder, – wat dat doar steil dol geiht! – Un kiek mol düssen grooten Barg hier, – mit Ies un Snee up, sogoar in 'n Sommer!« Un uns' Mudder kickt jümmer van een Bild up 't anner un ward ganz still, schüttelt blooß jümmer mit 'n Kupp, un segt toletz: »Dat

weet ick ne –! Dat weet ick ne! Lot se dat doar denn all so liggen?«
»So liggen –?« segt mien Süster. »Wat meenst du dat, Mudder?«
»Oach, –!« segt Mudder. »Dat könt se doch mal all 'n *beeten plattschüffeln* – un plant doar Kantüffeln –?«
Un ick gläuf, – wenn wi uns' Mudder domols 'n Schüffel in de Hand geben harrn, – uns' Mudder harr dat kloarkregen, – harr de Alpen plattschüffelt un harr Kantüffeln plant.

*

Un in 'n Mai 1933 schull in Hamborg bi – Bloohm un Voß – dat Segelschoolschipp »Gorch Fock« van 'n Stopel loopen. Un doar müß uns' lütt Mudder – as de Mudder van Gorch Fock – jo ook mit hin.
Un doar wür jo so vel to kieken, – so vel Flaggen, un so veel Uniformen – van de Partei un van de Marine un van 't Militär. Un all de grooten hoogen Kirls wulln Mudder de Hand geben. Un uns' Mudder stünd doar twüschen un wür rein unglücklich, wüß al goar ne mihr, wonem se hinschull – mit ehr Finger.
Un den annern Dag kummt een'n son grooten Admirol – in Zivil – no Finkwarder, will sick Gorch Fock sien lütt Fischerinsel mol ankieken, un will Mudder ook mol eben de Hand geben, – he is doar güstern bi den Stopelloop goar ne recht rankommen. He hett nu son lütten grauen Regenrock an, hett son lütten griesen Hoot up, kummt bi Mudder an de Dör, nimmt sien'n Hoot af un segt: »Verzeihung, gnädige Frau, – ich wollte nicht weiter stören, – ich möchte nur mal eben fragen –?«
»Joa, – –« segt Mudder. »Oogenblick! – Stopp man eben! – Oogenblick –!« Mudder geiht sinnig no de Komood ran, tüht de böbelste Schuw open, krigt ehr lütt Knipptasch ut de Eck, – un gift em 'n halben Groschen.
Un nu steiht de groot Admirol doar mit sien'n halben Gro-

schen un segt: »Verzeihung, Frau Kinau, – das ist wohl ein Irrtum –? Ich gehöre zur Marine, – ich bin Admiral!«
Ober Mudder lett sick ne so licht rümsnacken: »Jä, – wat du büst, – dat is mi egol, – mihr as 'n halben Groschen kann ick ne geben. – Hier kommt düß Tied so vel anloopen.«

*

Uns' Mudder wür eegentlich man weenig krank wesen, ober as se son goode söbenunachentig Joahr wür, do harr se doch mol 'n bannigen Host un Snöf, un kunn goar ne recht wedder togangen kommen.
Un do segt mien jüngste Süster, de wohnt bi ehr, de segt: »So, Mudder, – nu is mi dat ober eendoont, – nu mok ick di 'n richtigen heeten stieben Grog, un den drinkst du ut un geihst up 'n Bett un sweetst, – un morgen frooh büst wedder gesund!«
»Ne, Diern«, segt Mudder. »Goh mi jo mit den ooln Grog weg! Hebb mien ganz Leben ne sowat drunken, – un nu schull ick mi up 'n letzten Oogenblick noch mien Seligkeit doar mit verdarben –?«
»Dien Seligkeit verdarben –?« segt mien Süster. »Wat is dat denn nu wedder för 'n Snack?«
»Jä, Diern«, segt Mudder. »Wat meenst, wenn dat denn vannacht doch mit mi to Enden geiht –? Denn komm ick boben bi Petrus an, un frog em, wat ick rin dött – in 'n Heben, – un denn kann Petrus dat gliek rüken, dat ick Grog drunken hebb, – un denn knallt he mi de Dör vör de Näs to un segt: För Süpers hebbt wi hier keen Platz!«
Un Mudder hett keen'n Grog drunken, un is ook so noch wedder beter worden.

As Vogelwart no Trischen

»Ick wüß jo van nix«, segt Hannes Uken. »Ick läg mit mien lütten Krabbenkutter in 'n Hoben, in Friechskoog. Un dat wür morgens Klock negen, un wi wulln jüst de Tauen loossmieten un wulln rut.

Ick stoh achter an Deck, un mien Jung steiht vör bi 'n Puller. Do kommt doar noch son Kirl anloopen – mit twee groote Kuffers, un mit 'n Rucksack up 'n Puckel, un fragt mi – up Hoochdütsch – wat ick em woll mol eben mit rutnehmen kann – no de Insel Trischen.

Ick segg: »No Trischen? No Buschsand? Wat wullt du denn doar?«

»Wat ick doar will –?« segt he. »Doar bün ick insett – as Vogelwart. Doar schall ick den ganzen Sommer blieben un schall uppassen, dat de Meeben un Dükers – un allns, wat Feddern un Flünken hett – ne upjogt un ook ne stört ward!« Ich segg: »Dat is mi jo ganz wat Nees. Ich meen: Trischen is 'n free'e Insel, söben Seemieln vör de Küst, – ohne Minschen un ohne Hüs' un ohne Bäum. Un doar hett nüms wat verlorn. Un doar hett ook nüms wat ober to seggen – as blooß uns' Herrgott un de Störm – un de See!«

»Un de Regierung in Sleswig!« segt he. »Hier sünd mien Papiern, – un hier is mien Vullmacht, – un hier steiht dat Swatt up Witt – un mit Stempel un allns: Trischen is van nu af an – Vogelschutzgebiet! Unbefugtes Betreten ist strengstens verboten!«

Ick segg: »Nu ward 't Dag! – Un all dat Strandgoot, wat doar jümmer andrieben deit –? Un wat wi söbentig Fischerslüd ut Friechskoog – uns doar no jeeder hoogen Floot – un no jeeden Störm hindolholt –?«

»Dat hört van nu af an ook – blooß de Regierung in Sleswig!«

segt de Kirl. Un denn kloppt he noch mol mit de Hand up sien Papiern un segt: »Doar gift dat wieder goarnix üm to strieden, – doar gift dat för mi blooß noch mol wedder to frogen: »Wöllt Se mi mitnehmen oder ne?«

»Noa jä«, segg ick. »Mienwegen – komm mit! Ober – ganz up eegen Risiko! Wenn wat passieren deit – ünnerwegens, ick hebb keen Schuld! – Un hier up mien 'n Kutter kann ick di ook ne mitnehmen. Du müß di ganz alleen in unsen lütten Kohn setten, un wi fiert di wied achterto!«

»Worüm dat denn –?« segt de Kirl.

»Worüm –?« segg ick. »Gläufst du, ick will mi üm dien halben mit uns' Regierung in Sleswig vertörn? Ne du! – Doar liggt un drieft noch so vel Minen rüm, buten in 'n Priel. Wenn wi mit unsen Kutter up son Dings rupjogt, denn is dat doch woll rieklich genoog, wenn ick un mien Jung alleen in de Luft fleegen doot. – Doar will ick di ne mit twüschen hebben. – Du kannst denn jo man eben dat Sleptau afsnieden, un – schipperst alleen wedder an Land un no Hus!« Un nu krigt de Kirl dat jo woll doch son beeten mit de Angst. He segt nu goarnix mihr, he steiht blooß noch un kickt. – Mien Jung holt gau unsen lütten Kohn langssiet, – un denn sett wi den Kirl mit all sien'n Krom doar rin, – un fiert em son goode twindig Fohm achterto. Un denn töfft wi loos, – ierst so mit halbe Kraft ut den langen Vörhoben rut, un denn jo stick in de Wind – un mit vulle Foahrt – geegen den Nordwest an.

Un hebbt buten in 'n deepen Priel – bi schiere Bries un halbe Ebb – ook son richtigen scheunen kabbeligen Seegang van vörn. De lütt Kohn achterto jumpt un stukt as unklook. In teihn Minuten is de Kirl al klöternatt, un süht ut as Kalk an de Wand. Poarmol hett he woll ook al wat roopen un gröhlt, ober wi könt jo – in de Foahrt – wieder nix hörn as unsen Motor. Un ick mütt jo ook jümmer scharp vörut kieken – no de Minen.

Mien Jung steiht an de Reling un grint. Ick segg: »Julus, lot dien Lachen no! Dat is hier 'n wichtige Sok – för uns all! Dat geiht hier üm unsen besten Strand!«

No 'n goode Stünden sünd wi an de ierste faste Eck van Trischen. Un stoppt den Motor af un holt den Kohn langssiet. De Kirl sitt as son Klumpen Unglück twüschen sien beiden Kuffers, un is natt as 'n Katt, un bebert as nix Goodes. Ick segg: »Hier is Trischen! Büst du kloar to 'n Utstiegen?« »Jo, – dat woll, ober –«
Ick segg: »Denn kann mien Jung di eben ranschippern. – Hest du 'n Rewolber mit? Oder 'n goode Flint? – Oder 'n scharpen Sobel?«
He schüttel blooß jümmer mit 'n Kupp un wischt sick ober 'n Mund.
Ick segg: »Hest du goarnix mit? Keen scharp Geschirr, un keen Stück Dings? – Jä, Mann, wat wullt du di denn weehrn, wenn all de grooten Fischerlüd van Büsum kommt, un wöt sick hier dat Strandgoot wegholn? – De sünd mit hunnertuntachentig Mann!«
He kickt ganz biesterig in de Luft: »Van Büsum kommt ook noch welk? Oh, du Minschenkinners –?!« Un nu krigt he rein dat Sluken: »Doot Ji mi 'n Gefalln –? Nehmt Ji mi noch mol wedder mit trück – no Friechskoog? – Ick hebb doar noch wat – ick mütt doch noch mol wedder no Sleswig – mit mien Papiern, – ick gläuf, doar stimmt wat ne, –«
Ick segg: »Denn blief man ierstmol – hier up de Eck – up den hoogen Sand sitten, – kannst den Kohn solang bi di behooln. In vier Stünden kommt wi van t' Fischen trück, un denn holt wi di af un bringt di wedder no Friechskoog!«
Un dat hebbt wi denn ook don. Un he is – in 'n Hoben – mokt, dat he wegkommen is. Un hett sick hier ook manlef ne wedder seehn loten.

Acht Joahr van Hus

Wihnachenobend in 't Seemannsheim in Bremen. Doar sitt son goode vierdig Seelüd – van teihn verschiedene Schep – rund üm son grooten Disch, singt af un an mol 'n lütt Leed, un freit sick – to den feinen Dannboom mit all de Lichen, un to de fief grooten Dierns un Froons, de nu mit Kaffee un Kooken kommt, de jem Appeln un Nöt bringt, un de denn noch – bi jeeden Platz – son lütt fein Pakeet up 'n Disch sett, un wünscht bi jeeden »goode Wihnachen un ook wiederhin gooden Wind un goode Foahrt!«

Nu sünd se mit alle Mann an 't Utwickeln un Utpacken, un de een wunnert un freit sick noch duller as de anner.

Denn is wedder de faste forsche Stimm van den Husvadder to hörn: »Jä, – un nu mol 'n Oogenblick still, – un nu mol all herhörn! – Nu hebb ick hier noch een son lütt Pakeet, – dat is uns mit de Post toschickt, un doar steiht up: »An das Seemannsheim in Bremen – als Weihnachtsgabe für den Seemann, der am längsten von Zuhause weg ist!«

Allns grient un tuschelt, ober – keeneen mildt sick.

»Wi könt dat woll am besten rutfinden«, segt de Husvadder, »wenn ick van hier – mol eben frogen doo: Werkeen van Joo is länger as – as twee Joahr van Hus weg? Mol eben de Hand hooch – jo?!«

He kickt de lange Reeh rüm un tellt: »Twee, – vier, – söß, – acht, – teihn, – twölf Mann! – Danke! Good! Nu mol wieder: Werkeen is länger as dree Joahr weg? Twee, – vier, – söß, – söben Mann! – Länger as vier Joahr? – Dree Mann noch! – Länger as fief Joahr? – Een noch!« Is son lütten roothoarigen Matroos – mit blaue Oogen un de ganze Näs vull Sünnpläck.

»Noa –? Wu lang denn?« segt de Husvadder.

»Acht Joahr!« röppt de lütt Seemann, un hullt de Hand noch jümmer steil in de Luft.
»Acht Joahr –?« segt de Husvadder. »Dat is 'n lange Tied. – Wonem kommt Se denn her? Ut wat för 'n Gegend?«
»Ick –? Ick komm ut de Geegend van Sonderborg!«
»Sonderborg –? Nordsleswig –?« segt de Husvadder. »Ober dat is doch goar ne so wied weg –? Doar kunnen Se doch licht mol – van Hamborg – oder van Kiel ut –? Hebbt Se doar denn nüms mihr, de – de up Se teuft un luert?«
De Lütt ward 'n beeten stiller un holt sien'n Arm wedder dol: »Mien Vadder is doot, – un – un mien Brü'er un Süstern sünd – sünd all wied utneen.«
»Un – Ehr Mudder –?«
»Mudder –?« He dreiht den Kupp van 't Siet, as wenn he utspeen much. Denn kickt he wedder stief liekut: »Mudder hett sick wedder verheirot. – Hett 'nen Dänen nohmen! Hus un Hoff un allns is dänisch worden! Wat schall ick denn doar?«
Allns rundüm blift still. Keeneen mag sick reugen, un nüms mag wat seggen.
»Ober – Ehr Mudder –«, segt de Husvadder, »is doch jümmer noch – Ehr Mudder! Un wenn se noch doar is – un noch left –?! – Hebbt Se denn weenigstens af un an mol schreben? Mol 'n lütten Breef, oder mol 'n Kort?«
»Ne, – hebb ick ne, – keen Wort!«
»Ober – dat harrn Se doch müßt, Herr –? Wu wür Ehr Nom man noch?«
»Erichsen!«
»Schrieben harrn Se doch mol müßt, Herr Erichsen!«
Do steiht up de anner Siet van den Disch – steiht son grooten langen Seemann van sie'n Stoohl up, un schufft sien Pakeet son beeten van 't Siet un segt: »Büst du de – Henning Erichsen – ut Söderup bi Sonderborg?«
»Jo, – bün ick, – wat denn?«
»Würklich –?« segt de Groote. »Du, denn schall ick di greuten, – van dien Mudder, – un schall di – Oogenblick mol!« He

krigt sien Breeftasch rut, un musselt in sien Papiern: »Un schall di düssen Breef geben! Komm hier! Fot an! Van dien Mudder!«
De Lütt is nu ook upstohn un stütt beide Handen up 'n Disch: »Van mien Mudder –?! Lot di doch nix utlachen, Mann! – Wat wullst du doar denn woll bikommen –? Ick kinn di jo goar ne!«
»Ne«, segt de Groote. »Ick kinn di ook ne, hebb di noch manlef ne seehn. – Ober dien Steefvadder, de tweete Mann van dien Mudder, – dat is mien Unkel. Un ick bün vör vierteihn Dog noch wedder doar wesen, een'n ganzen Dag bün ick doar wesen, – un ick hebb lang mit em – un mit dien Mudder klöhnt. – Se dinkt vel an di, all beid. – Un dien Mudder luert Dag un Nacht, du muchst doch mol kommen, oder muchst mol schrieben! – Un doarüm hett se mi düssen Breef mitgeben, un hett segt, wenn ick di mol eenerwegens dropen schull – buten – in de wiede Wilt –! Komm hier! Fot an! Is 'n Breef van dien Mudder!«
De lütt Roothoarige langt mit bebern Finger no den Breef, un bekickt em van all de Kanten, un legt em vör sick up den Disch. Un sett sick wedder up sien'n Stoohl.
»So, un hier is denn ook dat lütte Pakeet«, segt de Husvadder. »Dat is denn jo ook för Se, Herr Erichsen, – för den Seemann, de am längsten van Hus weg is!« Un he mokt sülben den Band open un wickelt den Krom ut: 'n Kasten mit Breefpapier, un 'n poar Postkarten, un 'n Bleesticken. Un he legt em dat – ohne een Wort wieder to seggen – blangen den Breef van sien Mudder – up 'n Disch.
»Danke!« segt Henning Erichsen. Sien Stimm bebert 'n beeten, un he wischt sick mit de Hand öber 'n Mund.
Un denn – denn geiht de Husvadder no vörn – no sien lütt Harmonium, – un se singt mit alle Mann – so good as se 't könt: »Dies ist der Tag, den Gott gemacht!«

De brune Schimmel

Wihnachenobend
denn goht wi no boben,
denn pingelt de Klocken,
denn danzt de Poppen,
denn piept de Müs'
in Grooßvadder sien Hüs'.

Wu mannigmol hett uns' Vadder uns dütt lütt Riemels herbed, so eben vör Wihnachen, obends in de Schummeree, wenn he bi uns up de Bank sitten dä, un wi mit alle Mann bi em rüm. Ick – as de lüttste – bi em up de Knee: »Oah Vadder –! Noch mol!« »Wihnachenobend – denn goht wi no boben –!« Wat kunn uns' Vadder dat jümmer scheun upseggen! Allns butenkupps! – »Fein –!« dach ick jeedesmol.
As ick noheer 'n beeten grötter un ook al 'n beeten kleuker wörd, do dach ick: »Oach, – dat hört sick jo ganz scheun an, ober – Tühnkrom is 't doch! Wi goht jo goar ne no boben. Un boben – doar wohnt jo ook goarkeen Lüd, doar is jo blooß uns' Böhm. Un Grooßvadder –? Grooßvadder hett jo goarkeen Hüs' un keen Müs'. Tühnkrom all! Vadder schull sick man mol wat anners utdinken!«
Ober denn wörd ick noch jümmer grötter, un güng no See, un güng rin in 't Leben, un – kreeg Heimweeh. Ne no Hus, ne, – no mien Kinnertied, no de Schummerstünden so eben vör Wihnachen. Un ick dach wedder an Vadder sien lütt Riemels: »Wihnachenobend – denn goht wi no boben!« Un denn up eenmol wüß ick, wat dat heeten schull, – wüß ick, wat dat to bedüden harr: Goht wi no boben. – Wi ne, – uns' Gedanken goht no boben, – un goht ook wedder trück, wied trück, bit in uns' Kinnertied, – un denn hört un seeht wi allns wedder, wat

wi as Kind al mol hört un seehn hebbt, – »denn pingelt de Klocken, denn danzt de Poppen, –«

Jo, dat is 't, dat schall 't heeten: Wihnachen sünd wi all mol wedder ganz ganz lütt, un wenn 't ook man för 'n Ogenblick is, – alltohoopen, jeedes Joahr wedder. Un – ick gläuf – am meisten un am besten, de de 't as Kind man ganz lütt un ganz eenfach hatt hebbt.

Wenn 't meist jümmer gries un düster is, den ganzen Harwst un Winder gries un düster, – denn brinnt un schient de lütt Dannboom to Wihnachen jo noch vel hiller, un wenn he ook krumm un scheef is, un hett man een lütt Licht. – Wenn 't an's in 'n Hus' bald goarnix geben deit, keen Spelkrom, keen'n Kooken, keen Tüg, – denn freit 'n sick to Wihnachen jo noch teihnmol so dull, to jeeder lütt Stück.

As ick lütt wür, – wi würn mit vier Jungs un een Diern in 'n Hus', un wi kreegen jeedes Joahr to Wihnachen 'n Fatt mit Nöt un Appeln, un denn noch jümmer een lütt Stück bobenup: 'n Griffelkasten, oder 'n Mütz, oder 'n Poar Strümp, oder wat wi jüst so bruken kunnen. – Un denn harrn wi lange Joahrn hindör ook noch een Stück, dat güng van 'n een'n up 'n annern.

Dat wür 'n groot fein hüllten Peerd. Dat harr uns' Jann mol to Wihnachen kregen, as Schimmel, fein in Wichs, mit 'n richtigen Stiert ut Hoar, – stünd up son Brett mit Röd. – Dree Weken harr Jann em toreden, ierst in 'n Hus', denn vör de Dör, denn den Diek hindol. – Do wür 't sowied: Uhrn af, – Röd af, – Stiert utreten! – Weg mit den Schimmel! Up 'n Schuerböhm rup mit em! – (De Schuerböhm – dat wür bi uns son Oart Rumpelkommer.)

Dat anner Joahr to Wihnachen kreeg uns' Hein 'n Peerd, meist son as Jann hatt harr, ober swatt, gneterswatt, – ohne Uhrn, un de Stiert wür ut Tüg. – Jann öberhol em gliek mol, bekeek em van all de Sieten, ober – seggen dä he nix. – Käm he ook goar ne to. Hein wür al vördull an 't Rieden. – Vier Weken Galopp, – do harr he em ook wedder sowied: Snut upkleuft, Been af,

Stiert utreten. – Weg mit den Swatten! Up 'n Schuerböhm rup mit em!
Dat anner Joahr kreeg uns' Jakob 'n Peerd, meist son as Hein hatt harr, ober – brun, ganz brun, – harr blooß 'n tohoopbunden Snut, harr 'n anlascht Been, un harr 'n Stiert ut 'n Stück Ledder. – Jann und Hein keeken sick an, sän ober nix. – Jakob wür ook al as wild an 't Jogen, jümmer van een Eck in de anner: »Über Stock und über Steine, aber brich dir nicht die Beine –!« Dat dä he ook ne, de ool Voss, ober – he breuk den Hals, – fief Weken no Wihnachen. Jakob harr jo woll so gau mit em üm de Eck wullt, – Kupp af! Un de Voss will ohne Kupp den Diek hindol. Hein will em noch fasthooln, – Stiert ut! – Noa, denn wür 't jo ierstmol wedder Fierobend. – Weg mit den Voss! Up 'n Schuerböhm rup mit em!
Dat anner Joahr segt Jann to mi: »Ick weet doch, wat du to Wihnachen kriegen deist!« – »Noa, wat denn?« – »Du krigst 'n Peerd!« – »Ne, dat gläuf ick ne!« – »Wöt wi mol wetten?« – »Jo, wöt wetten!« – »Nem üm?« – »Oach, – üm 'n Appel!« – »Good, – Hand her!«
Mudder müß dörhaun. Mudder knipper mit de Oogen, un Jann verspel sien Wett. – Ick kreeg to Wihnachen keen Peerd, ick kreeg 'n Poar feine Fusthandschen, ut Schopswull, harr Mudder sülben spunnen un knütt. – Un Jann müßt mi sien'n besten Appel geben. Un he wür beus in de Baß, un schimp up den Wihnachsmann, dat de ne mol 'n ooln Peerdkupp wedder ansetten kunn!
Ober dat kunn de Wihnachtsmann doch, dat duer blooß 'n beeten länger. Dat anner Joahr to Wihnachen kreeg ick 'n Schimmel, 'n sneewitten Schimmel, – harr blooß 'n poar groote Nogels an 'n Hals, harr 'n anstückt Been, un harr 'n Stiert ut 'n Stück Tau, – Manillo-Tauwark van Vadder sien'n Fischereeber.
Oh, wat hebb ick mi freit to den Schimmel! Gliek mit 'n Tofoahrt rup, – Zuckeldraff: »Hüh, hüh, hopp!« Eulich so mit de Hacken ünner 'n Buk! – Un ick kiek so an mi dol, un hebb de

ganzen Kneen vull Farw. – Un ick stieg wedder af, – mien Büx is witt un mien halbe Schimmel is brun!
Un mien dree grooten Brü'er – de lacht mi ut vuller Kehl wat ut. Un Mudder kickt sick dat Peerd an, un segt to Vadder: »Doar hett de Wihnachtsmann jo ook keen Eul genoog ankregen, un keen Sikkativ!«
Un Vadder grient un segt: »Joa, de Wihnachtsmann, – de harr man ne recht wat mihr, – un in 'n Winder will de Krom ook ne so dreugen!«
Ober acht Dog noheer wür mien bunte Schimmel doch dreug, un dat Rieden kunn wedder loosgohn. Un ick hebb doar noch 'n half Joahr up reden, – ne twei to kriegen! Ober toletz harr ick em doch ook wedder sowied: Twee Been af, un dat Gnick ümdreiht! – Blooß den Stiert – doar kunn ick nix an moken. Den Stiert – den harr uns' Vadder doar nu so fast rinspleeßt, – doar kunnst 'n ganzen Buerhoff an uphangen.
Dat kannst nu ook noch jümmer. De ool Schimmel steiht noch jümmer so bi uns up 'n Schuerböhm – mit 'n Stiert ut 'n Stück Tau, mit annerthalf Been, un ohne Kupp un ohne Hals, – un is dat beste Peerd, wat ick mi dinken kann. – So eben vör Wihnachen – denn sünd mien Gedanken jümmer wedder bi em, – un

»Wihnachenobend
denn goht se no boben,
denn pingelt de Klocken,
denn danzt de Poppen,
denn piept de Müs'
in Grooßvadder sien Hüs'!«

Handen in de Tasch

Ick weet ne, wat dat an de Tied – oder an de Jungs liggen deit –? Oder an de Büxen? Ick meen: So deep as wi freuher, – so deep hebbt nu de Jungs de Handen ne mihr in de Büxentaschen! – Un se drückt de Ellbogens nu ook ne mihr so wied no vörn, dat se in 'n ganzen wat breeder ward, – »de Jungs wat breeder«, meen ick.

Wenn wi freuher mit alle Mann no School güngen, – uns' Finkwarder Diek wür bobenup jo man small, un wi leepen doch jümmer mit fief oder söß Jungs blangen eenanner, – de Handen deep in de Tasch, un de Ellbogen all dwaß ut, – denn harrn wi den ganzen Diek neudig. Doar käm so licht keen an uns vörbi. –

Den een'n Morgen – weet ick noch – do reep do groot Julus Lanker mitmol van vörn: »Mol eben all de Handen ut de Tasch!« Un as wi noch ne recht wulln, un as een van uns noch frogen dä: »Worüm dat denn?« – Do reep Julus noch mol wedder: »Handen ut de Tasch! Kummt 'n Peerd un Wogen! – De kann an's ne bi uns vörbi!«

Jä, kiek, – so vel mok dat bi fief söß Mann doch al ut – in de Breede.

Julus Lanker meen jo ook mol – in de Paus up 'n Schoolplatz: »Dat will ick Jo seggen, Jungs, – beid Handen deep in de Tasch, – un denn de beiden Dumens fast in de Hand drücken, –!« »Dat gift warme Finger!« segt Heini Meier.

»Ne«, segt Julus, »dat gift Muskeln – un dat gift Knöf! – Wenn du dien Arms denn mol bruken deist, – denn kannst di ook up jem verloten!« »Dat segt mien Vadder noch 'n beeten anners«, röppt Peeter Biehrns. »De segt: Wenn du nix mihr to doon un to hooln hest, denn müß du de Handen gliek wedder in de Tasch steken, – dat du

jem to jeeder Tied finden kannst, wenn du jem mol bruken müß!«
Jä, kiek, – dat is jo ook jümmer vel wiert. Doar mütt'n jo ook mit an dinken. Wu mannigmol seukt wi wat un könt dat ne finden. Wenn 'n dat ober sülben in de Tasch hett –!?
Dat'n blooß van dat Dumenkniepen in de Taschen al forsche Arms kriegen deit, dat gläuf ick jo ne so recht. Ober – allerhand Moot kann doar woll doch in sitten. – Ick weet noch – up 'n Sünndagobend mol – in Finkwarder up Danzmusik – bi son dulle Klopperee – teihn groote Fischerjungs geegen föfteihn klobige Buernknechen, – un mitmol harrn se unsen lütten stebigen Seilmoker Matten Külln doar ook mit twüschen, un haun den ook welk in de Klüsen.
Nu harr Matten Külln ober ierst vör dree Weken wat mit de Polizei to doon hatt – ook üm son ool dösige Klopperee – un harr 20 Doler Strof betohln müßt. Un dat schull em ne noch mol passiern, harr he segt. – Un doarüm stünd he nu – medden in 'n Sool – un harr beid Handen deep in de Büx, un reep blooß jümmer egolweg: »Ick teeh de Handen ne ut de Tasch! Ick teeh de Handen ne ut de Tasch!« –
– Un jeedesmol, wenn he 't roopen harr, denn kreeg he wedder welk up de Snut. – He wüß toletz al goar ne mihr, wonem dat herkäm, – dat Bloot leep em ober 't Kinn, un sien Kupp fleug van de een Siet no de anner. Ober Matten sülben ripp un reug sick ne. He stünd as 'n Eekboom, un sä wieder nix as: »Ick teeh de Handen ne ut de Tasch!«
Un doar bleef he ook bi. Un so güng he noher ook ut de Dör: Beid Handen deep in de Tasch, de Ellbogens son beeten no vörn, un de Näs' wied vörut, – dat dat Bloot em ne so dull up sien witt Vörhemd lecken dä.
Jä, kiek, – son Moot un son Kraft kann doar achter sitten, achter dat »Handen in de Tasch hebben«.
Un doarüm meen ick nu – in uns' Tied – jo ook: Lot de Jungens man ruhig mol de Handen in de Tasch steken – so deep as 't geiht! Dat is ne jümmer blooß Fulheit, – oder, dat se jem ne

richtig wuschen hebbt, – oder, – dat se koolte Finger hebbt, – oder, dat se keen »Guddndag« seggen wöt, – ne, dat is mitünner, – bi welk Jungs ook: Dat se de Handen glik finden könt, wenn se jem mol bruken doot.
Un doarto sünd de Handen – un de Taschen – jo ook doar!

Engel ohne Flünken

De ool Julus Jansen wür güstern obend mol wedder bi mi, un wi kämen ook up dat »Wihnachen-Fiern« to snacken.
Julus harr doar ne vel mit in 'n Sinn. »Ward mi to vel Larm üm mokt!« meen he. »Wat schall de ganze Himphamp – mit all dat Licht un all den Hallooh!? Wihnachen is doch genau son Dag as all de annern ook. Morgens ward 't hill, un obends ward 't wedder düster. Un de Sünn un de Mond, un Wind un Wulken – dat geiht all sien'n Gang so wieder.«
Ick segg: »Jo, Julus, – dat woll, – ober – Wihnachenobend – un in de hillige Nacht –«
»Passiert dörweg mihr Unglück as in all de annern Nachen!« segt Julus. »Wenn 'n de Dog noheer mol so in 't Blatt kieken deit: Allerwegens is wat verkiehrt gohn. An twindig verschiedene Städen hebbt de Kinner den Dannboom ümreten, un dat halbe Hus is afbrinnt. In Italien sünd twee Isenbohm'n tohoopknallt, un dat hett mihr as hunnert Doode geben. In Frankriek is 'n groote Brück dolbroken, dörtig Lüd sünd verdrunken, un föftig liggt in't Krankenhus. In Eusterriek is 'n Autobus mit vierdig Jungs un Dierns den steiln Barg hindoltrümmelt, de halben sünd doot, un de annern blieft villicht tiedlebens Kröpel. – Un so geiht dat wieder. – Un dat grode to Wihnachen un an 'n heiligen Obend.«
Ick segg: »Jä, Julus, – de Wilt is groot, un dat Leben is bunt, un de Larm ward jümmer mihr. – Un wenn da di all *son* Krom – ut 't Blatt rutseuken deist, denn kummt doar gewiß allerhand Malür un Unglück up 'n Dutt – ook grode to Wihnachen. – Ober dat gift doch ook so vel feine Warms – un so vel stille Freid to Wihnachen – in 'n Hus' mit de Kinner ünnern Dannboom, – un buten an 'n Diek – wenn de Klokken lüd – un du kickst noch

mol no de Stierns, – un in de Kark – bi ’t Singen – wenn de Orgel spelt.«

»Joa doch«, segt Julus. »Dat is jümmer noch scheun, – doar hest du recht!«

Ick segg: »Un denn all de lütten feinen Geschichten, – de dat so to Wihnachen geben deit!«

»All de lütten Geschichten –?« Un nu schüttelt Julus wedder mit ’n Kupp: »Wenn se man blooß ne all so seut – un so egol würn, – dat ’n doar af un an ook mol een van gläuben kunn! – Ober dat is jo bald jümmer datsülbige – bi de Wihnachtsgeschichten: Dat kann vörheer noch so düster un trurig wesen, – jümmer grode up ’n Wihnachenobend ward dat mitmol hill, un – bumms – kummt de Freid un dat Glück! – Un wenn de Lüd dat vörheer ook noch so lütt geiht – keen Stück Broot in ’n Hus’ un keen Füer in ’n Hierd – un de Vadder is doot un de Mudder is krank un de Kinner hebbt keen Tüg, – grod up ’n Wihnachenobend geiht upmol de Dör open, un doar kommt ’n poar groote feine Engels rin – mit lange Flünken, un singt ›Halleluja‹ un bringt jem allns, wat jem fehlt – un noch mihr as se bruken könt!«

Ick segg: »Julus, hör mol to! Wenn du blooß jümmer *son* Geschichten fotkregen hest, – denn deist du mi würklich ’n lütt beeten leed. – Dat gift doch ook ’n ganzen barg annere – richtige fustfaste Wihnachtsgeschichten – sogoar hier ut uns’ Geegend!«

»Jo, gift dat! Weet ick!« segt Julus. »Ick hebb jo sülben ook mol een mit beleft – freuher, ober – doar hebb ick keen’n Engel bi seehn. Dat wür all ganz anners.«

Un nu segg ick goarnix mihr. Nu kiek ick blooß jümmer still no Julus sien grooten Handen – un teuf up sien Vertelln. Un Julus kickt sick no all de Kanten üm, wat doar ook nüms achter dem steiht, un wat de Dörn ook all to sünd. Un denn – hett he den richtigen Tampen jo woll fot:

»Dat ward nu al dreeuntwindig Joahr, un dat wür ook jüst up ’n Wihnachenobend, un wür al lot. – Uns’ Kinner hebbt jemehrn

Krom al wegpackt. De Lichen sünd al lang dolbrinnt, un wi wöt woll eegentlich al bald to Klapp. Ick will blooß noch mol eben no 't Wedder un no de Stierns kieken.
Up 'n Diek is 't all still. Feine weeke Luft ohne Wind. De Mond sitt hooch in 'n Fleederboom un kickt dör de Wulken. Binnendieks ligt dat Land all ünner Snee. Dat Is up de Grobens hett al 'n poar Dog hooln, is nu ober wedder – van 'n Sielgroben heer – ünner Woters kommen – un kickt goar ne mihr ut. – Up de Elf is 't still, keen Damper un keen Foahrtüg to seehn, – doar blinkt blooß de Füern van Wittenbargen un de Lüh.
›So richtig Wihnachen!‹ dink ick. Un dink ook an mien Kindertied, un goh jümmer so Foot för Foot wieder – no 'n Neß to, un nehm den Mond mit. – Un goh den Sommerdiek langs, un komm denn jo ook bald no de Neßkuhl. Un stoh denn doar an de Slüs un kiek.
Dat Woter sust doar nu – bi halbe Ebb – jümmer so egolweg ünner den Sommerdiek dör, un streumt denn an Hannes Hulst sien oole Buttjill langs, un streumt un plöttert denn ünner 't Is wieder – ut 'n Groben rut – un in de Elf. – Wieder is doar ook – nix to hörn un nix to seehn.
Doch!! Doar wür eben wat! Doar hett sick eben wat reugt! – Doar mitten in de Kuhl, goar ne wied van de Jill weg, un liek in 'n dullsten Stroom! – 'n Fischotter!? Oder 'n wille Ontj!? Oder 'n Düker!?
Ne, mütt wat anners wesen! Dat is jo hill un – rund – un – meist as wenn dat 'n Kupp is –? Un de ligt doar up 't Is –? Un blangen den Kupp – up jeeder Siet ligt 'n Hand? Twee Handen – un de griept hin un her? Un un – stöhnt nu wimmert doar ook wat –?
Un nu weet ick mitmol wat loos is! Un bün denn ook al mit een'n Satz up de Slüs, – un van den Slüsenbalken up de Jill, – un denn hebb ick den grooten Hokenstehl fot, – un schuf den gau up 't Is langs – bit dicht no de een Hand ran, un fang an to roopen: ›Hier! Fot an! Hool den Hoken fast! – Lot dat Is loos! Ick hol di free!‹

Ober he segt nix, un kickt sick ook ne üm, – un sien Hand lett dat Is ne loos. – Un ick mag em mit den scharben Hoken *so* ne anfoten, – doar kickt jo wieder nix van em ut – as de Kupp un de Handen. – Ober dat ward nu doch de allerheuchste Tied! Wenn sien Finger nogeben doot, streumt he ünner 't Is un is weg.
›Ick mütt doar sülben hin!‹ dink ick blooß noch. Ick smiet den ooln Hokenstehl, un noch 'n Reemen up 't Is, un kreep doar up Handen un Feut up langs, – un komm ook hin – un krieg em fot, ierst bi de een Hand, un denn bi beid Handen, – un kann em denn sinnig van 't Siet dreihn, un ut den dullsten Stroom rut teehn. Un krieg em denn ook – dicht bi 't Foahrtüg up 't Is rup – un ook noch eben un eben in de Jill rin.
Ober denn kann ick alleen ne wieder, – up de Slüs krieg ick em alleen ne rup. Un doarüm loop ick in 'n Drow bi 'n Neßbuern no t' Hus ran un hol Hölp. – Un denn kriegt wi em – mit dree Mann hooch – an Land ran, – un bringt em no 'n Hoff rup, – un kriegt em ook wedder togangen.« –
Un nu – is Julus Jansen kloar mit sien Vertelln un segt goarnix mihr.
Un ick frog ook ierst no 'n ganze Tied: »Un – werkeen wür dat?«
»Jä«, segt Julus, »dat wür Gustav Ebeling sien Hannes, – de nu hier an 'n Diek den lütten feinen Loden hett, – de wür do grode twölf Joahr worden.«
Ick segg: »Un – wat wür dat kommen? Wat harr de doar wullt? Up 't Is – bi de Slüs – up 'n Wihnachenobend – wat harr de doar to seuken?«
»Jä«, segt Julus, »wat harr de doar to seuken? – Dat hebbt wi em jo ook gliek frogt, ober – dat kreegen wi denn ierst den annern Dag to weten: Hannes harr – van 'n Kujees – 'n poar nee'e Strietschooh kregen, – dat ierste mol in sien Leben 'n poar nee'e Strietschooh, – un harr sick doar so dull to freit, dat he jem gliek obends – in 'n Mondschein – noch mol gau utprobieren wull. Un – uns' Grobens binnendieks stünden jo

all ünner Woter. Un do wür Hannes – üm den Neßhoff rüm – no de Butenwisch gohn, un harr doar woll ook 'n halben Stünden – up den breeden Wischengroben – strietschooh-loopen. –

Un up de Trückreis' no Hus – harr he den ooln Ümweg över 'n Hoff ne noch mol wedder moken wullt, un wür eenfach verdwaß över de groot Kuhl gohn, – un wür woll 'n beeten to dicht no den Stroom van de Slüs rankommen, un wür doar inbroken, – un wür ook gliek mit de Been ünner 't Is streumt.« –

Un nu – seggt wi beiden – goar nix mihr. Ober – no 'n ganzen Stoot frog ick doch mol sinnig: »Un werkeen harr *di* doar – noch jüst to rechten Tied – hinschickt, Julus?«

»Mi –?« segt Julus. »Mi hett doar keeneen hinschickt, – doar bün ick – ganz van 't sülben – un alleen – bün ick doar hin gohn.«

Ick segg: »Un – worüm? Wat harrst du doar verlorn? – Oder – wat harrst du doar to seuken?«

»Jä, – eegentlich woll nix –!?« segt Julus. – »Goarnix, ober – ober –«

Ick segg: »Ober – uns' Herrgott harr woll jüst mol – keen'n *annern* Engel free, – un *een* müß'r doch hin, – un do hett he denn eben gau mol een'n – ohne Flünken nohmen –!?«

Un nu – kickt Julus Jansen noch 'n lütten Oogenblick still in de Eck, – un denn langt he no sien Mütz, un geiht sinnig ut de Dör, un geiht no Hus. Un segt up mien »Gunacht – un Adjüs, Julus!« wieder nix as: »Meen 't ook so!« – Un denn – is he weg.

Dree lütte Snäck

»Mit teihn lütte Wört – in dree lütte Snäck«, segt Jakob Derner, »hebb ick mi freuher mol 'n half Joahr hindör 'n barg Arbeit un vel Loperee van 'n Liew hooln!«
Ick segg: »Un – wat sünd dat för teihn lütte Wört wesen? Un wannihr un nembi hebbt se di so scheun holpen?«
»Jä«, segt Jakob, »hör man mol to: Ick hebb as Junggast jo ook mol 'n half Joahr no See foahrn – up dree verschiedene Schep. Un – wenn de ool Regen man ne so natt un so koolt wesen wür, – un de Arbeit an Bord ne so suer un so smeerig, – denn wür ick doar villicht jo ook noch wat länger bibleben – bi de christliche Seefoahrt. Ober so –!«
Ick segg: »Un de teihn lütten Wört?«
»Jä«, segt Jakob, »de iersten dree Wört, de hebb ick van Kassen Hustedt mitkregen. De hett to mi segt – as ick dat ierste mol up 'n lütten Frachtdamper no See wull – hett he to mi segt: »Wenn di een wat frogen deit – an Bord, müß blooß jümmer seggen: »Weet ick ne!« Doar kummst du am wiedsten mit. Denn hoolt se di för dumm un dösig, um geft dat Frogen up!« – – Un dat hebb ick denn ook don, – un bün doar ook ganz scheun mit langs kommen. – Wenn mi een frogen dä: Wonem is de Bootsmann? – »Weet ick ne!« Wannihr schall de Reeling hier molt warden? – »Weet ick ne!« – Wat schall de Marlspieker hier? – »Weet ick ne!« – Un denn – hebbt se mi för dumm un dösig hooln, un hebbt mi tofreden loten.
Un as ick marken dä, dat se mi giern loos wesen wulln, do bün ick up 'n anner Schipp rup gohn. Un doar wür Hannes Burmester an Bord, un de sä to mi: Wenn du di hier son beeten van de Arbeit freehooln wullt, denn müß du bi allns, wat se di up 't Oog drücken wöt, müß du seggen: »Kann ick ne!«
Un dat hebb ick ook wedder don, un bün doar ook fein mit

kloarkommen. – Wenn een to mi seggen dä: Magst doar mol eben 'n Oog in spleeßen!? »Kann ick ne!« Magst doar mol gau 'ne Tokeling up setten? »Kann ick ne!« Magst de Lien doar mol wedder dör den Block teehn un fastmoken? »Kann ick ne!« – Un ick bün doar ook jümmer so mit dörkommen, – se hebbt mi af un an mol fix utlümmelt, un haarn mi woll ook am leefsten welk in 'n Nacken geben, ober – doar hebb ick mi wieder goar ne üm kümmert. – As ick marken dä, dat se ne recht tofreden würn mit mi, – do bün ick up 'n anner Schipp rup gohn.

Un doar wür Mandus Farkengrieper an Bord. Un de segt gliek den tweeten Dag – segt de to mi: Hier müß du di ne vördrängen, ne bi de Arbeit un ook ne bi 'n Bootsmann un bi de Stüerlüd, – heuchstens mol bi 'n Kock in de Kombüs, wenn 't wat Goodes to eten geben deit! Wenn se di – in de Arbeitstied hin un herschicken wöt, van 'n een'n to 'n annern – müß du eenfach seggen: »Mag ick ne doon!« – Mandus harr sick dat sülben utklamüstert, un dat harr bi em bald jümmer goodgohn. Un do hebb ick em dat nomokt, un bün doar ook bald jümmer fein mit dörkommen.

Wenn de Bootsmann to mi seggen dä: Komm, bring dat mol eben no 'n Kaptein rup! »Mag ick ne doon!« Wenn de Stüermann seggen dä: Segg den Stuart mol eben Bescheed: Dat Meddageten vandog – teihn Minuten loter! »Mag ick ne doon!« – – Wenn de Kaptein to mi seggen dä: »Frog den Chief mol eben, wannihr de Maschien kloar is! »Mag ick ne doon!«

*

Ick segg: »Un dat würn dien teihn Wört?« –

»Jo«, segt Jakob. »Dat würn mien teihn Würt: Weet ick ne! Kann ick ne! Mag ick ne doon!«

Ick segg: »Un de hebbt di jümmer so fein van de Arbeit freeholn? Wu lang' hett dat denn so goodgohn? Wu lang' büst du bi de Seefoahrt wesen?«

»Dat hebb ick di ierst doch al mol segt«, segt Jakob Derner, »meist 'n half Joahr, up dree verschiedene Schep!«
Ick segg: »Un – worüm wulln se di jeedesmol ne länger behooln an Bord?«
»Weet ick ne!« segt Jakob.
Ick segg: »Un doar mol sülben öber nodinken –?«
»Kann ick ne!« segt Jakob.
Ick segg: »Ooder noch mol wedder – bi'n anner Redeeree anfrogen –?«
»Mag ick ne doon!« segt Jakob. – Un dat würn denn jo ook wedder – sien teihn lütten Wört – in dree lütte Snäck.

De letzte Plattdütsche

Vandog harr mien Bru'er – Jann Kinau – uns' »Gorch Fock« – mol wedder Geburtsdag hatt. 86 wür he nu wesen, – wenn he noch left harr, – ober he is jo man blooß 36 worden, un is nu al föftig Joahr doot.
»Schod'!« dink ick so mannigmol. – »Wat harr de uns – in de langen Joahrn – noch fein mit hilpen un bistohn kunnt, dat uns' scheune plattdütsche Sprok un uns oole eenfache Oart ne ganz ünner de Feut kommen deit!«
Ick hebb eben noch mol wedder in een van sien Beuker rinkeken. He hett al – vör 57 Joahr – in sien Book »Sterne überm Meer« schreben:

> »De letzte Finkwarder Fischereeber – ick hebb freuher jümmer dacht: De müß toletz ganz alleen – mit vulle Seils – buten up See – in 'n Störm – ümkippen un wegsacken, – un denn wür 't ut – mit uns' Fischeree. – Ober nu dink ick: Dat kann jo ook anners – dat kann jo ook so kommen: De letzte Fischereeber ünner Seils – kann sick för luder Dampers un groote Motorschep goarne mihr bargen, ward hin un her stött –: un ward toletz – up 'n hoochhilligen Nomeddag – bi Sünnschien un blank Woter – van 'n grooten Neejörker Snelldamper öberloopen un in de Grund drückt.«

So hett mien Bru'er Jann sick dat al mol dacht, 1909, –
Jä, – un nu dink ick eben: De letzte plattdütsche Minsch – hier in uns Geegend –? Wat mag den dat woll gohn? – Dat ward jo sachs noch hunnert – oder fiefhunnert – oder villicht ook dusend Joahr duern, – ober een van uns' Lüd ward jo doch mol de letzte Plattdütsche wesen. – Un wenn 't denn mit den ook up 'n Rest geiht –?
Schull de denn toletz woll noch mol – wenn dat een van de

Woterkant is – mit 'n lütte Boot – van Büsum ut – no de Vogel-Insel Trieschen rut schippern, – un röppt doar all de Dükers un Meeben un Ontjen – un ook all de Seehunden un Butt un Scheefkrappen – up 'n Dutt, – un vertell jem noch 'n poar feine plattdütsche Geschichten, – un lett sick denn mit sien lütt Boot – bi Oosten Wind – no See rut drieben, – un kummt manlef ne wedder an Land –??

Oder schull he – wenn dat een ut de Lünbörger Heid is – obends lot noch mol no 'n Wilseder Barg rup gohn, – un singt all de lütten un grooten Büsch un Bäum – un dat ganze Heid-krut – mit allns, wat doar in kribbelt un krabbelt, – noch 'n poar scheune plattdütsche Leeder vör, – un stellt sick denn du-knackig un still – twüschen son grooten Dutt Machandelbäum, – un is den annern Morgen ook sülben son ooln scheeben Wachholder, den nüms mihr ansüht, dat he mol – as Minsch – left un snackt un sungen hett?

Oder schull he – wenn dat een ut de Stadt is – un hett Hunger un Döst – mit sien letz Markstück loos gohn un will sick wat käupen. Ober – in jeeden Bäckerloden, wenn he wat van »dreuge Rundstück« oder 'n »Knöbel Groffbroot« segt, tuckst de Lodenlüd mit de Schullern, un könt em ne verstohn. – All snackt se blooß noch amerikonsch oder russisch – un van sien ool Hartgild ut freuhertieden wöllt se ook nix weten. – Un wenn he in 'n annern Loden ringeiht, un will 'n halben Liter Melk hebben, – denn schüttelt de Lüd all mit 'n Kupp, un lacht, un meent: He kummt ut Honolulu. – Un wenn he in 'n »Snackbar« rin geiht, denn spelt doar söben groote Musikdinger – een geegen 't anner up, – un de Lüd an 'n Tresen snackt teihn verschiedene Sproken, ober – em – mit sien ool Platt – kann keeneen verstohn. Un wenn he wat van »Schimmel un Brunen« seggen deit, denn meent se, he is gegen de Anti-Rassen'-Trennung – un smiet em rut. Un wenn he sick weehrn will, denn haut se em toschanden, – un smiet em buten – up den Hümpel »Sperrgoot«, – un denn ward he den annern Morgen mit affoahrn – un is weg.

Oh, Kinners Lüd ne, – wat kann doar blooß all noch kommen – noheer!?
Man good, dat ick noch lang ne de letzte Plattdütsche bün! – Un dat ook uns Finkwarder Fischerkutters – jümmer noch no See rut foahrt un fischt – Schulln un Scharben un Steenbutt un Tungen! So as uns' Gorch Fock dat ook mit beleft hett!

»Protest un Streik«

Dütt Joahr – meen ick – hebbt 'n ganzen Barg van uns jungen Lüd – recht vel »protestiert un demonstriert«. Wat jem dat jeedesmol wat holpen hett, weet ick ne, ober – se hebbt dat jo jümmer wedder versöcht.
»So wat – hebbt *wi* freuher – doch goar ne kinnt« – wull ick eben seggen. Ober nu fallt mi in: »Protestiert« un streikt – hebbt wi jo ook mol, – so bi 1900 rüm – up Danzmusik.
Dat *wür* jo ober ook 'n Stück ut de Dullkist! Dörtig Joahr hindör – harr jeeder Danz – för jeeden Junggast – 'n halben Groschen köst! »Abboniern« för 'n ganzen Obend – een'n Reichsmark! Un nu mitmol – to Neejoahr – hüng bi Willi Harms up 'n Sool – an 'n iersten Pieler – hüng 'n groot Pappschild: »Von nun ab an – jeder Tanz zehn Pfennig! Abbonieren zwei Mark!«
»Halloh!? Wat denn nu!? Büst du verrückt worden, Willi?«
»Hebb ick nix mit to kriegen!« segt Willi Harms. »De Sool un de Schänk is mien, – ober dat Danzen hört de Muskanten!«
»Noa, so is dat hier!? Good, denn – denn danzt wi eben ne mihr!«
In teihn Minuten harr sick dat rümsnakt in 'n Sool: »Solidarisch!« sän se all. Un dat schull up Plattdütsch heeten: »Vandog ward ne danzt!«
Fief Muskanten seeten up de Bühne – un blosen sick de Lungen ut 'n Liew, – een Leed no 'n annern, Walzer un Runden un Galopp. Ober keen Junggast güng loos. As wenn se all up de Steuhls fastbackt würn. Un wenn de Danz toenden wür, denn repen wi all: »Bravo! Good so! Densülben noch mol! Musik!«
Klock söben wür de Krom anfungen. Halbig negen harrn de Muskanten noch keen'n Groschen fot kregen. Ober nu füng

jüst wedder 'n neen Danz an, un – Klaus Niebers bi uns an 'n Disch – käm in de Been: »Lot Ji mi mol eben dör?«
»Wat denn nu, Klaus? Wat wullt du? Doch woll ne danzen –!?«
»Ne, ober – mi mol 'n beeten verpedden!« segt Klaus, un geiht Food för Foot verdwaß öber 'n Sool un geiht no Tille Botten ran.
Un all de Junggäst kiekt un schilt un fleit: »Du wullt doch woll ne –?!« »Büst du verrückt, Mann!?« »Klaus, lot dat no!« ›Solidarisch!‹ hebbt segt!«
Klaus steiht vör Tille Botten, mokt 'n lütten Diener, fot ehr bi 'n Arm an, – un geiht mit ehr – Hand in Hand – eenmol rund üm 'n Sool.
De Muskanten freit sick un blost mit duppelte Kraft – un mit sovel Swung, as wulln se 'n ooln Zegenbuck in de gangen bringen. Ober ne, – Klaus Niebers sett ganz sudje een 'n Foot vör 'n annern. Un as he rüm is – üm 'n Sool, do segt he sien Tille Adjüß – un kummt wedder no unsen Disch ran. Un all de Lüd kiekt un lacht.
Un denn is de Musik ut. Un een van de Muskanten – dat is uns' Schippstimmermann Gustav – de kummt no uns ran un segt to Klaus Niebers:
»Kann ick denn mol eben – een'n Groschen kassiern?«
»Een'n Groschen?« segt Klaus. »Nem för? Ick hebb jo goar ne danzt, ick hebb mi jo blooß mol eben – de Feut verpedd!« »Jo, ober mit uns Musik, – un dat köst 'n Groschen! Steiht doar vör jo ook an!«
»An 'n Pieler steiht blooß: Jeder *Danz* köst 'n Groschen!?«
»Gustav, hör mol to!« segt Peeter Wiehr. »Wi mokt dat nu *so:* So lang Ji spelt, – streikt wi! Un wenn Ji Jo mol verpusten möt, oder hebbt keen Lust mihr to speln, denn singt wi – ohne Musik!«
Un dat doot wi nu ook, een ganze Stündn noch wedder. Denn – endlich – tüffelt een van de Muskanten no vörn – un ritt dat ool Pappschild van 'n Pieler hindol. Un de ganze Sool röppt »Hurroh!«

Un nu köst jeeder Danz wedder – man blooß 'n halben Groschen!
Ober – anschieten doot de Ös van Muskanten uns jo doch, – denn nu – duert jeeder Danz man half so lang' as freuher. Annerthalf mol rüm üm 'n Sool, denn ward al wedder sammelt. Un denn noch eenmol rüm, denn is de Danz to enden.

*

Schull dat bi all den annern Krom – bi all dat Streiken un Demonstrieren – nu ook noch so wesen –?

»Kusenklempner«

Hest du ook al mol bi ’n Kusenklempner – bi ’n Tähndokter – up son grooten Stoohl seten – un hest di mit beid Handen an dien eegen Dumens fasthooln – un hest dacht: »Man blooß ne marken loten, dat ick Angst hebb! An’s ward’t *noch* slimmer!«

»Is doch ’n koomisch Gefeuhl«, segt Peeter Wried – »doar so to sitten, un sick utfrogen to loten! Du schaß dien Mul open moken – so wied as ’t man geiht, un denn drückt di de Kirl – mit son blank Stück Dings – de Tungen dol, un fangt an to frogen: ›Wu lang’ löppst du doar al so mit rüm? Un wannihr un wonehm büst du dat letzte mol bi ’n Fachmann wesen? – Un wulang fehlt di de een Kus’ doar achter up Stüerbordsiet?‹«

Un du kannst mit dien open Mul ne mihr snacken as ’n lütt Gör, dat man ierst een Joahr in de gangen is – un kannst ook wieder nix seggen as »Oah – oah – oah!«

»Un wenn de Kirl di utfrogt hett«, segt Peeter Wried, »denn fangt he an to prökeln un to boahrn – mütt he jo ook – an’s kann he sien’n ooln Kitt jo ne loos warden. Ierst mütt doar ’n Lock rin, van boben oder van nerden oder van de Siet, so deep un so groot as ’t man geiht.

Un denn mütt de lütt Worm doot, de doar binnen sitt – un de weehrt sick – un fangt an to bieten – un dat feuhlst du – bit in de Fingerspitzen, bit in ’n grooten Teuhn – ober schreen wullt du jo ne, un deist du ook ne, du jaulst blooß wedder: »Oah oah oah!«

»Is gliek all!« segt de Klempner. Un du dinkst: He meent dien Leben! Ober he meent blooß dat Boahrn – un dat geiht ook noch ’n ganzen Stoot wieder.

»In Buxstud« – segt Peeter Wried – »hett mol een van de Schoolmesters – mit Slips un Krogen – up son grooten Stoohl seten – un de Tähndokter hett boahrt un boahrt un boahrt – un hett toletz frogt: »Is düsse een Kus' – doar ganz achter – al mol plombiert wesen?«
»Ne, wuso –?« segt de Schoolmester. »Wu kummst du doar up?«
»Jä, ick steut doar achter up Guld –!?«
»Jä, ne«, segt de Schoolmester, »an de Tähn is noch niemols wat wesen. Wenn du doar up Guld steuten deist, denn büst du woll no achtern dörboahrt – un büst nu up mien'n Krogenknoop togangen!«

*

»So – de Kus' hebb ick rut!« hett de Tähndokter in Oolwarder mol segt. »Ober – wat mokt wi nu mit de beiden Wuddeln? Schall ick jem utgroben?«
»Ne – de lot doar man sitten!« segt Hans Rübck. »Villicht slogt se van 't Vörjoahr jo noch wedder ut –?! Dat doot uns' Illernstubbens an de Grobenkant jo ook!«

*

Worüm ick blooß jümmer van anner Lüd vertell –? Jä, weeß du – ick kann doar sülben noch ne recht mitsnacken – ick hebb jo jümmer noch – all mien eegen Tähnen! Ook nu noch – mit mihr as fief-un-tachentig Joahr.
Doch doch, würklich! – De »drütte Garnitur« – jo, dat woll – ober all ut mien eegen Tasch – boar betohlt. – Ick hebb de quittierte Reken jümmer noch ligen.
Un in mien Testament hebb ick ook mit angeben: Wenn ick mol doot bün, un bün an Land storben: – mien Tähnen will ick behooln un mitnehmen: Wenn dat doar boben bi Petrus wat to bieten gift – doar will ick mien Deel ook van afhebben.

As ick vör lange Joahrn – in mien Schooltied – mien *tweeten* Tähnen kriegen schull – do geef dat bi uns noch goarkeen Kusenklempners. Dat Rutrieten – dä bi uns de Schoolmester – am leefsten in de Rekenstündn. – Wenn een van uns son beeten mit de Finger an de Tähnen rüm fummeln dä, denn käm he gliek mit 'n Griffel, un breuk uns doar een oder twee Tähnen twüschenrut – »dat de *neen* beter Platz kriegt«, sä he jeedesmol. Un denn müssen wi ook al gliek mitreken: »Achteihn weeniger een – is söbenteihn!« Oder: »Föfteihn weeniger twee sünd dörteihn!« He wüß bi jeeden Jungen un jeeder Diern: »Wuvel Tähnen doar al rut würn, un wu vel doar noch binnen seeten.«
Un wenn uns' grooten Fischerlüd an 'n Diek mol wat mit de Tähnen harrn, denn güngen se eben mol no 'n Putzbütel langs – de harr extro son Tangen doarto – de harr de Dinger in twee Minuten rut.
»Ober he stünd – bi dat Breken un Rieten – jümmer *achter* 'n Stoohl«, segt Peeter Wried. »Denn kunn em keeneen – mit de Seestebeln – in 'n Buk pedden!«

Mondschien un Snee

Ick wür den letzten Sommer – gliek no de grooten Ferien – wür ick mol bi son feinen ooln Pasturn to Beseuk – in 't Holsteensche, – un as wi so halbe Nomeddag mol tohoop in sien'n Goarn goht, – do is dat doar all vull Unkrut un Brinnettel, – un de Weg süht ut, – kannst mit 'n besten Willn ne mihr sehn, wat dat Steenfliesen oder Klinkers wesen sünd, dat is all en Stoff un Slick.

»Hier möt Se sick nu ne so dull ümkieken«, segt de Pastur. »Dat is nu jüst 'n slechte Tied, – mien Goarn süht jümmer am besten ut – in 'n Winder, nachts, bi Mondschien un Snee!«

Un ick krieg dat Grienen un segg: »Jo –? – Oach, denn komm ick in 'n Winder mol wedder!«

Dat hebb ick vör Joahrn to den ooln Professer Bremer in Leipzig ook mol segt. – De harr mi ook up 'n hoochhilligen Nomeddag van 'n Bohnhoff afholt, un slep mi nu hin un her dör de Stadt, un wies mi allns, wat doar an ooln un an neen Krom dat Ankieken wiert wür. Un jeedesmol, wenn wi so eenerwegens up son freen Platz stohn dän – oder wi würn uns in son lütte smalle Blangenstrot rinbiestert, un harrn uns de feinen ooln Hüs ankeken, denn sä de Professer: »Und nun denken Sie sich das mal – im Winter, abends spät, bei Mondschein und Schnee!«

Oach jo, ick kunn mi dat good dinken, dat dat denn noch wedder anners utseehn dä, – un dat sä ick em ook, un he frei sick. Ober as he mi jümmer un jümmer wedder van een Strot in de anner slepen dä, un wies mi jeeder ool Stift un jeeder ool Kark van vörn un van achtern, un käm jümmer wedder mit sien'n Snack: »Nun denken Sie sich das mal im Winter bei Mondschein und Schnee!« – Do sä ick toletzt denn doch: »Herr Professer, nix för ungood, ober ick much nu doch ierst mol no

mien'n Gasthoff hin, dat ick mien'n Koffer loos ward!« – »Ja, aber erst müssen wir noch eben – von der nächsten Querstraße aus – das Völkerschlachtdenkmal sehen!«
Ick segg: »Herr Professer, ick komm mol wedder – in 'n Winder, – wenn dat sneet hett, un de Mond schient!« Un dink gliek achteran: ober denn segst du gewiß: »Nun denken Sie sich das mal im Sommer, wenn die Sonne scheint, und alles ist grün!«
De ool Professer Bremer – he is nu al lang doot, ober he is – van son Slag Lüd – noch lang ne de letzte wesen. Oah ne, dat gift nu ook noch allerwegens son Oart Lüd – junge un oole, – de bi allns, wat se seht un beleft jümmer gliek dinkt: »Schod, dat doar doch noch een lütt Deel an fehln deit! An's wür dat jo all noch vel scheuner!«
Wi seeten vörigen Sommer mol – up 'n Sünndagmorgen – mit söben Mann – in uns' lütt Boot, un seiln de Elf dol, harrn gooden Wind un scheun Wedder un würn all bannig fein toweg. Blooß de een van uns' Mitseilers – son lütten dreugen Pillendreiher ut de Stadt – de kunn ne recht in de gangen kommen, bi den fehl jümmer noch wat. »Schod«, segt he, »datt dat so diesig is! Junge, wenn nu de Sünn dörkommen dä, – wat wür dat denn scheun!«
Halbe Stünden loter käm de Sünn dör, un dat wörd mollig warm. »So is 't scheun«, meen de Pillendreiher, »blooß schod, dat ick nix to drinken mitnohmen hebb!« – Wi harrn wat mit, un he kreeg so vel as he hebben wull.
»Junge jo«, segt he, »dat deit good! Un wenn wi nu noch so eenerwegens an 'n Strand ranschippern kunnen – un kunnen mol swümmen –?!«
Kunnen wi moken, wi harrn jo Tied genoog. Wi seiln an 'n Strand ran un güngen to Woter, mit alle Mann, uns' Pillendreiher ook. Ober he wür in 'n Juppdi wedder rut un an Land, dat Woter wür em to natt. »Schod!« segt he, »dat hier nu keen scheune Weid is, – dat 'n sick mol so richtig in 't Gras leggen un utrauhn kann!«
Ick segg: »Legg di doch platt up 'n Sand!«

»Ne, up 'n Sand is dat nix! Jo, wenn ick 'n feine weeke Matratz harr –!«
Ick segg: »Weeß wat? Du schipperst noch mol wedder alleen loos, – un nimmst di 'n groote feine Luftmatratz mit, – un legst di doar wieder langs – boben an 'n Diek – doar legst du di splitternokt in 't Gras, – in 'n Winder mol, – nachts Klock twölf, – bi Mondschien un Snee!«
»Wat is dat denn för 'n Snack?« segt he. »Wonem hest du den denn her?«
Ick segg: »Den hebb ick van den ooln Professer Bremer in Leipzig, – bi den fehl ook jümmer noch een lütt Deel!«

Himmelfoahrt

Dat nu jümmer so vel van de Vaddersen – un van de, de dat noch mol warden könt – an 'n Himmelfoahrtsdag – mit Stroohhoot un Köhmbuddel – in 't Greune foahrt – un mokt doar för dusens Doler Larm – dat will mi goar ne recht passen.

Wi hebbt freuher – as wi noch no School güngen – ook Larm mokt. Ober bi uns wür dat anners. Wi güngen jeedes Joahr Himmelfoahrt dat ierste mol – buten in 'n Sielgroben oder in de Elw – bit an 'n Hals in 't Woter, – splitternokt. Swümmbüxen geef dat bi uns noch ne.

Nu wür dat jo jeedes Joahr wedder anners. Mol wür Himmelfoahrt frooh, un mol wür dat lot. Mol wür de Luft al scheun warm, un mol wür se noch bannig koolt. Ober dat Woter wür bi dat »ierste mol Swümmen« doch jümmer verdammt frisch un osig natt. – Man dat hölp jo all nix, – de Tied wür doar, un wi müssen doar rin.

Dat een Joahr – weet ick noch – do wür den Obend vör Himmelfoahrt noch wedder Nordoosten-Wind dörkommen, un de Nacht wür stiernkloar un koolt wesen, un morgens wür dat ganze Gras – un all de Dackn van de Schuern – witt-frorn. Un dat wür ierst eben no 'n Meddag sowied, dat all dat Witte wedder weglied wür.

»Vandog is Himmelfoahrt!« segt Peeter Niemann.

»Jo«, segg ick. »Vörig Joahr um düsse Tied hebbt wi dat ierste mol swümmt!«

»Un dat Joahr vörher ook!« segt Peeter.

»Un wi harrn jo eegentlich dacht, dat wi dat so dörhooln wulln, –!«

»Hebbt wi segt, jo, – ober wenn de Luft noch so koolt is, –?«

Ick segg: »Doar hett dat Woter jo nix mit to kriegen, – frorn hett dat jo blooß an Land!«
»Ober warmer – is dat Woter doar ook ne van worden!«
Ick segg: »Schod, dat wi keen Thermomeeter hebbt, – an's harrn wi dat doar gau mol rinhooln!«
»Doar brukt wi keen Thermomeeter to«, segt Peeter Niemann, »dat kann ick ook so feuhln. Wenn ick mien Hand doar rin stek, un ick tell bit 20, – un hebb denn noch keen'n Kribbel, – denn sünd dat mihr as 15 Grod!«
»Un bi 15 Grod sünd wi noch jeedes Joahr dat ierste mol to Woter gohn! Un vandog is Himmelfoahrt – un Himmelfoahrt ward swümmt!«
Un nu loopt wi ook al beid den Diek hindol, un stoht nerden an 'n Slüsengroben un kiekt. Dat is halbe Floot, un dat Woter is ook scheun rein un spiegelblank, – un is all so as 't wesen schall.
»Denn man to!« segg ick. »Man ne so lang' besinnen!« Un doarmit teeh ick ook al mien lütte wulln Jack ut, un smiet ehr in 't Gras: »Loos, Peeter!«
»Ick will ierst noch mol eben feuhln – mit de Finger!« segt Peeter. »Gef mol dien Hand her – un hool mi fast!«
Un nu turnt wi uns beid – up den ooln smeerigen Balken langs – bit no 't Bullwark ran. Un Peeter beugt sick dol, un sitt doar nu so – in'n Dreeslag un mit krumme Kneen – un stickt de Finger in 't Woter. Un ick hool em bi de anner Hand fast.
Ick segg: »Noa, wat is 't?«
Peeter tellt: »Söben, acht, negen, teihn, ilben, twölf –« Un as he bi achtteihn is, dink ick: Schaß em mol 'n beeten verjogen! – Un ick gef mitmol so mit 'n Ruck 'n beeten no, – un Peeter – meent jo woll, ick will em loosloten, – un krigt nu würklich dat Rutschen, – un hullt mien Hand fast, – un ritt mi mit, – un denn liggt wi beide – mit all uns' Tüg – mit uns' best sünndogs Tüg – in 'n Slüsengroben, – un swümmt un slukt un speet allns togliek.
Un krabbelt uns – so gau as wi man könt – wedder ober den

ooln weeken Slick no ’t Bullwark ran, un an de Pöhls hooch. Un stoht nu – natt as ’n Katt – wedder up de faste Wall, – un könt uns för Küll un för Lachen ne bargen.
»Richtig so as Himmelfoahrt!« segg ick.
»Genau föfteihn Grod!« segt Peeter. – Un denn loopt wi beid in’n Drow no Hus.

Bibliographische Übersicht

»Steernkiekers«	aus *Steernkiekers,* Erstausgabe Quickborn-Bücher Bd. 15 1917.
»Hein Gummi«	aus *Steernkiekers,* Erstausgabe Quickborn-Bücher Bd. 15 1917.
»Achtern Diek«	aus *Blinkfüer,* Erstausgabe Quickborn-Verlag 1918.
»Scheeben Wind«	aus *Blinkfüer,* Erstausgabe Quickborn-Verlag 1918; außerdem veröffentlicht in *Sünn in de Seils,* Erstausgabe Quickborn-Verlag 1933.
»Inheuden«	aus *Thees Bott,* Erstausgabe Quickborn-Verlag 1919; außerdem veröffentlicht in *Sünnschien un gooden Wind,* Erstausgabe Quickborn-Verlag 1953.
»Lanterne – 1. Stremel«	aus *Lanterne,* Erstausgabe Quickborn-Verlag 1920; Neuauflage Quickborn-Verlag 1984.
»Elefanteneier«	aus *Strandgoot,* Erstausgabe Quickborn-Verlag 1921; außerdem veröffentlicht in *Sünn in de Seils,* Erstausgabe Quickborn-Verlag 1933.
»Mien Weeg un mien Weg«	aus *Strandgoot,* Erstausgabe Quickborn-Verlag 1921.
»Hinnik Seehund«	Auszug aus *Hinnik Seehund,* Erstausgabe Quickborn-Verlag 1923.
»Dörte Jessen«	Auszug aus *Dörte Jessen,* Erstausgabe Quickborn-Verlag 1925.
»Engelsch spoken«	aus *Muscheln,* Erstausgabe Quickborn-Verlag 1927; außerdem veröffentlicht in *Sünn in de Seils,* Erstausgabe Quickborn-Verlag 1933.
»Schreben Schrift – De Breef«	Auszug aus *Schreben Schrift,* Erstausgabe Quickborn-Verlag 1929.
»Jung an 'n Diek«	aus *Jann Rögenstör,* Erstausgabe in ›Uns Modersprok‹ Quickborn-Verlag 1930.
»Dascho allerhand«	aus *Frische Fracht,* Erstausgabe Quickborn-Verlag 1931.

»Lütt Hinnik«	aus *Frische Fracht*, Erstausgabe Quickborn-Verlag 1931; außerdem veröffentlicht in *Sünn in de Seils*, Erstausgabe Quickborn-Verlag 1933.
»Lotsenleben«	Auszug aus *Lotsenleben*, Erstausgabe Quickborn-Verlag 1935.
»Mut in kleinen Dingen«	aus *Kamerad und Kameradin*, Erstausgabe Quickborn-Verlag 1939; Überarbeitet Ausgabe Quickborn-Verlag 1948.
»Befehlen und gehorchen«	aus *Kamerad und Kameradin;* Erstausgabe Quickborn-Verlag 1939; Überarbeitete Ausgabe Quickborn-Verlag 1948.
»Der Taucher«	aus *Ein fröhlich Herz*, Erstausgabe Quickborn-Verlag 1941.
»Stille Wek«	aus *Mien bunte Tüller*, Erstausgabe Quickborn-Verlag 1948.
»Besuch kommt längsseits«	aus *Braune Segel*, Erstausgabe Baken-Verlag 1951.
»Dat Hart vull Freid-Bickbeerpannkooken«	Auszug aus *Dat Hart vull Freid*, Erstausgabe Baken-Verlag 1953.
»Reken«	aus *Sünnschien un gooden Wind*, Erstausgabe Quickborn-Verlag 1953.
»Uns' Kinnerwogen«	aus *Mattgoot*, Erstausgabe Quickborn-Verlag 1954.
»Piepenlock«	aus *Scheune Bries*, Erstausgabe Quickborn-Verlag 1954; zuvor erschienen in *Muscheln*, Erstausgabe Quickborn-Verlag 1927.
»Musik«	aus *Scheune Bries*, Erstausgabe Quickborn-Verlag 1954.
»Tweeuntwindig Penn«	aus *Bi uns an 'n Diek*, Erstausgabe Quickborn-Verlag 1955.
»Ne so vel frogen«	aus *Fief duppelte Släg*, Erstausgabe Quickborn-Verlag 1956.
»Un nu mol de drütte Schuf!«	aus *Mit eegen Oogen*, Erstausgabe Quickborn-Verlag 1957.
»Mien Mudder meen«	aus *För jeden wat*, Erstausgabe Quickborn-Verlag 1958.
»As Vogelwart no Trischen!«	aus *För jeden wat*, Erstausgabe Quickborn-Verlag 1958.
»Acht Joahr van Hus«	aus *Mien Wihnachtsbook*, Erstausgabe Quickborn-Verlag 1959.

»De brune Schimmel«	aus *Mien Wihnachtsbook*, Erstausgabe Quickborn-Verlag 1959.
»Handen in de Tasch«	aus *Wat för Di*, Erstausgabe Quickborn-Verlag 1960.
»Engel ohne Flünken«	aus *Seelüd bihus*, Erstausgabe Quickborn-Verlag 1962.
»Dree lütte Snäck«	aus *Land in Sicht*, Erstausgabe Quickborn-Verlag 1965.
»De letzte Plattdütsche«	aus *Langs de Küst*, Erstausgabe Quickborn-Verlag 1968.
»Protest un Streik«	aus *De beste Freid*, Erstausgabe Quickborn-Verlag 1970.
»Kusenklempner«	aus *Rund un bunt*, Erstausgabe Quickborn-Verlag 1972.
»Mondschien un Snee«	aus *Seuk Di wat ut*, Erstausgabe Quickborn-Verlag 1973.
»Himmelfoahrt«	aus *Bi Hus un ünnerwegens*, Erstausgabe Quickborn-Verlag 1975.